Stefanie Kullick

Die Kinder Gaias

AF200591

Stefanie Kullick

Die Kinder Gaias

Verbotene Früchte

ROMAN

Bibliografische Information der Deutschen Nationalbibliothek: Die Deutsche Nationalbibliothek verzeichnet diese Publikation in der Deutschen Nationalbibliografie; detaillierte bibliografische Daten sind im Internet über dnb.dnb.de abrufbar.

4. Auflage
Deutsche Erstausgabe erschienen im August 2017

Cover: CirceCorp Design – Carolina Fiandri
www.circecorpdesign.com

Korrektorat: Michaela Retetzki

gesetzt aus der EB Garamond   erstellt mit *SPBuchsatz*

Herstellung und Verlag: BoD – Books on Demand, Norderstedt

ISBN: 9783750471375

Für Mina,

du bescherst mir ein größeres Glück,
als ich je zuvor hätte denken können,
geschweige denn, hätte zugeben wollen.
Es stimmt, wenn man sagt:

Die Liebe einer Mutter ist bedingungslos.

Ich habe dich so lieb, mein Spatz – bis
OGLE-2005-BLG-390Lb
und wieder zurück.
Bis zum Mond kann ja jeder ...

Die Suche nach dem
Sinn des Lebens ...

Dich überkommt dieses vertraute und
zugleich sehnsüchtige Gefühl
und plötzlich ist dir
zum Weinen zumute.

Kapitel 1

»Elisabeth! Träumst du schon wieder?« Die hohe Stimme ihrer Freundin schreckte Lizzy auf.

Da war es wieder gewesen. In letzter Zeit hörte sie immer häufiger dieses Flüstern in ihrem Kopf, das außer ihr selbst niemand wahrzunehmen schien. Jedes Mal, wenn sie es hörte, versuchte sie, den gewisperten Worten ihre Bedeutung zu entlocken – bislang ohne Erfolg.

Lizzy konzentrierte sich wieder auf ihre beiden besten Freundinnen, die ihr gegenübersaßen, und verdrehte die Augen in Amaias Richtung. »Nenn mich noch einmal so und ich werde den Cupcake, den ich dir mitgebracht habe, selbst essen«, sagte sie erbost.

»Auf diese Weise hörst du mir wenigstens zu.« Amaia grinste und ließ sich von der scherzhaften Drohung nicht beeindrucken.

Im Ernst, wer hieß heutzutage schon noch Elisabeth, wenn man nicht gerade zum englischen Landadel gehörte oder von einem Haufen Nonnen aufgezogen worden war? Letzteres war bei Lizzy der Fall. Sie mochte es nicht, wenn man sie mit dem vollen Namen ansprach. Sie fühlte sich dann alt oder sofort ertappt, auch wenn nichts war.

»Selbst wenn«, grollte sie, »Tavia hat dieselbe Macke und sie ziehst du nie damit auf.« Lizzy warf ihrer Freundin einen kurzen Blick zu. Genau genommen hieß sie Octavia. Auch sie bestand ausdrücklich auf die Kurzform.

»Das ist auch gar nicht nötig. Immerhin hört Tavia mir zu, wenn ich mit ihr rede«, hielt Amaia dagegen.

Lizzy seufzte und gab nach. »Was hast du mir denn Wichtiges erzählen wollen?«

»Hast du heute Abend schon etwas vor?«

»Nein, es ist schließlich Mittwoch.«

»Seit wann stört uns das?«, schnaubte Amaia.

»Wohin wollt ihr gehen?« Lizzy käme sowieso nicht drum herum und käme letztendlich mit. Manchmal hatte sie den Eindruck, sie wäre die Einzige aus ihrem Dreiergespann, die ihr Studium wirklich ernst nahm.

»Das *Nightfall* beschäftigt einen neuen Barkeeper.« Amaias Augen leuchteten begeistert. Sie waren oft in dieser Bar. Die Besichtigung des neuen Barkeepers hätte bestimmt bis zum Wochenende Zeit.

»Und nur deshalb willst du schon wieder unter der Woche feiern gehen?«, fragte Lizzy skeptisch.

Nun schaltete sich Tavia ein und sprang Amaia zur Seite. »Wir haben gehört, dass er ein wahnsinnig scharfer Leckerbissen sein soll.«

Lizzy prustete laut los. »Was auch sonst! Am Ende streitet ihr euch nur wieder, welche von beiden ihn abschleppen darf.«

»Als ob dir so etwas niemals passieren könnte«, empörte sich Amaia gespielt.

»Im Gegensatz zu euch beiden beherrsche ich meine Triebe wenigstens gelegentlich«, stichelte Lizzy und verschränkte die Arme vor der Brust.

»Und immer wieder sagen wir dir, dass du das lassen solltest«, warf Tavia grinsend ein.

»Also gehen wir? Nur auf einen Cocktail. Es wird auch bestimmt nicht spät werden«, bettelte Amaia und fügte dann grinsend hinzu: »Zumindest nicht für dich.«

Wenn Lizzy ehrlich war, dann wollte sie das vermeintliche Sahnestück ebenfalls begutachten gehen. Außerdem war sie nicht so lammfromm, wie ihre Freundinnen sie gern darstellten. Obwohl sie trotzdem nicht an Tavia und Amaia herankam, wenn man ihre Vergnügungslust und unzähligen Männergeschichten miteinander verglich. Keine von ihnen war in festen Händen und das war gut so. Schließlich waren sie jung und studierten in einer Großstadt. Wenn das nicht die Zeit war, sich auszutoben, wann dann?

»Na schön, wir gehen heute schon hin. Unter einer Bedingung«, sagte Lizzy gedehnt.

»Welche?« Amaia stand die Skepsis deutlich ins Gesicht geschrieben.

»Es bleibt bei einem Cocktail und ich darf mein Glück als Erste versuchen.« Triumphierend betrachtete Lizzy die entsetzten Gesichter ihrer Freundinnen.

»Vergiss es!«, zischte Tavia.

»Wir hätten ihr erst gar nicht davon erzählen sollen.« Amaia schloss sich der Meckerei an.

Lizzy stellte die Dose mit den Cupcakes auf den wackeligen Mensatisch und wartete.

»Okay. Einverstanden. Der lässt dich garantiert abblitzen.« Amaia lenkte schweren Herzens ein.

»Fein, dann dürft ihr jetzt euren Nachtisch haben«, sagte Lizzy gönnerhaft.

Tavia zog die Plastikdose zu sich. »Das ist Bestechung«, stellte sie fest.

»Ich weiß.«

Sie guckte Lizzy verstimmt an. Dann öffnete sie den Deckel und riskierte einen Blick. Ihr Gesichtsausdruck verwandelte sich und ein breites Strahlen glättete die gerunzelte Stirn.

»Erdbeer-Sahne«, seufzte sie euphorisch und griff sich eines der kleinen Kunstwerke, die Lizzy gestern wieder produziert hatte.

Amaia bekam große Augen und griff ebenfalls gierig zu. Schnell zog Lizzy die Box zu sich zurück, sonst kämen die beiden noch auf die Idee, ihren Kuchen ebenfalls zu verspeisen. Wenn es um Süßes ging, kannten die beiden kein Halten mehr. Lizzy backte mehrmals pro Woche und jedes Mal machten sich die Freundinnen begeistert darüber her. Man sah es ihnen zum Glück nicht an.

»Wenn du nicht so furchtbar gut backen könntest, hätten wir dich längst in den Wind geschossen«, schmatzte Amaia mit halb vollem Mund.

Lizzy ließ sich nicht von ihr foppen. »Rede dir das nur ein, wenn es dir dann besser geht.«

Anstatt zu schmollen, weil Lizzy sich nicht hatte ärgern lassen, biss Amaia in den Cupcake und verzog genießerisch das Gesicht.

Lizzy sah auf ihre Armbanduhr. Ihre nächste Vorlesung fing gleich an, ihr Kuchen würde warten müssen. Hastig schob sie den Stuhl zurück, ergriff mit einer Hand die Plastikdose und schnappte sich mit der anderen ihr Essenstablett. »Ich muss los. Wann treffen wir uns?«

»Wir sind um acht bei dir und holen dich ab«, versprach Tavia kauend.

»Du solltest sie nicht immer so ärgern«, sagte Tavia, als Lizzy die Mensa verlassen hatte und außer Hörweite war.

»Sie weiß schon, wie ich das meine«, verteidigte sich Amaia.

»Mag sein. Menschen sind bisweilen empfindlich, vergiss das nicht«, mahnte Tavia. »Ich mag sie wirklich und fände es schade, wenn sich das ändern würde.«

Sie zuckte unbestimmt mit den Schultern. »Na schön, dann werde ich sie weniger ärgern. Ich mag sie nämlich auch.«

Tavia freute sich über die Einsicht und schenkte Amaia ein warmes Lächeln. Der große Speisesaal leerte sich zusehends und immer weniger Studenten füllten den Raum mit ihren Gesprächen. Sich der möglichen Lauscher bewusst, senkte Tavia die Stimme. »Was ist mit uns? Gehen wir in eine Vorlesung oder woandershin?«

Amaia überlegte. »Wir waren erst vor drei Tagen das letzte Mal zu Hause. Ich möchte lieber hierbleiben.

Wenn wir heute Abend zu spät bei Lizzy sind, braucht sie doch wieder eine halbe Stunde, um sich abzuregen. Du weißt doch, wie pingelig sie in Bezug auf unsere mangelnde Pünktlichkeit immer ist.

Bis zur Sonnenwende sind noch fast zwei Wochen Zeit. Wir müssen heute nicht schon wieder zurückkehren.«

»Da hast du recht. Dann los, sonst kommen wir zu spät zu unserer Vorlesung.«

Es war schon fast sechs Uhr abends, als Lizzy die Tür zu ihrer kleinen Dachgeschosswohnung aufschloss. Sie musste sich sputen, wenn sie rechtzeitig fertig werden wollte. Ihre Tasche und die Schale Erdbeeren, an denen sie nicht hatte vorbeigehen können, stellte sie auf die schmale Theke in ihrer Wohnküche. Auf dem Weg ins Badezimmer schlüpfte sie aus ihren Schuhen und ließ sie achtlos im Flur liegen. Da dies ihr eigenes kleines Reich war, konnte sich niemand an dieser kurzzeitigen Unordnung stören.

Lizzy war froh, dass Marianne, ihre Adoptivmutter, sich gegenüber ihrem Mann durchgesetzt hatte und sie Lizzy ausreichend unterstützten, damit sie sich nicht in eine schmuddelige WG hatte einquartieren müssen. Natürlich gab es da auch Ausnahmen, nur manchmal war Lizzy gern für sich. Außerdem hatte sie hier den Platz, den sie für ihren kleinen Urwald und die Küchenexperimente benötigte.

Kurzerhand schlüpfte sie unter die Dusche. Für Anfang Juni war es bereits erstaunlich warm und sie brauchte dringend eine Abkühlung.

Die nächsten zwei Stunden vergingen wie im Flug und

erst um zehn vor acht war Lizzy fertig herausgeputzt. Eilig machte sie sich über die Erdbeeren her, die sie als Abendessen vorgesehen hatte. Als sie sich die letzte Beere in den Mund schob, klingelte es an der Tür. Es war zwei Minuten vor acht, immerhin waren ihre Mädels pünktlich. Lizzy schnappte sich ihre Handtasche, die sie bereitgelegt hatte, und ihren Schlüsselbund.

»Ich bin sofort bei euch«, flötete sie in die Gegensprechanlage und wartete erst gar nicht auf eine Erwiderung.

In der offenen Wohnungstür drehte sie sich noch einmal um und ließ ihren Blick schweifen. Es war alles in Ordnung, sie konnte sich auf den Weg machen. So schnell es in dem knappen schwarzen Kleid und den hochhackigen Sandalen ging, flitzte Lizzy die Treppen hinunter. Das *Nightfall* lag nur ein paar Straßen entfernt, sie würden zu Fuß gehen. Sie öffnete die Haustür und vor ihr standen, wie erwartet, Amaia und Tavia auf dem Gehweg.

Amaia bekam große Augen, als sie Lizzy sah, obwohl ihr eigener Rock kürzer als Lizzys war. »Dafür, dass heute nur Mittwoch ist, hast du dich ganz schön aufgedonnert.« Ihr Tonfall war spöttisch, doch strafte das fröhliche Grinsen in Amaias Gesicht ihn Lügen.

»Du willst uns diesen Typen also wirklich ausspannen«, stellte Tavia fest.

Lizzy schnaubte. »Wenn er wirklich so toll ist, wie ihr beiden sagt, wird er garantiert von den Mädels so sehr in Beschlag genommen wie die Motten eine Kerze umschwärmen. Doch sollte sich mir die Gelegenheit bieten, lasse ich sie bestimmt nicht ungenutzt verstreichen.«

Gemeinsam machten sie sich auf den Weg in die Bar und

ihre Freundinnen lamentierten die ganze Zeit darüber, dass sie Lizzy besser nicht mitgenommen hätten.

»Ihr tut ja so, als ob ich sonst eine Nonne wäre«, beschwerte sie sich, während sie um die letzte Ecke bogen.

»Mit deiner roten Mähne siehst du im kleinen Schwarzen eben zu scharf aus. Das ist ungerecht.« Tavia lachte.

»Und wegen mir müsst ihr euch nun verstecken? Oder was soll das heißen?« Lizzy unterzog das Outfit der beiden einer genauen Prüfung. Die knappen Röcke und engen Tops überließen nicht viel der Fantasie. Wenn Tavia Lizzys Haare schon bemerkenswert fand, was dachte sie dann von ihren eigenen? Ihre braunen Locken hingen ihr bis zur Taille und schwangen bei jedem Schritt mit. Amaia war blond und trug die Haare ebenso lang. Wenn man ehrlich war, sahen die beiden aus wie zwei Finalkandidatinnen der nächsten Topmodelstaffel, nur nicht ganz so dürr, sondern mit Kurven versehen. Selbst im häuslichen Schlabberlook verströmten sie eine einnehmende Grazie.

»Ja, ich fühle mich ganz klein und unscheinbar neben dir«, klagte Amaia.

»Du weißt nicht einmal, was diese Wörter bedeuten, geschweige denn wie sie sich anfühlen«, spöttelte Lizzy zurück.

Sie erreichten den Eingang vom *Nightfall* und unterbrachen ihre freundschaftlichen Sticheleien. Lizzy zog die schwere Tür auf und ein Schwall von heißer, stickiger Luft strömte ihnen entgegen. Die Bar war schon gut besucht und zahlreiche Gesprächsfetzen bahnten sich ihren Weg durch das Wummern der Musik. Es erinnerte Lizzy an das Flüstern in ihrem Kopf. Eilig schüttelte sie den Gedanken ab und trat ein. In der Nähe der Theke entdeckte sie einen kleinen Tisch, der noch unbesetzt war. Zielstrebig steuerte sie auf ihn zu und schob sich dabei zwischen den Leuten hindurch, die herumstanden. Von dort aus müssten sie einen guten Blick haben.

Zu dritt quetschten sie sich auf eine Bank, die nur für zwei Personen vorgesehen war. Lizzy ließ ihren Blick schweifen, doch konnte sie niemanden hinter der Theke entdecken, den sie nicht schon kannte. Stattdessen winkte sie eine Kellnerin heran und orderte drei Caipirinha.

»Euer Barkeeper scheint nicht hier zu sein«, stellte sie fest. »Vermutlich zählt er wie die Krokodile in den Abwasserkanälen zu den urbanen Legenden und es gibt ihn gar nicht. Und dafür habe ich mich in diese Pelle gezwängt.«

»Das sind auch keine Krokodile, sondern Alligatoren. Und natürlich gibt es ihn. Meine Quellen sind immer zuverlässig.« Es gefiel Amaia nicht, dass sie an ihr zweifelte.

Lizzy wollte sich nicht mit ihr zanken und lenkte ein. »Dann warten wir eben. Bestimmt kommt er noch. Wenn er neu hier ist, wird er heute kaum schon Urlaub haben.«

Es dauerte nicht lange, bis die Kellnerin mit ihren Cocktails zurückkam. Lizzy stocherte mit ihrem Strohhalm in den Limetten am Boden des breiten Glases herum. Das viele Eis kam dadurch in Bewegung und knirschte. Neugierig sah sie sich um und suchte nach bekannten Gesichtern. Ein paar entdeckte sie, die öfter hier waren. Doch hatte sie mit kaum einem mehr als drei Sätze gewechselt. Keiner, den Lizzy zu ihren näheren Bekannten zählte, war heute hier.

Aus dem Augenwinkel sah Lizzy, wie die Tür hinter der

Theke, die zum Lagerraum führte, schwungvoll aufgestoßen wurde. Herein kam ein Mann, der Mitte zwanzig sein musste. Hätte Lizzy ihn schon einmal gesehen, wüsste sie davon. Das musste das Objekt von Amaias Begierde sein. Seine weißblonden Haare hatte er zu einer wilden Frisur gestylt. Er trug ein schwarzes Hemd mit kurzen Ärmeln, die einen guten Blick auf seine muskulösen Oberarme gewährten. Jetzt setzte er den Bierkasten, den er hereingetragen hatte, ab und schob ihn unter die Theke. Seine dunkelblaue Jeans saß tief, als er sich vornüberbeugte – nicht so tief, dass sie in seinen Knien schlotterte –, doch kaum hoch genug, als dass man sie als anständig bezeichnen konnte.

Er sah auf, ihre Blicke trafen sich und er lächelte schief. Das mussten Kontaktlinsen sein. Niemand hatte so helle Augen. Der Barkeeper runzelte die Stirn und Lizzy fürchtete, ihm könnte nicht gefallen, was er sah.

Unsicher brach sie den Blickkontakt ab und stieß Amaia mit dem Ellbogen leicht in die Seite. »Hey, ich glaube, da ist der Typ, den du unbedingt begutachten wolltest.«

Mit breitem Lächeln sah Amaia vom Caipirinha auf und schaute zur Theke. Sie wirkte zutiefst erschrocken. Das Lächeln schwand aus ihrem Gesicht. »Tavia …«, stammelte sie regelrecht.

Tavia hatte den Mann schon entdeckt und sah ebenso unglücklich aus wie Amaia. Lizzy verstand nicht, was die beiden hatten, schließlich hatten sie recht behalten. Der neue Barkeeper sah wirklich zum Anbeißen gut aus. Sie riskierte einen weiteren Blick, nur um festzustellen, dass der Mann sie immer noch beobachtete.

Das Flüstern kam so überraschend wie meistens. Lizzy

versuchte ihm auf den Grund zu gehen und lauschte. Die Worte entzogen sich ihr, bevor sie deren Sinn verstehen konnte. Sie schüttelte den Kopf und blinzelte ein paar Mal, weder machte dies das Flüstern deutlicher noch verschwand es dadurch. Lizzy wollte es nicht schon wieder verpassen, wenn ihre Freundinnen mit ihr sprachen, und wollte sehen, ob sich ihre Lippen bewegten. Beide starrten konzentriert vor sich hin.

Amaia räusperte sich und gleichzeitig verschwand das Flüstern. »Könntest du uns bitte kurz durchlassen? Tavia und ich müssten mal zur Toilette.«

»Okay, dann komme ich mit«, erwiderte Lizzy. Vielleicht rückten die beiden dort mit der Sprache raus und sie erfuhr, wo das Problem lag.

»Bleib lieber hier, sonst ist der Tisch weg, wenn wir alle gehen«, wandte Tavia ein.

Lizzy forschte in den Gesichtern ihrer Freundinnen. Offensichtlich sollte sie nicht dabei sein. Später müssten sie ihr erklären wieso. Murrend stand Lizzy auf und eilig rutschten Amaia und Tavia von der Bank.

»Lasst mich nicht so lange warten.«

Amaia nickte abwesend und schob sich an ihr vorbei. Missmutig ließ Lizzy sich auf das Polster fallen und sah ihren Freundinnen nach, die gerade in den Gang verschwanden, der zu den Toiletten führte. Der neue Barkeeper hatte kurz zuvor mit seinem Kollegen die Köpfe zusammengesteckt und kam dann hinter der Theke hervor. Auch er verschwand in diesen Gang. Lizzy glaubte nicht an Zufälle. Irgendetwas war hier faul.

Normalerweise war Amaia Feuer und Flamme, wenn

sie sich einem heißen Typen gegenübersah. Diesen Blick hatte Lizzy in Amaias Gesicht noch nie gesehen. Die drei mussten sich kennen.

Noel folgte Tavia und Amaia. Warum mussten die beiden ausgerechnet hierherkommen? Wieso hatte er einen Job in der Bar angenommen, die von ihnen besucht wurde? Dabei hätte Noel das zuvor gar nicht wissen können. Er war davon ausgegangen, dass es außer ihm niemanden in dieser Stadt gab. Wenn sie verrieten, wo er war, konnte Noel die aktuellen Freiheiten vergessen und hätte schon bald keine Ruhe mehr. Er musste sie zum Schweigen bringen.

Amaia und Tavia erwarteten ihn am Ende des Ganges, wie er es ihnen im Geiste aufgetragen hatte.

»Was macht ihr hier?«, fragte Noel gereizt, als er sie erreichte.

Sie verneigten sich und er konnte ihre Anspannung spüren. Sie lag schwer in der Luft. Sie hatten ebenfalls nicht damit gerechnet, ihn hier anzutreffen.

»Wir studieren an der Universität und kommen manchmal mit unserer Freundin in diese Bar«, erklärte Amaia, wobei sie den Blick gesenkt hielt.

Noel verdrehte die Augen. »Stellt euch gerade hin. Was sollen die Menschen denken, wenn sie euch sehen?«

Hastig richteten sie sich auf und sahen Noel an.

»Eure Freundin ist ein Mensch?«, fragte er.

»Ja.« Tavia schielte zur Seite.

»Habt ihr verraten, was ihr seid?«

Wild schüttelte Amaia den Kopf. »Nein, wir haben sie nicht eingeweiht. Sie weiß von nichts.«

»Gut, das sollte auch so bleiben«, erwiderte Noel.

»Das wird es«, versicherte Tavia.

»Versprecht mir, niemandem davon zu erzählen, mich hier gesehen zu haben.« Sein Tonfall war nachdrücklich.

»Ich verspreche, dass ich niemandem davon erzähle, dass du in der Stadt bist oder dass du hier arbeitest«, schwor Tavia sogleich.

Amaia zögerte. Sie schien mit sich zu ringen. Noel hoffte, sie würde sich freiwillig für das Versprechen entscheiden. Er wollte sie nicht dazu zwingen müssen. Doch genau das täte er, sollte sie sich weigern und sich nicht an den Schwur binden wollen.

»Unter einer Bedingung ...«, setzte Amaia flüsternd an, traute sich dann aber nicht weiterzusprechen und senkte den Blick.

»Welche?«, fragte Noel gedehnt.

»Du musst ebenfalls etwas versprechen. Bitte lass die Finger von Lizzy, unserer Freundin. Sie ist wirklich nett und ein ganz wunderbarer Mensch. Sie hat es nicht verdient, dass man ihr das Herz bricht und mit ihr spielt.«

Noel überlegte kurz. Die Frau hatte ihm gut gefallen. Allerdings gab es genug andere. Sie lohnte den Aufwand nicht, wenn Amaia andernfalls tratschte. Der Mensch musste ihr viel bedeuten, wenn sie es seinetwegen wagte, ein Versprechen von Noel zu fordern. Es war wichtiger für ihn, unentdeckt zu bleiben, als sich mit einer bestimmten Frau nicht vergnügen zu dürfen. Bereitwillig nahm er den Handel an. »Gut, ich verspreche, von Lizzy die Finger zu lassen.«

Amaia entspannte sich, da er so leicht einlenkte. Erwartungsvoll harrte er ihrem Schwur.

»Ich verspreche ebenfalls, niemandem von deiner Anwesenheit in dieser Stadt zu erzählen«, erwiderte Amaia.

»Es freut mich, dass wir die Angelegenheit so schnell klären konnten«, sagte er.

»Dürfen wir gehen?«, fragte Tavia. »Lizzy wartet bestimmt schon auf uns.«

Noel nickte und trat an die Seite, um die beiden im schmalen Gang vorbeizulassen. Mit trippelnden Schritten huschten sie an ihm vorüber und verschwanden im vorderen Teil der Bar. Noel wartete einen weiteren Augenblick, bevor auch er sich langsam auf den Rückweg machte. Sorgen musste er sich nun nicht mehr. Kaum jemand hielt die Kopfschmerzen lange genug aus, um ein Versprechen brechen zu können. Selbst wenn sie es jemandem erzählen wollten, kämen sie keine drei Worte weit. Er würde sein hiesiges Leben nicht aufgeben müssen.

Ungeduldig wartete Lizzy auf die Rückkehr ihrer Freundinnen. Für einen Toilettenbesuch dauerte das alles schon viel zu lange. Endlich kamen die beiden zurück. Ihre ernsten Mienen und die nervös umherstreifenden Blicke bestätigten ihren Verdacht, dass hier etwas vor sich ging, von dem sie noch nichts ahnte.

Als sie den Tisch erreichten, zwangen sich beide zu lächeln. Es wirkte verkrampft.

Lizzy stand auf und machte ihnen Platz, damit sie sich wieder setzen konnten. »Also, wer ist der geheimnisvolle Fremde?«

»Wen meinst du?«, fragte Tavia wenig überzeugend zurück.

Lizzy deutete mit ihrem Kopf in Richtung des Barkeepers, der gerade aus demselben Gang zurückkam wie Amaia und Tavia noch vor einer Minute. »Ihn. Und jetzt versucht nicht zu behaupten, ihr würdet ihn nicht kennen. Das werde ich euch nämlich nicht glauben.«

Amaia nippte an ihrem Cocktail und zögerte so eine Antwort hinaus. Das Flüstern in Lizzys Kopf begann von Neuem, doch dieses Mal versuchte sie nicht, es zu fassen zu bekommen, sondern wollte es ignorieren. So schnell, wie es gekommen war, verschwand es auch gleich wieder.

»Wir … sind zusammen aufgewachsen«, begann Tavia zögerlich.

»Tatsächlich?« Lizzys Augenbrauen schossen überrascht in die Höhe. Sie hatte geglaubt, er sei ein Verflossener von einer der beiden. Wobei das eine das andere nicht ausschloss.

»Ja, tatsächlich«, bestätigte auch Amaia und ließ von

ihrem Caipirinha ab. »Er heißt Noel. Wir kennen uns, seit wir klein waren. Nur haben wir uns ein paar Jahre nicht gesehen.«

Lizzy beobachtete Noel mit neu erwachtem Interesse. Gelegentlich schaute er in ihre Richtung. Er schien angespannt zu sein. »Warum habt ihr euch aus den Augen verloren?«

»Eines Tages war er einfach weg«, antwortete Amaia. »Wir hatten keine Ahnung, dass er wieder in der Stadt ist.«

»Wahrscheinlich hat eine von euch ihm das Herz gebrochen und er hat Reißaus genommen, so schnell er nur konnte«, prustete Lizzy.

Tavia wurde blass. »Von wegen. Zwischen uns war nie etwas in dieser Richtung und du solltest es auch bleiben lassen. Er ist nichts für dich.« Tavias Stimme war resolut.

Jetzt war Lizzy vollends verwirrt. Für gewöhnlich ermutigten ihre Freundinnen sie, ihren Spaß zu haben. Warum sollte sie es dieses Mal dabei bewenden lassen? Sie hatte den Eindruck, dass sie etwas vor ihr verbergen wollten und fürchteten, es könnte durch Noel ans Licht kommen.

»Warum denn nicht? Er sieht doch nett aus«, erwiderte Lizzy grinsend.

Tavia schaute sie entgeistert an. Hätte sie vorgeschlagen, mit einem ausgewachsenen Grizzly kuscheln zu wollen, sie wäre weniger entsetzt gewesen. »Lass es. Er spielt nur mit dir. Er hat es noch nie ernst mit einer gemeint. Das kann er gar nicht.«

»Das ist jetzt nicht sehr schmeichelhaft.«

»Es ist die Wahrheit«, bestärkte Amaia die Worte ihrer Freundin.

Lizzy wollte sich mit diesen Abspeisungen nicht zufriedengeben. Andererseits kannte sie ihre Freundinnen gut genug, um zu wissen, dass sie hier am heutigen Abend nicht weiterkäme. Je mehr die beiden dichtmachten, desto neugieriger wurde sie. Verstohlen spähte sie zur Bar und suchte nach Noel. Mit routinierten Handgriffen ging er zu Werke und arbeitete die Bestellungen ab, die ihm die Kellnerinnen zuriefen. Ein Teil von Lizzy hatte nicht das Geringste dagegen einzuwenden, sein Spielzeug zu sein.

»Du sabberst«, fuhr Amaia sie scherzhaft von der Seite an.

Sie zuckte ertappt zusammen und konnte nicht verhindern, dass ihr die Röte ins Gesicht schoss. Sie sparte sich die Antwort und griff stattdessen nach ihrem Glas. Lizzy beschloss, demnächst noch einmal herzukommen. Doch beim nächsten Mal müssten Tavia und Amaia zu Hause bleiben. Sie wollte den Mann kennenlernen, der es fertigbrachte, die beiden selbstbewusstesten Frauen, die sie kannte, ganz unsicher und klein aussehen zu lassen.

Kapitel 2

In aller Frühe hämmerte sich das dröhnende Klingeln von Lizzys Wecker in ihren Kopf. Sie hätte es bei einem Caipirinha belassen sollen. Stattdessen hatte sie sich von Amaia zu einem zweiten überreden lassen. Verschlafen tastete sie im Halbdunkel nach dem Störenfried und wollte ihn zum Schweigen bringen. Sie verfehlte den Wecker und statt ihn auszuschalten, wischte sie ihn vom Nachtschrank und er ging scheppernd zu Boden.

Fluchend wühlte Lizzy sich aus der Bettdecke und tastete am Boden herum. Sie erwischte ihn und konnte den Wecker abstellen. Zehn nach sieben. Schon zweimal hatte sie im Halbschlaf die Schlummertaste gedrückt. Es wurde Zeit aufzustehen. Zu gern hätte Lizzy die erste Vorlesung um neun ausfallen lassen. Da sie es nicht riskieren wollte, ihr Stipendium zu verlieren, raffte sie sich auf und schwang die Füße aus dem Bett. Ihr war flau im Magen und ihr Kopf fühlte sich an, als sei er mit einem ausgetrockneten Schwamm gefüllt.

Es half nichts. Sie musste sich zusammenreißen. Immerhin hatte Lizzy selbst schuld, weil sie sich hatte überreden lassen, unter der Woche auszugehen. Mithilfe einer kalten Dusche weckte sie ihre Lebensgeister und machte sich dann schleunigst auf den Weg zur Uni. Vielleicht hatten sich Amaia und Tavia von ihrem Schock – denn nichts anderes war es – erholt und waren heute gesprächiger.

Als Lizzy die Haustür zuzog, bemerkte sie den weißen Lieferwagen eines Partyservice, der an der gegenüberliegenden Straßenseite geparkt hatte. Langsam fuhr er an und machte keine Anstalten, schneller zu fahren. Offenbar suchte der Fahrer die richtige Adresse und war bislang nicht fündig geworden.

Der Vormittag zog sich nur schleppend hin und Lizzy hörte ihrem Professor kaum zu. Eilig ging sie zur Mittagszeit in die Mensa und hielt Ausschau. Noch waren die beiden nicht zu sehen. Sie setzte sich in ihre übliche Ecke und wartete. Der große Saal füllte sich mit plappernden Studenten. Nur die beiden, auf die sie wartete, kamen und kamen nicht. Lizzy zog ihr Handy aus der Tasche, doch sie hatte keine neue Nachricht.

Wo seid ihr?, tippte sie und wartete.

Tavias Antwort kam prompt: *Sorry, Amaia ist krank. Bleibe bei ihr und pflege sie.*

Dann komme ich nachher auf einen Krankenbesuch vorbei.

Nee, lass das lieber, sonst steckst du dich noch an.

Na schön. Grüß sie von mir.

Mach ich!

Man konnte ihr gern Verfolgungswahn unterstellen, doch gestern hatte es wirklich nicht so ausgesehen, als ob Amaia etwas ausbrütete. Stattdessen glaubte Lizzy, sie wollten ihr aus dem Weg gehen.

Am Abend hatte Lizzy einen Entschluss gefasst und war dabei, ihn umzusetzen. Mit flinken Fingern fuhr sie sich durch die kringeligen Locken, die sie sich am Nachmittag aufgesteckt hatte, und versuchte sie ein bisschen zu bändigen und in die Länge zu ziehen. Schließlich war sie mit ihrer Erscheinung zufrieden.

Heute ging sie allein in ihre Stammkneipe. Auch jetzt war der Laden gut gefüllt. Freudig stellte Lizzy fest, dass Noel arbeitete. Sie steuerte einen der letzten freien Barhocker an und setzte sich.

Noel drehte sich zu ihr und stutzte für einen Augenblick. Er schien sie wiederzuerkennen.

»Was kann ich dir bringen?«, fragte er und Lizzy entging nicht, wie er sich verstohlen umsah.

»Da heute niemand bei mir ist, der mich in mein Bett tragen könnte, fange ich besser mit Cola an«, scherzte Lizzy und beantwortete Noel damit gleichzeitig seine unausgesprochene Frage.

»Kommt sofort.« Noels Lächeln wirkte einstudiert.

Lizzy sah ihm bei der Arbeit zu und wartete auf ihre Cola. Dabei bemerkte sie nicht, wie sich ihr jemand von hinten genähert hatte. Vertraut legte sich ein Arm um ihre Taille und Lizzy zuckte überrascht zusammen. Stirnrunzelnd sah sie auf und in ein entfernt bekanntes Gesicht.

»Wenn du allein bist, leiste ich dir gern Gesellschaft«, sagte der Mann, den sie irgendwoher kannte, grinsend.

»Nein danke«, antwortete Lizzy, schob seine Hand weg und versuchte sich an dieses Gesicht zu erinnern.

Endlich dämmerte es ihr. Sie hatte ihn schon öfter in der Mensa gesehen. Demnach musste es sich bei ihm um einen Kommilitonen handeln. Er war nicht ihr Typ. Außerdem wollte sie heute Noel auf den Zahn fühlen.

»Ach, komm schon«, versuchte er es nun. »Weißt du eigentlich, wie schwer es ist, an dich ranzukommen? Sonst hängst du doch immer mit deinen Freundinnen rum.« Der Student beugte sich vor und flüsterte vertraut in ihr Ohr: »Wir zwei könnten eine Menge Spaß zusammen haben.«

Lizzy rückte von ihm ab. »Ich habe wirklich kein Interesse.«

Offensichtlich war sie zu freundlich, denn er wollte nicht aufgeben. Bevor er jedoch einen weiteren Annäherungsversuch starten konnte, schaltete sich Noel ein.

»Hey!« Sobald der andere Mann aufschaute, sprach Noel weiter. »Such dir eine andere.« Seine Forderung war nachdrücklich und Lizzy überraschte der strenge Tonfall.

Sie rechnete mit Protest. Stattdessen gab ihr Gegenüber klein bei. »Okay«, erwiderte er mechanisch und wandte sich abrupt ab. So schnell, wie er gekommen war, verschwand er. Ein bisschen wirkte er wie hypnotisiert, befand Lizzy.

»Ähm, danke schön«, sagte sie zu Noel, sobald sie ihre Überraschung überwunden hatte.

»Kein Problem«, antwortete Noel und widmete sich kurzerhand einem anderen Gast.

Das Eis schien gebrochen, daher sollte es Lizzy leichtfallen, Noel in ein Gespräch zu verwickeln. Nach der Reaktion ihrer Freundinnen auf ihn war sie viel zu neugierig, um das Thema auf sich beruhen zu lassen. Sie nippte an ihrer Cola und sah sich noch einmal in der Bar um. Auch heute war niemand hier, den sie besser kannte. Die meisten ihrer Freunde kamen nur am Wochenende her. Tavia und Amaia schienen die einzigen zu sein, die nie müde wurden auszugehen.

Innerhalb kurzer Zeit hatte Lizzy ihr Glas geleert.

Noel ließ nicht lange auf sich warten. »Noch eine Cola oder willst du was anderes?«

»Was kannst du mir denn empfehlen?«

»Wir haben alle gängigen Cocktails auf der Karte«, erwiderte er.

Lizzys Empfinden nach vermied Noel bewusst Augenkontakt mit ihr. Es war ihr schleierhaft, warum er das tun sollte. Sie kam nicht umhin, sich zu fragen, ob ihre Anwesenheit Noel störte. Sie wollte ihre Theorie überprüfen. »Ich habe ehrlich gesagt größeres Interesse an den Dingen, die nicht auf der Karte stehen.« Ihr Tonfall war neckisch und erzielte die gewünschte Wirkung. Noel sah auf und in ihr Gesicht. Sein Blick war kühl und das lag nicht am silbrigen Sturmgrau seiner Augen, das sie bereits gestern fasziniert hatte.

»Es tut mir leid, mit so was kann ich nicht dienen«, antwortete Noel distanziert.

Lizzy wollte ihre Entmutigung lächelnd überspielen. Sie war zu stolz, um davonzulaufen. »Schade.« Sie lachte. »Dann bleibe ich wohl bei Cola.«

Keine Minute später hatte Lizzy wieder ein volles Glas und Noel zog sich abermals zurück. Offensichtlich befand sie sich in einer Sackgasse, in der ein Weiterkommen unmöglich war. Also musste sie doch ihre Freundinnen zu fassen kriegen. Nachdem sie ausgetrunken hatte, verließ Lizzy die Bar. Alles andere wäre Zeitverschwendung. Schließlich hatte sie morgen früh eine Vorlesung und Lizzy wollte sie nicht schon wieder im Halbschlaf verbringen. Dazu war ihr das Studium zu wichtig.

Amaia und Tavia waren ihrer Meinung nach unzertrennlich. Umso überraschter war Lizzy, als Amaia ihr am Morgen eine Nachricht geschickt hatte und allein auf einen Kaffee vorbeikommen wollte. Erst recht, da ihre Freundin vor zwei Tagen angeblich noch so krank gewesen war, dass sie das Bett hatte hüten müssen. Während Lizzy ein weiteres Blech Cookies aus dem Ofen zog, summte sie vor sich hin. Damit würde sie Amaia garantiert jedes ihrer Geheimnisse entlocken. In dem neuen Rezept war die Hauptzutat Schokolade.

Sobald das Blech zum Auskühlen auf dem Herd stand, schaute Lizzy auf die Uhr am Backofen. Schon fünf nach drei – Amaia kam zu spät. Ungeduldig lief sie durch ihre Wohnküche. Sie wollte wissen, warum sich alle Welt seit ein paar Tagen so seltsam benahm.

Die Türklingel riss Lizzy aus ihren Gedanken. Ohne die Gegensprechanlage zu benutzen, drückte sie den Öffner und ließ ihre Freundin ins Haus. Kaum hatte Amaia den letzten Treppenabsatz erreicht, strahlte sie Lizzy an, die in der Wohnungstür auf sie wartete. Die beiden umarmten sich zur Begrüßung und gingen in die Wohnung.

»Warum musst du unterm Dach wohnen?«, beschwerte sich Amaia und fächelte sich mit der Hand Luft in ihr errötetes Gesicht. »Ich bin ganz außer Atem.«

»Hier ist die Aussicht am besten und bei den großen Fenstern bekommen meine Blumen genug Licht«, konterte Lizzy. »Setz dich! Ich hole dir ein Glas Wasser, bevor ich Kaffee koche.«

»Das mit dem Licht mag stimmen«, gab Amaia zu, während sie Lizzys kleinen Urwald im hinteren Teil des großen Raumes betrachtete, »aber im Sommer ist es doch viel zu heiß. Da geht man ja ein.«

Lizzy kam mit dem Wasser zurück. Sobald sie es Amaia hinhielt, stürzte diese es in einem Zug hinunter. »Hitzewallungen sind ein erstes Anzeichen für vorzeitige Wechseljahre«, stichelte sie grinsend. »Möchtest du noch mehr? Dann hole ich die Flasche.«

Amaia nickte räuspernd.

Lizzy holte das Wasser aus dem Kühlschrank und legte schon mal einen Kaffeepad in ihre Maschine. »Dafür, dass ich dachte, du simulierst, siehst du wirklich so aus, als hättest du eine Sommergrippe«, gab Lizzy zu, als sie zum Küchentisch zurückkam.

Amaia war blass, schwitzte und schien nur schwer Luft zu bekommen.

»Ehrlich gesagt habe ich auch simuliert«, gab sie räuspernd zu. »Ich weiß nicht, was los ist.«

»Wusste ich es doch!«, rief Lizzy triumphierend.

Amaia lächelte unbehaglich über ihre Euphorie und bediente sich am Wasser. Wieder trank sie das Glas sofort aus.

»Möchtest du auch Kaffee oder bleibst du bei Wasser?«

»Wasser ist besser«, erwiderte Amaia.

Lizzy holte sich ihren Kaffee, der inzwischen fertig aufgebrüht war, und brachte die Kekse mit. Sie waren so groß wie Untertassen.

»Die sehen köstlich aus«, freute sich Amaia.

Lizzy setzte sich gegenüber von ihrer Freundin und schob ihr den Teller hin. »Bedien dich und erzähl mir, warum ihr mich angelogen habt.« Sie biss in einen Cookie und wartete auf eine Erwiderung. Amaia hatte recht: Lizzys neuestes kulinarisches Experiment war ein Erfolg. Die würde sie bald wieder backen, beschloss sie, während sie sich einen weiteren Bissen gönnte.

Amaia starrte auf den Keks, den sie genommen hatte, ohne davon zu essen. »Das ist nicht so leicht zu erklären«, setzte sie an.

»Ich habe Zeit, also leg los!«

Amaia schien zu zögern und räusperte sich bloß wieder, anstatt zu antworten. Nun wurde Lizzy doch ungeduldig. Als sich das Schweigen weiter ausdehnte, wollte sie ihre Freundin schon anfahren.

Aus Amaias gelegentlichem Räuspern wurde ein ausgewachsener Husten. Jetzt keuchte sie schwer und brachte kein Wort mehr heraus. Lizzy eilte zu ihr und wollte ihr helfen, doch wusste nicht wie. Amaia fasste sich an den Hals und rang nach Luft.

»Was ist mit dir? Was kann ich tun?«, fragte Lizzy panisch.

Amaia sah aus geröteten Augen zu ihr auf und hustete so heftig, dass Lizzy davon ausging, ihre Freundin müsste sich bald übergeben. Ein beißender Geruch stieg in Lizzys Nase. Hektisch sah sie sich um und suchte nach der Ursache. Hatte sie etwas im Backofen vergessen? Sie konnte kein Feuer entdecken, doch es roch nach einem Brand. Verwirrt schaute sie wieder zu Amaia und erstarrte. Ihre Freundin hustete Rauch. Der Geruch kam von ihr. Kleine dunkelgraue Wolken stiegen aus ihrem Mund auf und hüllten sie beide ein.

Das Flüstern war wieder da. Lizzy schüttelte den Kopf, um es zu vertreiben. Sie brauchte jetzt ihre volle Konzentration, auch wenn sie nicht verstand, was vor sich ging. Amaias Haarspitzen begannen sich zu kräuseln und schwelten nun ebenfalls.

Eine Hand legte sich auf Lizzys Schulter und sie quietschte erschrocken auf. »Lass mich mal sehen«, bat Tavia hinter ihr.

Lizzy trat einen Schritt zur Seite. Sie war viel zu perplex, um Tavia zu fragen, wo sie hergekommen war. Zu ihrer Rechten bemerkte sie ein Flimmern in der Luft. Ein Blinzeln später stand dort Noel. Was zur Hölle ging hier vor sich?!

Noel fackelte nicht lange, beugte sich zu Amaia und befühlte ihren Hals und ihre Stirn. Ernst wandte er sich an Lizzy. »Schaff sie in deine Badewanne. Das Wasser muss so kalt wie möglich sein. Wenn es zu warm wird, tausch es aus. Am besten lässt du es die ganze Zeit über laufen.« Dann wandte er sich an Tavia. »Wo ist ihr Baum?«

Tavia sah entsetzt von Amaia auf. »Im Yosemite-Nationalpark in Kalifornien.«

Noel nickte und war urplötzlich verschwunden.

Tavia ergriff Lizzys Arm. »Tu, was er gesagt hat!«, forderte sie. Schon löste auch sie sich in Luft auf.

Noel materialisierte sich in einem Hain gewaltiger Mammutbäume, die Tavia ihm zuvor gezeigt hatte. Sofort roch er den Rauch und spürte die Hitze. Der Wald ringsherum brannte lichterloh. An seiner Seite erschien Tavia, die sich panisch umsah.

»In welche Richtung müssen wir? Welcher Baum ist es?«, rief er über das Prasseln des Feuers und das Knacken der brennenden Äste hinweg. Dicker Rauch brannte in seinen Augen und schmerzte bei jedem Atemzug.

Tavia deutete auf einen Baum hinter ihnen, an dem bereits die ersten Flammen leckten. »Der ist es!«

Noel fluchte ungehalten. »Versuch, ihn zu löschen und zu schützen. Ich werde das Feuer zurückdrängen.«

Tavia stürmte zu dem größten der Bäume und ließ einen Schwall Wasser auf ihn niedergehen. Noel sprintete in die entgegengesetzte Richtung – direkt auf das Feuer zu. Erst kurz davor bremste er ab. Durch einen Schwung seiner Arme und der Magie in ihm türmte sich vor seinen Füßen ein riesiger Erdwall auf, der einen Großteil der Flammen erstickte. Er wiederholte die Prozedur an allen Seiten der verbliebenen Bäume.

Durch Tavias und Noels Bemühungen verwandelte sich der bislang unverbrannte Boden zu dickem Schlamm, der Noel das Vorwärtskommen erschwerte. Auch wenn es anstrengender war, verzichtete er nun darauf zu laufen und materialisierte sich in einem kurzen Sprung auf den höchsten Wall, den er aufgeschichtet hatte, um einen Überblick zu erhalten. Er sprang zu weit und trat in die Flammen. Sein Hosenbein fing Feuer. Noel bemerkte es erst, als es seine Haut erreichte. Eilig löschte er den Stoff und rote Brandblasen kamen darunter zum Vorschein.

Noel konzentrierte sich und versuchte, Macht über das Feuer zu erlangen. Es gelang ihm nicht. Der Brand war zu groß und wütete zu wild. Frustriert gab er den Versuch auf, bevor er mit solch einer fruchtlosen Aktion zu viel Kraft verschenkte. Stattdessen erstickte er die Flammen in der Nähe wieder mit Erdreich. Inzwischen hatte er fast einen Hektar umgepflügt und so den Brand zurückgetrieben. Über sich hörte Noel Motorengeräusche. Kurz sah er in den Himmel und entdeckte ein kleines Löschflugzeug, das soeben seine Wasserladung über dem Feuer abließ. Erleichtert stellte er fest, dass die Menschen in der Umgebung ebenfalls versuchten, der Flammen Herr zu werden. Blieb nur zu hoffen, sie entdeckten ihn und Tavia durch den dicken Qualm nicht.

Allmählich fand das Feuer durch die aufgewühlte Erde

keine weitere Nahrung und begann zu verlöschen. Noel kehrte zu Tavia zurück. Zwar hatte sie ihn nicht gerufen, aber sicher konnte sie seine Hilfe gebrauchen. Sie stand zwischen den verbliebenen Bäumen und hielt ängstlich Ausschau.

»Glaubst du, wir haben es geschafft?«, fragte sie, sobald Noel neben ihr erschien.

Er nickte. »Wir sollten es unter Kontrolle bekommen haben. Lass uns zu Amaia zurückkehren und sehen, wie es ihr geht.«

Schon lösten beide sich wieder in Luft auf.

Lizzy fragte sich unweigerlich, ob sie träumte. Aus dem Nichts erscheinende und sich gleich wieder in Luft auflösende Menschen konnte es doch nicht geben. Amaia stöhnte gequält. Lizzy erwachte aus der Erstarrung.

»Du musst mir ein bisschen helfen«, bat sie und legte Amaia einen Arm um die Taille. Mühsam zog sie ihre Freundin vom Stuhl hoch und hätte sie vor Schreck fast fallen gelassen. Sie glühte. Amaias Haut brannte unter Lizzys Fingern, die durch die Berührung schmerzten.

Lizzy schleifte sie hinter sich her zum Bad. Gemeinsam schafften sie es, Amaia in die Wanne zu bugsieren.

Sobald sie sicher saß, drehte Lizzy das kalte Wasser auf. Sie schüttete so viel wie möglich auf Amaias Körper und glaubte, zwischen dem anhaltenden Husten ein erleichtertes Seufzen herauszuhören. Vielleicht wäre es besser gewesen, sie vorher auszuziehen. Lizzy hatte nicht den Eindruck gehabt, dafür Zeit zu haben. Außerdem war es wohl möglich, dass wieder jemand wie aus dem Nichts neben ihr erschien. Allmählich wurde die Wanne voller und Amaia beruhigte sich ein wenig. Lizzy ergriff ihre Hand und drückte sie fest, um ihr Mut zu machen.

»Kann ich noch etwas für dich tun?« Lizzys Stimme zitterte.

Amaia brachte ein Kopfschütteln zustande und hauchte: »Danke.«

Zu gern hätte Lizzy sie mit Fragen bestürmt, doch das musste warten. Dieses eine Wort schien Amaia einiges abverlangt zu haben. Lizzy goss immer wieder frisches Wasser über Amaias Kopf und wartete. Worauf sie wartete, wusste Lizzy selbst nicht ganz genau. Tavia und Noel kamen sicher bald wieder. Wenn sie extra hierhergeeilt waren, dann ließen sie Amaia nicht völlig entkräftet zurück. Sie hustete inzwischen zwar weniger, jedoch war ihr Hals so wund, dass sie begonnen hatte, Blut zu husten und zu spucken.

Lizzy war sich ganz sicher. Obwohl sie keine Ahnung hatte, was hier vor sich ging, so wusste sie mit eisiger Klarheit, dass nicht viel fehlte und Amaia könnte in der Badewanne sterben. Ohne dass Lizzy sich hätte erklären können, wie es dazu gekommen war. Die Minuten vergingen und Lizzy kümmerte sich nicht um ihre schmerzenden Knie, die von den Fliesen und dem kalten Wasser auskühlten. Wenn sie doch nur helfen könnte, um ihre Freundin zu retten.

Amaia hatte die Augen geschlossen und schien am Ende

ihrer Kräfte zu sein. Ihr Atem ging schwer, aber gleichmäßig. Lizzy schöpfte Hoffnung, dass sie das Schlimmste überstanden hatte. Schritte wurden hinter ihr laut und Tavia stürzte an Lizzys Seite. Tief beugte sie sich über den Rand der Wanne und untersuchte Amaia. Tavia sah ramponiert aus. Ihre Haare waren zerzaust, die Spitzen versengt. Ruß klebte in ihrem Gesicht und an ihrer Kleidung. Sie sah aus, als wäre sie nur knapp einem Brand entkommen, und roch genauso.

»Amaia, kannst du mich hören?«, fragte sie mit bebenden Lippen. Tränen liefen Tavias Wangen hinab und hinterließen helle Spuren im Ruß.

Langsam öffnete Amaia die Augen. »Ich kann nicht fassen, dass du Noel um Hilfe gerufen hast, dass du ausgerechnet ihn damit belästigst«, krächzte Amaia.

»Wen hätte ich denn fragen sollen? Es war sonst keiner da. Allein hätte ich es nicht geschafft«, verteidigte sich Tavia schluchzend.

»Sie hat mich nicht belästigt«, erklang Noels Stimme von der Tür aus. »Im Gegenteil, ich wäre wütend gewesen, wenn Tavia mich nicht gerufen hätte, obwohl sie wusste, dass ich in der Nähe bin.«

Er lehnte am Türrahmen und beobachtete die Szene im Badezimmer. Sein Hosenbein musste Feuer gefangen haben, so versengt wie der Saum jetzt war. Die blonden Haare wirkten grau von der Asche, die bei jedem Schritt auf den Boden rieselte, als er sich vom Rahmen abstieß und ebenfalls zur Wanne kam. Lizzy rückte zur Seite. Sie wusste, dass sie störte und dass sie etwas miterlebte, das nicht für ihre Augen bestimmt war.

»Wie geht es dir?«, fragte Noel sanft, als er neben Tavia kniete.

»Besser. Ihr habt mir das Leben gerettet. Ich danke euch.«

Lizzy fühlte sich wie ein Eindringling in ihrer eigenen Wohnung und überlegte, ob sie unauffällig verschwinden konnte. Einfach so verpuffen wie Noel oder Tavia konnte sie leider nicht. Wäre sie dazu in der Lage, sie wäre längst über alle Berge.

»Lizzy, dir möchte ich auch danken. Ohne dich wäre ich bestimmt verbrannt«, sagte Amaia leise und lenkte damit die Aufmerksamkeit auf Lizzy.

Kalter Rauch hing schwer in der Luft und Lizzy glaubte, daran ersticken zu müssen. Die intensiven Blicke der anderen taten ihr Übriges. »Kein Problem. Wozu hat man denn Freunde?«, stellte sie fiepend fest, weil ihr nichts Besseres einfiel.

»Komm, wir bringen dich nach Hause«, sagte Noel und griff ins Wasser.

Amaia wand sich. »Nicht, das musst du nicht. Ich kann bestimmt auch allein gehen.«

»Kommt nicht infrage«, erwiderte Noel resolut und hob Amaia auf seine Arme. Das Wasser lief aus ihrer Kleidung und ergoss sich auf den Boden. Eine große Pfütze bildete sich um Noels Füße herum.

Obwohl sie offensichtlich am Ende ihrer Kräfte war, errötete Amaia. »Das wird Gerede geben«, sagte sie kleinlaut und sah zu Boden.

»Das Gerede schert mich nicht.«

Mit Amaia auf den Armen verließ Noel das Badezimmer.

Tavia folgte ihm und Lizzy schloss sich unsicher an. Vor ihrem Sofa blieb Noel stehen und sah sich nach Lizzy um. »Setz dich«, forderte er und deutete mit einem Kopfnicken auf das Sofa.

Lizzy schluckte schwer und nur ganz langsam setzte sie einen Fuß vor den anderen. Sie wollte etwas erwidern, wollte fragen, was hier vor sich ging. Sie brachte kein Wort heraus unter Noels stechendem Blick, der jeder ihrer Bewegungen folgte.

Sobald sie saß, bohrten sich seine silbernen Augen in Lizzys. Er überwand den Abstand zwischen ihnen und konnte tief in ihr Innerstes sehen. Zumindest kam es ihr so vor. Er sagte nichts, starrte sie nur an. Schlagartig wurden Lizzys Glieder schwer und es stellte sie vor eine nicht zu bewältigende Herausforderung, ihre Augen noch länger offen zu halten. Flatternd schlossen sich ihre Lider und Schwärze umfing sie. Das Letzte, was sie mitbekam, war, wie ihr Kopf auf eines der Sofakissen fiel.

Erschöpft kehrte Noel in seine Wohnung zurück. Er hatte das dringende Bedürfnis, zu duschen und sich Schweiß und Ruß vom Körper zu waschen, damit er danach schlafen konnte. Amaias Rettung hatte ihn vollends ausgezehrt und er wollte nur noch seine Ruhe. Doch so starr vor Dreck konnte er sich unmöglich ins Bett legen. Auf dem Weg ins

Bad schälte Noel sich aus seiner ramponierten Kleidung – die käme morgen früh als Erstes in den Müll.

Das warme Wasser umspülte wohltuend seinen Körper und Noel sah dem Schmutz dabei zu, wie er im Abfluss verschwand. Natürlich war sein Besuch in der Heimat nicht unbemerkt geblieben. Wenigstens war er seiner Mutter nicht über den Weg gelaufen. Auch wenn Noel am liebsten gleich wieder verschwunden wäre, nachdem er Amaia auf die andere Seite gebracht hatte, so hatte sein Gewissen es ihm nicht erlaubt. Er hatte sie kaum sich selbst überlassen können und sie bis zu den Heilern gebracht. Erst von dort war er wieder in die Menschenwelt gewechselt. Doch es hatten ihn genug gesehen und inzwischen würde die Kunde über seinen außerplanmäßigen Besuch auch seine Mutter erreicht haben.

Noch immer rang Noel mit sich, ob er überhaupt zur Sonnenwende heimkehren sollte. Er wollte sich nicht schon wieder mit seiner Mutter streiten. Ganz sicher würde sie die Gelegenheit ergreifen und erneut versuchen, ihn in die Form zu pressen, in die Noel ihrer Meinung nach gehörte. Diese Rolle wollte er noch nicht spielen müssen. Eventuell sogar nie. Natürlich war ihm bewusst, wie wichtig es war, aber es gab auch noch andere, die dafür infrage kamen. Die Vorstellung, dass der Fortbestand seines Volkes von ihm abhängen sollte, gefiel ihm nicht.

Aus diesem Grund hielt Noel sich auch von seinesgleichen fern und bevorzugte Menschenfrauen, um sich zu zerstreuen und zu vergnügen. Das Bild von Lizzy, wie sie reglos auf dem Sofa umfiel, schlich sich in seinen Geist. Sie gefiel ihm wirklich. Ihr beherztes Eingreifen hatte ebenfalls zu Amaias Rettung beigetragen. Was sie sich wohl gedacht hatte, als er und Tavia neben ihr gestanden hatten und gleich darauf wieder verschwunden waren? Noel würde es nie erfahren, denn er hatte dafür gesorgt, dass sie es vergaß. Sobald sie wieder aufwachte, hätte sie vergessen, dass Amaia in ihren Armen fast gestorben wäre.

Es war schon fast schade. Nach diesem Erlebnis wäre es Noel bestimmt leichtgefallen, sie zu verführen. Unvermittelt begann es an seinen Schläfen schmerzhaft zu pochen. Fluchend zwang Noel sich, an etwas anderes zu denken. Damit hatte er nicht gerechnet. Das Versprechen meldete sich offenbar schon zuverlässig, sobald er nur daran dachte, es zu brechen. Im Geiste ging Noel die Zubereitung diverser bunter Cocktails durch, weil ihm auf die Schnelle nichts Besseres einfiel. Als er bei dem dritten Rezept ankam, waren die Schmerzen wieder verschwunden.

Zum Glück hatte Lizzy keinen besonderen Grund, ihn erneut allein bei der Arbeit aufzusuchen. Er wollte nicht jedes Mal Migräne bekommen, wenn er sie sah und über das nachdachte, was er gern mit ihr anstellen würde – wofür ihr Körper wie gemacht war. Seine Gedanken näherten sich schon wieder gefährlichem Terrain und Noel ging ein weiteres Rezept durch. Den Trick musste er sich merken, er funktionierte ausgesprochen gut.

Noel drehte das Wasser ab und stieg aus der Dusche. Er griff sich ein Handtuch und trocknete sich auf dem Weg ins Bett ab. Er wollte nur noch schlafen. Seine Kräfte mussten sich dringend regenerieren.

Kapitel 3

Lizzy kämpfte sich aus den Tiefen eines wirren Traumes. Amaia hatte aus unerklärlichen Gründen Feuer gefangen und war dabei gewesen, zu verbrennen. Tavia und Noel waren erschienen und gleich darauf schon wieder verschwunden. Lizzy hatte Amaia mit kaltem Wasser übergossen und wollte sie retten, dabei war ihre ganze Wohnung schon vom Qualm durchzogen.

Heftig blinzelnd öffnete sie die Augen, um den letzten Rest ihres Albtraums abzuschütteln. Verwirrt schaute Lizzy sich um. Sie lag nicht in ihrem Bett, sondern auf dem Sofa. Offenbar war sie am Abend hier eingeschlafen. Ihr Arm, auf dem sie gelegen hatte, war taub. Das Blut begann zurückzufließen und prickelnd meldeten sich ihre Nerven. Lizzy versuchte sich zu erinnern, was sie am Abend zuvor gemacht hatte, warum sie auf dem Sofa lag und nicht im Bett. Es passierte ihr äußerst selten, hier einzuschlafen. Sosehr sie es auch versuchte, sie wusste es nicht.

Ihr Traum hatte sich so echt angefühlt. Lizzy hatte den Eindruck, immer noch den Qualm riechen zu können. Verschlafen sah sie sich um. Alle Fenster standen offen. Was hatte sie am Abend nur getrieben? Mühsam kämpfte Lizzy gegen den Filmriss an. Was war das Letzte, an das sie sich sicher erinnern konnte? Amaia war zu Besuch gewesen. Sie hatten Kaffee getrunken und Kuchen gegessen. Dann fing Amaia an zu husten. Das war doch ihr Traum gewesen ... Oder etwa nicht?

Lizzys Blick blieb an ihrer Garderobe hängen. Amaias weiße Jeansjacke hing dort. Schwerfällig stand sie auf und ging zu ihrem Essplatz. Nacheinander zog sie alle Stühle unter dem Tisch hervor. Beim vorletzten wurde sie fündig. Amaias Handtasche war ebenfalls noch da. Der Geruch nach feuchtem Rauch war auch hier wahrzunehmen. Prüfend schnupperte Lizzy an ihrem Shirt und auch an ihren Haaren. Sie bildete sich den Geruch definitiv nicht ein.

Zweifel überkamen sie. Doch es war unmöglich, dass nur irgendetwas davon wirklich geschehen war. Lizzy ließ sich ihren Traum noch einmal durch den Kopf gehen. Noel hatte irgendwas über einen Baum gefragt. Tavia hatte ihm einen Ort genannt. Lizzy versuchte angestrengt, sich zu erinnern, was genau Tavia erwidert hatte. Sie eilte zu ihrem Notebook und startete es. Ungeduldig wartete Lizzy darauf, dass das Gerät erwachte. Sie öffnete die Suchmaschine und tippte *Yosemite-Nationalpark* ein. Schon sprudelten die Ergebnisse hervor. Ganz oben wurden die aktuellen Nachrichten zum Thema angezeigt. Genau das hatte Lizzy sehen wollen.

Verheerender Waldbrand im Yosemite-Nationalpark

prangte dort als Erstes. Der Eintrag war einen Tag alt. Trotz der sommerlichen Temperaturen bekam Lizzy eine Gänsehaut. Das konnte kein Zufall sein. Sie zögerte, bevor sie den Artikel anklickte. Wenn sie es täte, überschritt sie eine Grenze, nach der es kein Zurück mehr gab. Das war ihr mit absoluter Gewissheit bewusst. Sie musste es tun. Es würde ihr andernfalls keine Ruhe lassen. Lizzy holte tief Luft, dann klickte sie auf den Link zum Artikel.

In den gestrigen Morgenstunden kam es im Yosemite-Nationalpark, Kalifornien, zu einem schweren Waldbrand. Das Feuer breitete sich aufgrund der hohen Temperaturen und der seit Tagen anhaltenden Trockenheit rasant aus, bevor es den zahlreichen Einsatzkräften gelang, es unter Kontrolle zu bringen. Das Ausmaß des Schadens sei noch nicht absehbar, sagte ein Sprecher des Parks.

Zwar seien viele Hektar Wald verbrannt, doch gab es offenbar keinen Personenschaden. Auch die Mammutbaumhaine blieben nach Angaben der Verantwortlichen größtenteils unversehrt. Das Feuer kam kurz davor zum Erliegen und mittlerweile gibt es nur noch vereinzelte kleine Brandherde, die von der Feuerwehr bekämpft werden.

Ob es sich um Brandstiftung oder eine natürliche Ursache handelt, ist weiterhin unklar. Die Ermittlungen wurden aufgenommen.

Ein Waldbrand, genau an der Stelle, über die Tavia gesprochen hatte. Dazu der Qualm, Amaias erhitzter Körper und Noel und Tavia, die aussahen, als seien sie gerade aus einem brennenden Haus geflohen. Es konnte kein Traum gewesen sein. Nur konnte es auch nicht wirklich passiert sein. Lizzy ging alles, woran sie sich erinnern konnte, noch einmal durch.

Es war kein Traum! Wenn sämtliche Logik versagte, dann konnte sie nur eine Möglichkeit in Betracht ziehen. Dann wurde das Unmögliche zur Realität.

Das, was hier geschah, ließ sich mit den Gesetzen der Logik, die sie kannte, nicht erklären. Grübelnd schlug Lizzy ihr Notebook wieder zu und suchte ihr Handy. Sie fand es in ihrer Jackentasche. Es waren weder neue Anrufe noch Nachrichten gekommen. Lizzy wählte Tavias Nummer. Sie würde ihre Freundin zur Rede stellen, und zwar sofort. Umgehend meldete sich die Mailbox, ohne dass es überhaupt ein Freizeichen zuvor gegeben hatte. Ihr Telefon war aus oder sie hatte keinen Empfang. Lizzy beschloss, es im Halbstundentakt bei Tavia zu versuchen. Amaia brauchte sie erst gar nicht anzurufen. Ihr Handy lag schließlich in Lizzys Wohnung.

Am Abend hatte sie Tavia immer noch nicht erreicht. Lizzy war den ganzen Tag nicht zur Ruhe gekommen. Sie hatte versucht zu lernen, doch nachdem sie denselben Absatz immer und immer wieder gelesen hatte, ohne die Worte tatsächlich wahrzunehmen, hatte sie es aufgegeben und ihre Bücher zugeklappt. Sie versuchte es noch einmal. Tavias Telefon war immer noch ausgeschaltet.

Kurz entschlossen stand Lizzy auf, schnappte sich ihre Handtasche sowie ihren Schlüssel und eilte die Treppen hinunter. Vielleicht waren Amaia und Tavia zu Hause und sie konnte dort mit beiden reden. Schnellen Schrittes marschierte sie über den Bürgersteig. Die WG ihrer Freundinnen lag nur ein paar Seitenstraßen entfernt. Nach zehn Minuten stand sie vor der alten hölzernen Haustür und klingelte Sturm.

Niemand öffnete. Lizzy behielt die Fenster im zweiten Stock im Auge. Auch dort rührte sich nichts. Keine Gardine wurde hastig beiseitegeschoben und Licht brannte auch keines. Offenbar waren Amaia und Tavia wirklich nicht zu Hause. Ein weiteres Mal versuchte Lizzy anzurufen. Es war immer noch die Mailbox, die ihr antwortete.

»Hey, Tavia, ich mache mir allmählich wirklich Sorgen um euch. Melde dich bitte bei mir, sobald du das abhörst. Ich habe das Gefühl, langsam an meinem Verstand zweifeln zu müssen.« Lizzy legte frustriert auf. Was konnte sie jetzt noch versuchen?

Ob Noel ebenfalls verschwunden war? Er musste wissen, was hier gespielt wurde. Immerhin war er genauso in ihrer Wohnung erschienen wie Tavia und hatte offenbar gewusst, was mit Amaia nicht stimmte.

Entschlossen drehte Lizzy sich um und marschierte zum *Nightfall*. Sie würde ihre Antworten schon noch bekommen.

Noel konnte das Gefühl der inneren Unruhe nicht abschütteln. Schon den ganzen Tag über war er fahrig und mit den Gedanken woanders, obwohl alles um ihn herum wider Erwarten ruhig blieb.

Niemand war gekommen, um ihn zu überzeugen, nach Hause zu kommen. Amaia ging es ebenfalls besser, wie er sich vor Kurzem erst bei Tavia versichert hatte. Was machte ihn jetzt noch nervös?

Am liebsten hätte Noel lauthals geflucht, doch beschwor

er sich, es nicht zu tun. Er hatte keine Lust, bei einem seiner Kollegen den Möchtegerntherapeuten dadurch hervorzulocken. Schließlich war es ihre Berufskrankheit, bei offensichtlich schlechter Laune eines anderen dieser Sache verständnisvoll auf den Grund gehen zu wollen. Stattdessen verrichtete er schweigend seine Arbeit, die ihn wenigstens etwas ablenkte.

Sandra, eine der Kellnerinnen, beugte sich zu ihm über die Theke und gewährte Noel einen guten Ausblick in ihr tiefes Dekolleté. Schwungvoll schmiss sie sich ihre blond gefärbten Extensions über die Schulter und hielt sich dabei vermutlich für unwiderstehlich.

»Machst du mir fünf Bier fertig?«, bat sie ihn mit einem neckischen Augenaufschlag.

»Klar«, erwiderte Noel und begann zu zapfen. Bislang hatte er Sandra noch nicht mitgeteilt, dass sie sich die Masche bei ihm sparen konnte. Er hatte nicht vor, mit einer seiner Kolleginnen eine Affäre anzufangen. Das darauffolgende Drama, wenn er ihrer überdrüssig geworden war, konnte er hier beim besten Willen nicht gebrauchen.

Ehrlich gesagt fand er ihre Bemühungen ganz unterhaltsam. Wahrscheinlich bremste Noel sie aus genau diesem Grund nicht, sondern schenkte ihr ein Lächeln, von dem er wusste, dass es Sandras Herz höherschlagen ließ.

Kichernd lud sie die Gläser auf ihr Tablett und machte sich hüftschwingend auf den Weg zu dem Tisch, den sie bediente. Vielleicht sollte Noel sich heute Abend von einer Frau mit nach Hause nehmen lassen. Sein letztes Mal war schon fast eine Woche her.

Seine eigene Wohnung hatte noch keine Frau betreten

und das würde auch so bleiben. Sie war der einzige Rückzugsort, den er wirklich hatte. Außerdem war es so mühsam, die Frauen wieder loszuwerden, nachdem er seinen Spaß mit ihnen gehabt hatte.

Schlagartig wuchs Noels Unruhe und er brauchte nicht lange nach der Ursache zu suchen. Die Tür zur Bar schwang auf und Lizzy kam herein. Sofort schwang ihr Blick zur Theke und ein zaghaftes Lächeln stahl sich auf ihr Gesicht, sobald sie ihn entdeckte. Sie war seinetwegen hergekommen, dessen war er sich ganz sicher. Heute trug sie lediglich eine Jeans und ein schlichtes Top. Ihr Outfit war kein Vergleich zu ihren anderen Besuchen hier. Fast erweckte sie den Eindruck, spontan hergekommen zu sein. Ganz so, als sei es ihr gerade erst eingefallen.

Zielstrebig steuerte Lizzy die Barhocker an der Theke an und Noel überlegte, ob er sich im Vorratsraum verschanzen sollte, bis sie wieder ging. Seine Befürchtungen waren unsinnig. Sie konnte nicht wissen, was sich gestern wirklich zugetragen hatte. Er hatte ihre Erinnerungen gründlich manipuliert.

Noel zwang sich, ruhig zu bleiben, und sah Lizzy dabei zu, wie sie sich elegant auf einen Hocker schwang.

»Was möchtest du trinken?«

»Caipirinha«, gab Lizzy kurz angebunden zurück. Intensiv musterte sie ihn, als ob sie auf eine verräterische Reaktion seinerseits wartete. Noel ließ sich davon nicht aus dem Konzept bringen und bereitete den bestellten Cocktail zu.

Er stellte ihr das Getränk hin und widmete sich nur zu gern der Bestellung, die Sandra ihm gerade zurief. Lizzy schien ihn heute nicht so belagern zu wollen wie neulich, worüber Noel dankbar war. Nach zehn Minuten stellte er fest, dass sie lediglich mit dem Strohhalm im Glas stocherte, ohne zu trinken. Noel ertappte sich bei dem Wunsch wissen zu wollen, was sie so sehr beschäftigte.

Er musste schmunzeln. Augenscheinlich litt auch er unter besagter Berufskrankheit. Zumindest, wenn schöne Frauen von Sorgen geplagt wurden.

»Schmeckt es dir nicht?«, fragte er wie nebenbei.

Lizzy zuckte zusammen. Offenbar hatte sie nicht damit gerechnet, von ihm angesprochen zu werden. »Das ist es nicht«, antwortete sie leise.

Noel musste schon genau hinhören, um sie über die laute Musik hinweg verstehen zu können. »Was ist es dann?« Jetzt wurde er neugierig.

Lizzy nahm sich zusammen und schaute von ihrem Getränk auf. Bekümmert sah sie ihm in die Augen. Für einen Augenblick glaubte er, sie könnte in Tränen ausbrechen. »Kannst du mir bitte sagen, wie es Amaia geht? Ist sie wohlauf?«

Noels Lächeln gefror auf seinen Lippen. Das konnte nicht sein! Sie konnte nicht wissen, was geschehen war. Eilig überspielte er seine Unsicherheit und intensivierte sein aufgesetztes Lächeln. »Warum sollte es ihr denn nicht gut gehen?«

Verständnislos sah Lizzy ihn an. »Wegen gestern …«, setzte sie an, um ihm auf die Sprünge zu helfen.

Irgendetwas ahnte sie offenbar. »Was war denn gestern? Es tut mir leid, seit ihr vor ein paar Tagen gemeinsam hier wart, habe ich weder Tavia noch Amaia gesehen.«

Lizzys Stirnrunzeln vertiefte sich. »Aber du warst gestern doch auch da.«

Ihr bestimmtes Auftreten ließ Noel umso mehr auf der Hut sein. »Wo soll ich gewesen sein?«

»In meiner Wohnung. Kurz nachdem ...« Sie zögerte und sah sich verstohlen um. Mit gesenkter Stimme sprach sie weiter. »... Amaia Feuer fing, bist du zusammen mit Tavia aufgetaucht.«

Noel zuckte zurück, als hätte Lizzy ihn geohrfeigt. Sie wusste es noch! Warum konnte sie sich erinnern?

»Feuer fing?«, fragte er lachend. »Du meinst eine spontane Selbstentzündung?« Vielleicht ließ sie sich davon abbringen, wenn er die Sache ins Lächerliche zog.

Zögerlich nickte Lizzy.

Noel schnaubte. »Du hast eine lebhafte Fantasie. Das gibt es in Wirklichkeit doch gar nicht.«

»Bis gestern hätte ich das auch behauptet«, erwiderte sie trocken.

»Ich weiß wirklich nicht, wovon du sprichst«, beharrte er. Tief sah er in Lizzys Augen und entdeckte den Zweifel. Menschen zweifelten so schnell an ihren eigenen Worten. Es war ein Leichtes, diesen Zweifel zu mehren und sie ihre eigenen Ideen vergessen zu lassen. »Ich war gestern nicht in deiner Wohnung. Es ist nichts mit Amaia passiert.« Noels Stimme war eindringlich.

Lizzy schüttelte unwillig den Kopf. »Ich bin mir ganz sicher. Meinst du, ich würde herumlaufen und dir so einen Quatsch erzählen, wenn ich mir nicht absolut sicher wäre? Es hat irgendetwas mit diesem Waldbrand in den USA zu tun.«

Warum hatte er sie nicht beeinflussen können? Seine Panik wuchs mit jedem Wort, das aus ihrem Mund kam. »Es tut mir leid, dir das sagen zu müssen, aber ich habe keine Ahnung, wovon du da sprichst«, sagte Noel resolut.

Lizzy schien sich von seinem Widerspruch kaum beeindrucken zu lassen. »Meine ganze Wohnung riecht so, als hätte ich gestern einen Herrenclub zu Gast gehabt, der die ganze Zeit nichts anderes zu tun gehabt hätte, als Zigarren zu paffen. Außerdem sind Amaias Sachen noch bei mir. Von sich aus hätte sie ihre Handtasche bestimmt nicht liegen gelassen.«

Noel verfluchte sich im Geheimen. Wieso hatte er nicht daran gedacht, diese verdammte Tasche mitzunehmen? Noch einmal wagte er einen Versuch. Lizzy sah ihn weiterhin fest an und erwartete eine Antwort, anstatt die Sache auf sich beruhen zu lassen.

»Hör mal, ich muss arbeiten. Ich habe keine Zeit für solche Märchen.«

»Wenn du nicht hier mit mir darüber reden willst, verstehe ich das. Ich will es ja auch nicht in der Öffentlichkeit breittreten. Ich will doch nur wissen, wie es meiner Freundin geht.« Betrübt schlug Lizzy die Augen nieder, nur um ihn gleich darauf wieder herausfordernd anzufunkeln.

»Tut mir leid, da kann ich dir nicht weiterhelfen. Frag sie doch selbst.« Noel wandte sich ab und ließ sie stehen. Geschäftig ging er seinem Kollegen zur Hand und ignorierte Lizzy weitestgehend. Dennoch ließ sie ihn nicht aus den Augen. Sicher würde sie noch einmal versuchen, ihn zu befragen.

Noel beugte sich zu seinem Chef und Kollegen Manu

herüber. »Hey, könntest du die Rothaarige dahinten für mich übernehmen?«, bat er flüsternd.

Manu sah sich um. Sobald er Lizzy entdeckt hatte, fragte er verständnisvoll: »Ex-Freundin?«

Warum sollte er sich mit langwierigen Erklärungen befassen, wenn er es so einfach haben konnte? »Könnte man so sagen.«

»Wird sie Probleme machen?«, fragte Manu skeptisch.

»Ich denke nicht.«

»Gut, dann bleib du hier vorn«, sagte sein Chef schmunzelnd und übernahm Noels Bereich der Theke.

Noel hielt sich den restlichen Abend von Lizzy fern. Sie versuchte nicht noch einmal, ihn zu dem Thema zu befragen, und saß schweigend auf ihrem Hocker. Der Abend neigte sich seinem Ende zu und sie war immer noch nicht gegangen. Schließlich setzten Noel und seine Kollegen die letzten Gäste – einschließlich Lizzy – vor die Tür und fingen an, sauber zu machen.

Als Noel die Tür hinter sich zuzog, war es schon fast halb drei. Sobald er sich umdrehte, verharrte er verblüfft. Auf der gegenüberliegenden Straßenseite stand Lizzy. Sie war hartnäckig, das musste er ihr lassen.

»Willst du mich jetzt bis nach Hause verfolgen?«, fragte Noel scherzhaft.

Sie stieß sich von der Hauswand, an der sie gelehnt hatte, ab und überquerte die Straße, ohne etwas zu erwidern.

»Stalking ist hierzulande eine Straftat. Das ist dir schon klar?« Noels Tonfall wurde ernster. Er konnte es nicht gebrauchen, wenn sie zu beharrlich bohrte.

Direkt vor ihm blieb Lizzy stehen und verschränkte ihre

Arme vor der Brust. Mit großen Augen sah sie zu ihm auf. Sie war gut. Mit diesem Blick schaffte sie es doch tatsächlich, Noels Abwehrhaltung ins Schwanken zu bringen. »Ich möchte doch nur wissen, ob Amaia das überstanden hat«, sagte sie aufrichtig. »Das ist alles, was mich kümmert.«

Noel haderte mit sich. Er konnte sie nicht einweihen. Jedoch wollte er sie so auch kein zweites Mal stehen lassen. Er seufzte. »Du solltest nachts wirklich nicht allein umherstreifen«, stellte er resigniert fest. »Komm, ich bringe dich nach Hause.«

Verblüfft ließ Lizzy ihre verschränkten Arme sinken. »Redest du auf dem Weg auch mit mir?«, fragte sie lauernd.

»Vielleicht«, gab Noel unbestimmt zurück.

»Ich muss in diese Richtung«, sagte sie und deutete die Straße entlang.

»Ich weiß.« Die Worte hatten kaum Noels Mund verlassen, schon bereute er sie.

Lizzy grinste ihn triumphierend an. »Also warst du gestern doch in meiner Wohnung.«

Seine Antwort war ein unzufriedenes Brummen. »Meine Wohnung liegt in derselben Richtung«, log er. »Lass uns gehen«, erwiderte er, ohne direkt auf Lizzys Kommentar einzugehen.

Sie beließ es dabei und schweigend gingen sie durch die dunklen Straßen. Noel war nachts nicht gern draußen. Normalerweise wäre er nur in die Gasse neben der Bar gegangen und hätte sich direkt nach Hause teleportiert.

Lizzy neben ihm sagte kein Wort und tat auch sonst nichts, um ihn zu einer Antwort auf ihre Fragen zu bewegen. Vielleicht war sie wirklich nicht so sensationslüstern wie gedacht und Noel konnte es wagen, ihr etwas über Amaias Zustand zu sagen. Eine Manipulation war bei dieser Frau anscheinend nicht möglich. Er würde sie nicht dazu bringen können, das Geschehene zu vergessen.

»Du musst dir keine Sorgen machen. Amaia wird sich wieder erholen. Ich bin mir sicher, sie wird sich bei dir melden, sobald sie kann«, sagte Noel, kurz bevor sie ihr Ziel erreichten.

Lizzy strahlte ihn an. »Wirklich?«

»Ja, wirklich. Zwar ist es nicht auf die leichte Schulter zu nehmen, aber man kümmert sich um sie.«

»Ich danke dir.« Lizzys Stimme zitterte.

Hastig wischte sie sich über die Wange, als sie bemerkte, dass Noel sie ansah, und drehte den Kopf weg. Sie musste sich schreckliche Sorgen um ihre Freundin gemacht haben. Kein Wunder, wenn man bedachte, wovon sie unfreiwillig Zeuge geworden war.

Sie hatte es eilig, von ihm wegzukommen. Offenbar war es ihr in erster Linie um Amaia gegangen und sonst nichts, ganz wie sie zuvor beteuert hatte. »Danke, dass du mich gebracht hast. Ich wohne gleich hier. Gute Nacht.«

Schon verließ sie Noels Seite und flitzte in Richtung Haustür. Er war nicht unglücklich darüber. Das Versprechen machte es schwierig für ihn, sich in ihrer Nähe aufzuhalten. Noel sah ihr hinterher, als er einen unangenehm süßen Geruch wahrnahm. Es roch wie Obst, das in der Sonne zu faulen begonnen hatte. Hastig sah er sich um, konnte jedoch noch nichts entdecken. Im Schatten vor Lizzys Haustür regte sich etwas.

Unbedarft kramte sie in ihrer Handtasche und zog ihren

Schlüsselbund hervor. Dass ihr jemand auflauerte, bemerkte sie gar nicht.

»Lizzy, komm da weg!«, rief Noel ihr zu.

Abrupt blieb sie stehen und sah sich verwirrt zu ihm um, anstatt sich in Bewegung zu setzen. Die bisher verborgen gebliebene Gestalt nutzte die Gelegenheit und stürzte sich auf sie. Panisch schrie Lizzy auf, als sie von hinten ergriffen wurde. Sie zappelte und wollte sich losreißen. Dabei drehte sie sich um und als sie ins Gesicht ihres Angreifers blickte, schrie sie umso lauter.

Noel konnte es ihr nicht verdenken. Bei Nacht sahen Aswang einem Menschen kaum noch ähnlich. Die blasse, wächserne Haut der Kreatur glänzte im Schein der Straßenlaternen. Aus dem Hauseingang kam ein zweiter, der sich auf Noel zu konzentrieren schien. Die blutunterlaufenen Augen des Leichenfressers nahmen ihn gierig ins Visier. Mit ausgefahrenen Krallen und Fangzähnen kam er auf Noel zu.

Lizzys Panik steigerte sich in Hysterie. Bei dem Lärm, den sie veranstaltete, ließe die nächste Polizeistreife nicht lange auf sich warten. Noel wollte einen Zusammenstoß mit den Hütern der menschlichen Gesetze vermeiden. Jetzt galt es zu handeln.

Er rannte auf den zweiten Aswang zu und fegte ihn mit einem kräftigen Windstoß beiseite. Krachend schlug dieser gegen die Ziegelwand des Hauses. Bevor der Aswang die Benommenheit abschütteln konnte, wollte Noel sich seinem Kumpan gewidmet haben.

Lizzy hatte aufgehört zu schreien. Vor Entsetzen erstarrt schaute sie zu, wie die lange Zunge ihres Angreifers über ihre Wange fuhr. Noel erreichte sie, als der Aswang sich über sie beugen wollte.

»Pfoten weg!«, knurrte er und umfasste Lizzys Taille. Seine andere Hand schlug er dem Aswang gleichzeitig vor die Brust und verlieh dem Schlag mit Wind den nötigen Nachdruck. Noel hielt Lizzy fest und durch die Wucht des Windes ließ der Aswang los.

Hinter sich hörte Noel, wie die Türen eines Fahrzeuges sich öffneten. Er riskierte einen Blick über die Schulter und fluchte. Aus einem weißen Kleintransporter stiegen zwei weitere Leichenfresser. Sie mussten hier schleunigst verschwinden. Noel zog Lizzy fest an sich und schloss sie in die Arme, wobei er sich alle Mühe gab, den aufkommenden Kopfschmerz zu ignorieren.

»Halt dich gut fest«, raunte er in ihr Ohr und schloss die Augen, um sich besser konzentrieren zu können.

Lizzy folgte der Anweisung und krallte sich in Noels Hemd. Ein Blinzeln später waren beide verschwunden.

Kapitel 4

Die Welt um sie herum drehte sich wie wild und Lizzy verlor sämtliche Orientierung. Verängstigt klammerte sie sich an Noel fest. Sollte sie loslassen, wäre sie verloren, dessen war sie sicher. Dann hatte sie wieder festen Boden unter den Füßen. Zumindest glaubte sie das. In ihrem Kopf wirbelte alles umher und inzwischen war ihr schon ganz schlecht.

Noel lockerte seinen Griff und drehte seinen Kopf, den er an ihre Wange gepresst hatte, weg. Lizzy konnte die in seinem Hemd verkrampften Finger nicht von ihm lösen. Ihr Pulsschlag raste durch die Adern und ihr Herz hämmerte heftig gegen Noels Brust. Sein Atem ging schnell, so als ob er gerade gerannt wäre.

Von den Monstern war nichts mehr zu hören. Überhaupt war es ganz ruhig. Außer den Geräuschen, die sie beide verursachten, konnte Lizzy nichts wahrnehmen.

»Du kannst wieder loslassen.«

Langsam öffnete sie die Augen. Es war dunkel, aber sie standen definitiv nicht mehr auf der Straße. Neben ihr blinkte eine digitale Anzeige und teilte ihr mit, dass es kurz vor drei war. Sie befanden sich mitten in einem unbekannten Wohnzimmer. Es sah gemütlich aus, sofern Lizzy das im spärlichen Licht beurteilen konnte. Widerwillig löste sie ihre Umklammerung und trat einen Schritt zurück.

Noel musterte sie und strich mit seinen Fingern über ihre Wange. »Du siehst blass aus. Ist alles okay?«

Sie wollte tapfer nicken, doch Noel riss seine Hand zurück und stieß ein schmerzerfülltes Zischen aus. Ganz so, als hätte er sich an ihrer Haut verbrannt. Er schlug sich beide Hände vor die Stirn und stöhnte gequält.

Lizzy bekam es mit der Angst zu tun. »Was ist mit dir? Was kann ich tun?« Sie trat an Noel heran.

Er wich ihr aus. »Nicht anfassen!«, forderte er zwischen zusammengebissenen Zähnen.

Erschrocken zuckte Lizzy mit ausgestreckter Hand zurück. Händeringend sah sie dabei zu, wie Noel ganz offensichtlich Schmerzen litt, und wusste nicht, was sie dagegen unternehmen konnte.

Nach einer Weile beruhigte er sich. Lizzy ertappte ihn bei einer Atemübung, die sie vom Yoga kannte. Schließlich nahm er die Hände vom Kopf und öffnete die Augen. Was immer geschehen sein mochte, jetzt war es vorbei.

»Verzeih, dass ich dich angebrüllt habe. Es ist besser, wenn wir uns nicht berühren.«

Lizzy nickte stumm. Sie wusste nicht, was sie zu all dem hätte sagen sollen. Welche Fragen sie stellen konnte, ohne dass Noel wieder wütend wurde.

»Ist dir schlecht?«, fragte er nun.

Wieder nickte sie.

»Mach dir nichts draus, das geht allen so beim ersten Mal.« Er wies auf das Sofa hinter ihr. »Setz dich. Ich hole dir ein Glas Wasser, dann geht es dir gleich besser.«

Lizzy tat wie geheißen und sah Noel das Zimmer verlassen. Auf dem Weg hinaus drückte er auf den Lichtschalter und gleißendes Licht ergoss sich aus den Strahlern in der Decke. Lizzy blinzelte stark und versuchte, sich an die Helligkeit zu gewöhnen.

Nervös fuhr sie mit den Händen über den weichen Stoff des hellen Sofas. Verstohlen musterte sie das Zimmer. Ihr gegenüber stand alles, was die moderne Unterhaltungselektronik zu bieten hatte. Auf dem gläsernen Couchtisch an ihrer Seite lag ein Tablet. Es war ausgeschaltet. Der warme Farbton der Holzmöbel gefiel ihr. Erst jetzt entdeckte sie das riesige Aquarium an der Wand hinter sich. Wie hatte sie es zuvor übersehen können? Zahlreiche bunte Fische schwammen, in ihrer Nachtruhe gestört, träge im sich sanft wiegenden Wasser. Es musste eine dieser Anlagen sein, die die Meeresumgebung samt Gezeiten möglichst naturgetreu nachahmte. Das Treiben der Fische hatte einen regelrecht hypnotisierenden Effekt.

Lizzy musste die Bestandsaufnahme unterbrechen, denn Noel kam zurück. Er stellte ihr ein großes Glas Wasser hin und legte eine Tafel Schokolade dazu. »Für die Nerven«, sagte er. Außerdem reichte er ihr ein feuchtes Geschirrtuch. Dann nahm er auf dem Sessel Platz, der am weitesten von Lizzy entfernt war. Dass er so sehr auf Distanz ging, betrübte sie schon ein wenig. Sie hätte Trost gebrauchen können.

Daher dachte sie lieber nicht weiter über sein seltsames Verhalten nach und wunderte sich stattdessen über das Tuch. Was sollte sie damit? Verwirrt runzelte Lizzy die Stirn und dann merkte sie, wie die Haut an ihrer Wange spannte. Stimmt ja! Dieses Ding hatte ihr über die Haut geleckt. Angewidert schrubbte Lizzy sich mit dem Tuch ab und unangenehme kalte Schauer jagten ihr über den Rücken. Inzwischen musste ihre Haut ganz rot sein, aber sie konnte noch nicht aufhören.

Das schien auch Noel zu bemerken. »Es ist alles wieder ab«, kommentierte er verhalten.

Beschämt ließ sie das Tuch sinken. Grauer Schleim klebte im Stoff. Lizzy griff eilig nach dem Glas und trank es in einem Zug leer. »Wo sind wir? Wie sind wir hierhergekommen? Was waren das für Dinger? Und wer oder was bist du?« Die Fragen sprudelten nur so aus ihr heraus.

Sein Gesicht verdüsterte sich.

Lizzy schluckte schwer. »Gut, die letzte Frage ziehe ich zurück.«

Noels Gesichtsausdruck wurde weicher und Lizzy atmete erleichtert auf. »Wir sind hier in meiner Wohnung, weil ich uns hergebracht habe. Da ich vorhabe, dich zu deiner eigenen Sicherheit zu bitten hierzubleiben, werde ich dir auch sagen, was uns angegriffen hat.«

Lizzy spitzte erwartungsvoll die Ohren. Sie sollte wirklich bleiben? Wie lange und weshalb? Sie traute sich nicht zu fragen, da sie fürchtete, Noel könnte es sich doch anders überlegen und ihr gar nichts erzählen.

»Man nennt diese Wesen Aswang. Es sind Leichenfresser.«

»Ich bin nicht besonders tot«, wagte sie einzuwerfen. »Du etwa?« Lizzy biss sich erschrocken auf die Lippe. Sie sollte ihn nicht zu seiner Existenz befragen. Das schien für Noel ein sensibles Thema zu sein.

Doch der erwartete Ärger blieb aus. Stattdessen lachte er. »Nein, ich bin auch nicht besonders tot.«

»Also bist du wohl kein Vampir.« Lizzy verfluchte sich innerlich dafür, dass ihr der Gedanke entfleucht war.

»Es gibt keine Vampire«, stellte er klar. »Ein Aswang ist das, was der Vorstellung von Vampiren am nächsten kommt – und doch sind sie anders.«

»Was wollten diese Leichenfresser dann von uns?«

»Das ist einer ihrer Beinamen und bedeutet nicht, dass es reine Aasfresser sind. Das tun sie eher aus Bequemlichkeit. Doch gelegentlich gehen sie auf die Jagd nach frischem Fleisch. In letzter Zeit haben sie es häufig auf meinesgleichen abgesehen. Darum befürchte ich, dass sie gar nichts von dir wollten, sondern von mir. Du bist nur zwischen die Fronten geraten.«

Lizzy war noch nicht vollends überzeugt. »Bist du dir wirklich sicher? Immerhin haben sie in meinem Hauseingang gewartet. Sie konnten doch nicht wissen, dass du bei mir sein wirst. Zehn Minuten zuvor hatten wir es schließlich selbst noch nicht gewusst. Und dieses Auto habe ich in der vergangenen Woche häufiger in meiner Straße gesehen.«

Noel horchte auf und zog die Augenbrauen nachdenklich zusammen. »Wo genau hast du es gesehen?«

»Es ist ein paar Mal langsam die Straße entlanggefahren. Manchmal kam mir die irre Idee, verfolgt zu werden. Wahrscheinlich wussten sie nur nicht genau, wohin sie liefern sollten.«

»Liefern?«

»Der Aufschrift nach handelt es sich um einen Partyservice.«

Noel stöhnte. »Na, das passt ja.«

»Passt wozu?«

»Tagsüber lassen sich Aswang äußerlich nicht von normalen Menschen unterscheiden, erst nachts erkennt man ihre wahre Gestalt. Die meisten von ihnen haben sich gut in die Gesellschaft integriert und leben unter ihnen gänzlich unentdeckt. Um ihren Gelüsten nachkommen zu können, üben sie Berufe aus, die ihnen dazu gelegen kommen.«

»Welche da wären?«

»Bestatter zum Beispiel oder Metzger. Und die meisten Metzger betreiben zusätzlich einen Partyservice, das gehört heutzutage dazu.«

Lizzy war entsetzt. »Willst du mir damit sagen, dass es Bestatter gibt, die Leichen essen, anstatt sie zu beerdigen?«

»Das kommt öfter vor, als man glauben möchte.«

Die Übelkeit kehrte zurück und Lizzy wollte sich zwingen, an etwas anderes zu denken.

»Wir sollten das Thema wechseln. Du bist ganz grün im Gesicht.«

Sie nickte schwach. »Wieso soll ich hierbleiben? Du magst mich nicht einmal.«

Er zog überrascht die Augenbrauen hoch. »Wie kommst du darauf?«

Unsicher rutschte Lizzy auf dem Sofa herum. Das hätte sie nicht sagen sollen. »Du bist nicht gern in meiner Nähe und scheinst leicht reizbar zu sein, sobald du mich siehst.«

»Das hat nicht direkt mit dir zu tun«, erwiderte Noel ausweichend. Eine weitere Erklärung gab er nicht.

»Soll das bedeuten, dass ich meine Wohnung nicht mehr betreten darf?«, fragte sie, als Noel immer noch nicht weitersprach.

»Ich befürchte, du bist dort nicht sicher. Denn wie du sagtest, sie haben bei *dir* vor der Haustür gewartet. Ob es wegen mir oder vielleicht auch wegen deiner Freundinnen war, kann ich nicht sagen. Solange Amaia und Tavia nicht hier sind, kann ich dich kaum dir selbst überlassen. Daher denke ich, es ist das Beste, wenn du für eine Weile hier untertauchst. Diese Adresse kennt niemand.«

Sie dachte über Noels Worte nach. Zweifellos hatte er nicht ganz unrecht. Konnte sie wirklich mit ihm hier wohnen? Immerhin kannte sie ihn kaum und er selbst schien mit der Situation unglücklich zu sein. Außerdem war sich Lizzy inzwischen sicher, dass weder Noel noch ihre Freundinnen Menschen waren. War es klug, mit einem übernatürlichen Wesen unter demselben Dach zu wohnen? Überfallen würde er sie vermutlich nicht, nachdem er so empfindlich auf ihre Berührung reagiert hatte, was schade war, wie Lizzy sich eingestehen musste.

Was hatte sie schon zu verlieren? Sollte Noel sich als unerträglich entpuppen, konnte sie immer noch gehen. Sie hatte schon schlimmer gewohnt. »Na schön, dann bleibe ich hier. Aber ich muss wenigstens noch einmal zu mir nach Hause. Außer den Kleidern an meinem Leib und meiner Handtasche habe ich nichts hier. Ich brauche etwas zum Anziehen, meine Bücher für die Uni und ich muss meine Blumen gießen.«

Noel schüttelte den Kopf. »Kleidung können wir dir besorgen, die Bücher brauchst du nicht und deine Blumen werden es schon schaffen.«

»Willst du mir verbieten, zur Uni zu gehen?«, fragte Lizzy empört. »Das geht auf gar keinen Fall! Bis zu den

Semesterferien ist es noch eine Woche und kurz danach beginnen die Prüfungen. Ich darf nicht fehlen. Wenn ich durchfalle, verliere ich womöglich mein Stipendium.«

»Wenn die Aswang dich in die Finger bekommen, verlierst du mehr als dein Stipendium«, erwiderte Noel trotz ihres heftigen Protestes gelassen.

»Du hast doch gesagt, sie zeigen nur nachts ihre wahre Gestalt.«

»Das heißt nicht, dass sie dir tagsüber nicht gefährlich werden können. Sie gehen ganz normal vor die Tür, können dir auflauern, dich verschleppen, foltern und letztendlich fressen. Und das alles, während die Sonne fröhlich am Himmel lacht.

Sollten sie, aus welchen Gründen auch immer, wirklich deinetwegen dort gewesen sein und dich schon seit einigen Tagen ausspähen, dann wissen sie bestimmt, mit welcher Bahn du zur Uni fährst, in welche Vorlesungen du gehst, wo du mittags isst und so weiter. Das Risiko können wir nicht eingehen.«

»Für dich sind solche Dinge vielleicht nicht wichtig, aber für mich schon. Es muss doch eine Möglichkeit geben«, beharrte Lizzy.

Er stöhnte genervt. »Kannst du dich nicht krankmelden?«

Mit offiziellem Attest konnte sie alles nachholen, das stimmte schon. Nur konnte sie nicht simulieren, man käme ihr sofort auf die Schliche. Dafür hatte Lizzy kein Talent. Seitdem sie vom Vorort in die Stadt gezogen war, hatte sie noch keinen Arzt benötigt und sich demnach noch keinen neuen Hausarzt gesucht.

Noch während sie ihre Möglichkeiten abwog, schielte Noel zur Uhr. »Hör mal, es ist spät. Ich bin müde und du bestimmt auch. Lass uns das morgen ausdiskutieren, dann fällt uns schon etwas ein.«

Lizzy lenkte ein, immerhin war es inzwischen halb vier. »Du hast recht. Ich bin auch müde.«

Auf seinem Gesicht machte sich Erleichterung breit und er stand auf. »Gut, komm mit. Ich zeige dir dein Bett.«

Gemeinsam verließen sie das Wohnzimmer und betraten einen breiten Flur, von dem allerlei Räume abgingen. Noel öffnete eine Tür und schaltete das Licht an.

Die Mitte des Zimmers wurde von einem großen Bett dominiert. Einen Kleiderschrank sowie eine Kommode und einen Nachtschrank gab es außerdem.

»Wenn du mich brauchst, findest du mich dort.« Noel deutete über seine Schulter auf die Tür in seinem Rücken. »Das Badezimmer ist von hier aus die zweite Tür links. Du kannst duschen und dich an meiner Ersatzzahnbürste bedienen, ganz wie du möchtest. Du solltest in den Schränken finden, was du benötigst.«

Lizzy lächelte zaghaft. Das war wirklich aufmerksam von ihm. »Danke, das ist sehr nett von dir.«

»Versprich mir nur, dass du nachts nicht vor die Tür gehst.«

»Versprochen.«

Er nickte zufrieden. »Schlaf gut, Lizzy.«

»Du auch, Noel.«

Er wandte sich ab und verschwand in seinem Schlafzimmer. Unschlüssig blieb sie im Flur stehen. Schließlich entschied Lizzy sich, noch einmal ins Bad zu gehen.

Sie verspürte das dringende Bedürfnis, sich abermals das Gesicht zu waschen.

Als sie zurück in ihr Gästezimmer kam, schlüpfte sie aus ihren Klamotten und krabbelte in Unterwäsche unter die weiche Bettwäsche. Dafür, dass es nur ein Gästebett war, befand Lizzy es für unfassbar bequem. Kaum war ihr dieser Gedanke gekommen, musste sie gähnen. Erschöpft schloss sie die Augen und war schon wenige Sekunden später eingeschlafen.

Noel hatte nur unruhig geschlafen und war immer wieder aufgewacht. Er war noch nicht in Stimmung, um aufzustehen. Jedoch gebot es ihm der Anstand, seinen unfreiwilligen Gast nicht allzu lange warten zu lassen.

Sein Wecker bestätigte ihm, dass es schon fast Mittag war. Vermutlich war Lizzy längst wach. Unwillig schob Noel sich aus dem Bett und verließ das Schlafzimmer. Alles in der Wohnung schien ruhig. Weder der Fernseher noch das Radio liefen. Trotzdem warf er zur Sicherheit einen Blick ins Wohnzimmer – keine Spur von Lizzy. Auf nackten Füßen schlich er durch den Flur. Auch in der Küche war sie nicht.

Die Nacht war furchtbar erschreckend und anstrengend für Lizzy gewesen. Sie schlief wohl doch noch. Um seine

Lebensgeister zu wecken, schlüpfte Noel ins Badezimmer und entledigte sich dort seiner Shorts, die er zum Schlafen anbehalten hatte.

Die kalte Dusche war genau das Richtige. Jetzt fehlte nur noch eine große Tasse Kaffee und er wäre bereit, Lizzy erneut klarzumachen, wie ernst ihre Lage werden konnte. Noel war schon auf dem Weg in die Küche, als ihm einfiel, dass er sich besser erst anzog. Er war in seinen vier Wänden nicht allein und sollte nicht halb nackt durch die Gegend laufen. Resigniert machte er kehrt.

Eilig schlüpfte Noel in eine Jeans und ein Hemd. Vor Lizzys Tür blieb er stehen. Noch immer hatte er kein Lebenszeichen von ihr wahrgenommen. Konzentriert lauschte er, doch konnte er trotz seiner guten Ohren nichts hören. Sacht klopfte er an.

»Lizzy? Bist du schon wach? Darf ich hereinkommen?« Noel wartete, doch er bekam keine Antwort. »Ich komme jetzt rein, okay?«

Immer noch nichts.

Vorsichtig drückte Noel die Klinke herunter und spähte in das Zimmer. Vom Flur drang genug Licht in den Raum, um erkennen zu können, dass Lizzy nicht im Bett lag. Stattdessen war es fein säuberlich gemacht und von ihr keine Spur.

Ihm schwante Böses. Bevor er gänzlich die Nerven verlor, durchsuchte er sämtliche Zimmer, selbst die Abstellkammer. Nirgends war sie zu finden. Nicht einmal ihre Handtasche lag irgendwo herum. Nichts deutete darauf hin, dass sie überhaupt hier gewesen war.

War die Frau so naiv und schlug seine Warnungen in den

Wind? Ihm kam noch ein anderer unwillkommener Gedanke. Vielleicht war ihr auch seine Nähe zuwider gewesen. Bisher hatte er sich nicht gerade von seiner charmanten Seite gezeigt, aus Angst, die Magie des Versprechens auf den Plan zu rufen. Zu seinem eigenen Schutz war er kratzbürstiger als sonst gewesen. Immerhin war Lizzy dadurch auch der Meinung, er könnte sie nicht leiden. Das stimmte so nicht, sie war ein interessanter Mensch, doch Noel würde sich hüten, ihr das zu sagen. Die Kopfschmerzen vom gestrigen Abend waren eine klare Warnung gewesen.

Aus welchem Grund Lizzy auch vor ihm geflüchtet war, er musste sie finden. In gewisser Weise fühlte er sich für sie verantwortlich. Noel marschierte in der Küche auf und ab und überlegte, wo er suchen sollte. Bestimmt war sie schleunigst in ihre eigene Wohnung zurückgekehrt. Als Erstes würde er dort nachsehen.

Konzentriert schloss Noel die Augen und stellte sich den Ort vor, zu dem er wollte. Ein unerwartetes Geräusch ließ ihn aufhorchen. Ein Schlüssel drehte sich im Schloss und gleich darauf wurde seine Wohnungstür aufgestoßen. Er ging in den Flur und sah sich Lizzy gegenüber, die gerade hereinkam.

Überrascht sah sie auf. »Guten Morgen!«, begrüßte sie ihn fröhlich. »Ich war so frei, mir den hier auszuleihen.« Während sie sprach, klimperte Lizzy mit seinem Ersatzschlüssel. In der anderen Hand trug sie einige Tüten.

Noel war fassungslos. »Wo verdammt noch mal bist du gewesen?«, fuhr er sie unbeherrscht an.

Lizzys Lächeln gefror und sie zuckte zusammen. Auf der Suche nach den richtigen Worten schaute sie verstohlen über die Schulter, als ob sie überlegte, gleich wieder zu gehen. Noel musste dringend an sich arbeiten und sie nicht ständig einschüchtern.

Von sich selbst genervt, fuhr er sich mit der Hand übers Gesicht. »Tut mir leid!«, sagte er und meinte es auch so.

Ihre Augen weiteten sich verblüfft. Ansonsten belohnte sie ihn mit keiner weiteren Reaktion.

»Ich habe mir schreckliche Sorgen um dich gemacht und schon befürchtet, ein Aswang hätte dich nachts direkt aus deinem Bett entführt. Ich wollte gerade los und dich suchen.«

Lizzy lächelte nun vorsichtig. »Hätte ein Aswang auch das Bett gemacht?«

»Vermutlich nicht«, gestand Noel. »Wo bist du gewesen? Du hattest mir versprochen, nicht rauszugehen.« Er bemühte sich um einen versöhnlichen Tonfall. Zu schade, dass man Menschen nicht so an Versprechen binden konnte wie seinesgleichen.

»Du hast gesagt, ich solle nachts hier drinnen bleiben und daran habe ich mich auch gehalten. Vom Tag war keine Rede. Ich bin nur bis zum Einkaufszentrum an der Ecke gegangen. Immerhin brauche ich ein paar Klamotten. Diese hier trage ich jetzt den zweiten Tag und allmählich wird es unangenehm. Außerdem habe ich uns Frühstück mitgebracht. In deinen Schränken habe ich nichts außer Süßigkeiten und Eiscreme gefunden. Ist das alles, was du isst?«

»Ich kann nicht kochen und esse immer außerhalb«, erwiderte er automatisch und ließ sich damit endgültig von seinem Ärger abbringen.

»Ich ziehe mir etwas Frisches an und dann frühstücken wir, okay?«, schlug Lizzy vorsichtig vor.

»Okay.« Noel trat zur Seite und machte ihr Platz. Mit raschelnden Tüten schlüpfte Lizzy an ihm vorbei.

Er nahm sich vor, netter zu ihr zu sein. Sie konnte nichts für das Versprechen, das er gegeben hatte, auch wenn es eher einem Fluch glich. Vielleicht war es auch besser so, wenn Noel nicht auf die Idee kam, seinem Verlangen nachzugeben. Gewiss hatte Lizzy andere Sorgen, als ihn ins Bett zu kriegen. Außerdem würde es die Dinge zwischen ihnen nur noch weiter verkomplizieren. Also ging er stattdessen zurück in die Küche, startete den Kaffeevollautomaten und deckte den Tisch.

Gleich darauf stand Lizzy in der Tür und spähte hinein. Jetzt trug sie ein schwarzes Top und eine enge helle Jeans, die sie gerade gekauft haben musste.

»Möchtest du einen Kaffee oder lieber Cappuccino?«, fragte Noel freundlich.

Zaghaft betrat sie die Küche. Jetzt hatte sie nur noch die Tüte vom Supermarkt in der Hand. »Cappuccino wäre wunderbar.«

Noel drückte den entsprechenden Knopf und lauschte dem Zischen des Milchaufschäumers. Nach der letzten Nacht wusste er nicht, wie er ein Gespräch mit ihr anfangen sollte. Was er Lizzy erzählen konnte und was er besser verschweigen sollte.

Nachdem das Gerät fertig war, stellte er beide Tassen auf den Tisch und setzte sich zu Lizzy. Gerade war sie dabei, ihre Einkäufe auszupacken. Neugierig begutachtete Noel, was sie mitgebracht hatte und hoffte, dass sie etwas gekauft hatte, das er auch aß. Zutage kamen Brötchen, Croissants mit und ohne Schokolade, verschiedene Käse- und Marmeladensorten sowie Obst.

Erleichterung machte sich in Noel breit. Sie hatte genau ins Schwarze getroffen. Ob ihr das bewusst war oder ob es sich um einen Zufall handelte? Womöglich hatte sie sich beim Kauf auch an den Essgewohnheiten ihrer Freundinnen orientiert.

»Ich habe gekauft, was ich gern esse«, begann sie unsicher. »Tavia und Amaia essen das auch, daher hoffe ich, es trifft ebenfalls deinen Geschmack?«

Dankbar lächelte Noel sie an und nahm sich eines der Schokoladencroissants. »Es ist genau das Richtige, danke schön.«

Lizzy wirkte erleichtert und begann ebenfalls ihr Frühstück. Nach einer Weile des schweigsamen Essens bemerkte Noel, wie sie ihn beobachtete und immer breiter grinste.

»Stimmt was nicht?«, fragte er irritiert.

»Mir ist nur gerade die Ähnlichkeit aufgefallen«, erwiderte Lizzy. »Was auch immer ihr seid, offenbar leidet ihr unter chronischer Unterzuckerung.«

»Wie meinst du das?«

»Eure Vorliebe für Süßes ist wirklich auffällig. Wenn ich meine Freundinnen zu etwas überzeugen möchte, backe ich ihnen die süßesten Kuchen und sie fressen mir förmlich aus der Hand«, kicherte sie.

»Du backst?«, fragte Noel positiv überrascht.

Lizzys Grinsen wurde breiter. »Wenn du nett zu mir bist, könnte ich es dir zeigen.«

»Ich werde mich bessern und dich darauf festnageln«,

versprach er. Das war ein weiterer Ansporn für ihn, sich an seinen Vorsatz zu halten. Lizzy hatte es ganz richtig bemerkt, dass man sein Volk mit süßem Essen am meisten begeistern konnte.

»Gestern hast du gesagt, die Aswang machen vermehrt Jagd auf euch. Weißt du weshalb?« Lizzy starrte konzentriert auf ihre Kaffeetasse, während sie sprach.

Jetzt war der Small talk also beendet. »Nein, ich weiß es auch nicht«, seufzte Noel. Vorsichtig spähte sie zu ihm, als wolle sie seine Reaktion abschätzen. »Womöglich schmecken wir besonders gut«, scherzte er.

»Meinst du, das ist wirklich der Grund? Klingt das nicht zu simpel?«

Noel zuckte mit den Schultern. »Du könntest mich anknabbern und es testen«, schlug er schelmisch grinsend vor.

Lizzy öffnete den Mund und klappe ihn gleich wieder zu. Die Röte stieg ihr ins Gesicht und offenbar wusste sie nicht, was sie von seinem geänderten Verhalten ihr gegenüber halten sollte.

»Oder wir besprechen, wie es jetzt weitergeht«, sagte Noel eilig, als er merkte, dass seine Gedanken und Worte in eine gefährliche Richtung drifteten.

Lizzy schien auf Vorschläge seinerseits zu warten. »Es wäre mir wirklich am liebsten, wenn du in meiner Wohnung bleiben würdest. Wenigstens bis Tavia und Amaia zurückkommen. Ich halte es für keine gute Idee, dich allein zu lassen.«

»Wie lange wird das dauern?«

»Zwei oder drei Wochen«, antwortete Noel leichthin.

»So lange?« Lizzy war entsetzt.

Für ihn war es nicht mehr als ein kurzer Moment, selbst wenn er auf etwas wartete. Menschen nahmen die Zeit ganz anders wahr. Kein Wunder, so wenig, wie sie davon nur hatten. »Schneller wird es nicht gehen.«

»Geht es Amaia denn so schlecht?«, fragte Lizzy nun betreten.

»Sie hat das Schlimmste überstanden, aber sie muss sich noch ausruhen. Tavia bleibt solange bei ihr.«

Sie schien noch nicht überzeugt. Also bot Noel an: »Soll ich Tavia fragen, ob bei Amaia so weit alles in Ordnung ist?«

Mit großen Augen sah sie ihn an. »Könntest du das denn? Über ihr Telefon erreiche ich sie nicht – kein Empfang.«

»Es dauert nur einen Augenblick.«

»Dann tu es bitte.«

Noel konzentrierte sich und dachte an Tavia. Aufgeregt fuhr Lizzy dazwischen. »Bitte sag ihr nicht, dass ich hier bin. Erzähl ihr nichts von gestern Abend.«

Verwundert runzelte er die Stirn. »Warum nicht?«

»Sie soll sich keine Sorgen um mich machen.«

»Wenn sie wirklich deine Freundin ist, wird sie es wissen wollen«, wandte Noel ein.

»Sicher will sie es wissen. Nur soll sie sich voll und ganz um Amaia kümmern können, damit es ihr so bald wie möglich besser geht«, beharrte Lizzy. Dann lächelte sie schief und sah Noel tief in die Augen. »Außerdem bist du doch bei mir und beschützt mich.«

Er hatte einen Kloß im Hals. Es war das erste Mal, dass

Lizzy ihn auf Augenhöhe und nicht verschreckt oder zögerlich ansah. Der Blick aus ihren grauen Augen gefiel ihm. Zuverlässig meldete sich das Versprechen mit einem leichten Pochen an seinen Schläfen. Noel kniff die Augen zusammen und dachte stattdessen an Tavia. Das Pochen zog sich pflichtschuldig zurück.

»Gut, ich werde ihr vorerst nichts davon erzählen«, versprach er. Als der Schmerz ganz verschwunden war, öffnete er die Augen. Lizzy beobachtete ihn erwartungsvoll.

»*Tavia?*«

Eilig antwortete sie ihm. »*Sei mir gegrüßt, Noel.*«

»*Hat sich Amaias Zustand schon gebessert?*«

»*Nicht sehr. Sie ist noch in Trance und wird es vermutlich noch einige Zeit bleiben.*«

Ganz wie Noel es erwartet hatte. »*Sag mir Bescheid, wenn sie wieder aufwacht.*«

Aus dem Augenwinkel bemerkte er, dass Lizzy sich verstohlen umsah. Ihre Stirn war in verwirrte Falten gelegt. Sie hob die Hand, als wollte sie sich das Ohr zuhalten, fuhr sich stattdessen jedoch eilig durchs Haar, als sie sah, dass Noel sie beobachtete.

Tavias Antwort bekam er fast nicht mit. »*Selbstverständlich.*«

»*Danke*«, beeilte er sich zu erwidern und beendete den Kontakt. »Stimmt etwas nicht?«, fragte er Lizzy.

Ertappt zuckte sie ein klein wenig zusammen. »Es ist nichts.« Ihre Antwort war zu hastig. Ihr Blick ausweichend. Sie belog ihn. Dieses Mal ließ Noel ihr das durchgehen.

»Und?«, fragte Lizzy, um vom Thema abzulenken.

»Amaia ist dabei, sich zu erholen. Sie schläft und das

noch ein paar Tage. Das ist für uns normal und muss dir keine Sorgen machen.«

»Ihr schlaft mehrere Tage?«, fragte Lizzy verblüfft.

»Nur, wenn wir sehr erschöpft sind.«

»Danke, dass du für mich gefragt hast«, sagte sie und strahlte ihn an. Dann wurde sie wieder ernst. »So lange kann ich mich nicht bei dir verschanzen. Wenigstens in meine Vorlesungen musst du mich gehen lassen.«

Einerseits imponierte Lizzys Hartnäckigkeit ihm, andererseits machte sie es Noel schwer damit. Wenn er sie am Gehen hindern wollte, musste er sie gewaltsam einsperren. Das wiederum wäre ihm zuwider und er könnte sich keine Hoffnungen darauf machen, dass Lizzy ihm solch ein Verhalten verzieh. Bei der erstbesten Gelegenheit würde sie sowieso fliehen.

Entnervt seufzte er. »Ich kann dich nicht gehen las...«

»Aber ich muss!«, unterbrach Lizzy ihn energisch, wobei sie von ihrem Stuhl aufsprang. Sie stützte sich auf dem Tisch ab und funkelte ihn herausfordernd an.

Äußerlich blieb Noel gelassen, obwohl in seinem Inneren alles in Aufruhr war. Er war es nicht gewohnt, unterbrochen zu werden. »Ich kann dich nicht gehen lassen!« Lizzy wollte schon wieder etwas einwerfen, doch er hob die Hand und gebot ihr zu schweigen. »Aber wenn du mich darum bittest, könnte ich dich bringen – hatte ich ursprünglich sagen wollen.« Noel sah mit stechendem Blick zu ihr auf. »Nachdem du mir jedoch so rüde über den Mund gefahren bist, musst du mich schon artig darum bitten.«

Lizzys grimmiger Gesichtsausdruck wandelte sich. Sie schwang sich auf den Tisch und beugte sich tiefer zu ihm.

»Bitte, lieber Noel, könntest du mich bitte, bitte zur Uni begleiten und auf mich aufpassen, damit mich keines von den bösen Monstern frisst?«, säuselte sie und klimperte gekonnt mit den Wimpern. Der Blick, den sie Noel durch ihre dichten Wimpern zuwarf, konnte nur als verrucht bezeichnet werden.

Es war nur eine Masche, das war klar. Aber verdammt noch mal, sie funktionierte. Noel ergriff Lizzys Handgelenk und war kurz davor, die Teller herunterzufegen, sie auf den Tisch zu legen, um sich dann über sie zu beug...

Der Schmerz fuhr brutal durch seine Fantasie und er zuckte zischend zurück. Eilig stand er auf und wandte sich von Lizzy ab. Das machte die Sache erträglicher. »Schon gut, ich mache es«, presste er zwischen zusammengebissenen Zähnen hervor.

»Ist alles okay bei dir?«, fragte Lizzy besorgt hinter ihm.

»Geht gleich wieder.«

»Kann ich dir irgendwie helfen?«

»Ja, du kannst das künftig lassen«, knurrte er frustriert.

»Was?«

Der Schmerz war zu groß, um auf ihre Betroffenheit nachsichtig einzugehen. Unwirsch deutete Noel in ihre Richtung. »Das!«, blaffte er und meinte damit alles an ihr.

Unsicher rutschte Lizzy von der Tischkante und sagte nichts mehr. Noel konzentrierte sich auf seine Atmung und bezwang allmählich das Stechen in seinem Kopf. Wütend fuhr er sich übers Gesicht und wischte die noch feuchten Haarsträhnen beiseite.

»Es tut mir leid«, sagte er abgehackt, sobald er sich unter Kontrolle hatte. »Du kannst nichts dafür und das weiß ich auch. Nur ist es schwer, seine guten Umgangsformen nicht zu vergessen, wenn ...« Noel sprach nicht weiter. Er wollte Lizzy nicht sagen, an welchen Schwur er sich gebunden hatte.

»Dieses Mal hast du mich berührt«, verteidigte sie sich kleinlaut.

»Ich weiß, und das hätte ich besser lassen sollen.«

Langsam kam Lizzy um den Tisch herum. Dankbarerweise blieb sie weit genug von Noel entfernt. »Du hast Schmerzen, wenn wir uns berühren«, stellte sie fest.

Er nickte. Leugnen war ohnehin zwecklos und vielleicht hielt sie sich dann von ihm fern.

»Liegt das an dem, was du bist? Meine Freundinnen habe ich schon oft berührt und ich hatte bislang nicht den Eindruck, ihnen damit Schmerzen zuzufügen.«

»Nein, daran liegt es nicht. Man könnte sagen, es liegt an mir selbst.«

»Soll das heißen, du kannst keinen anderen Menschen anfassen?« Lizzy musterte ihn neugierig, als wolle sie ihn studieren – oder besser noch sezieren. Dieser Blick gefiel ihm im Gegensatz zu dem anderen gar nicht.

»Doch, für gewöhnlich kann ich auch andere Leute anfassen«, antwortete Noel möglichst geduldig.

»Nur mich im Speziellen nicht? Das ist doch seltsam.«

»Hör mal, ich weiß, woran es liegt. Die Mühe, es zu analysieren, kannst du dir also sparen.« Bevor Lizzy nachhaken konnte, fügte er hinzu: »Und nein, ich möchte nicht darüber sprechen.«

Ihr Mund klappte wieder zu, nur damit sie gleich darauf trotzig ihr Kinn vorrecken konnte. »Wenn du darauf bestehst, dass ich bei dir wohne, sollte ich es dann nicht wissen? Wenn wir so eng aufeinanderhocken, kann es immer mal wieder passieren, dass wir uns kurz berühren.«

»Richtig, und da du nun weißt, was dann mit mir passiert, bitte ich dich, entsprechend Rücksicht zu nehmen.« Noel war die Diskussion leid. Er brauchte ein wenig Ruhe und musste sich überlegen, wie er Lizzy in den nächsten Tagen am besten zur Uni und wieder zurückbekam. »Bitte lass mich eine Weile allein.« Schon während er sprach, wandte er sich ab und marschierte in sein Wohnzimmer. Seine Fische und Musik waren jetzt genau das, was er brauchte.

Kapitel 5

Noel ließ Lizzy stehen und verließ die Küche. Das konnte sie ihm nicht einmal übel nehmen. Wie es aussah, hatte ihm diese Berührung gerade regelrechte Qualen bereitet. Warum hatte er das Problem offensichtlich nur bei ihr? Zu gern hätte Lizzy gewusst, was er vorgehabt hatte, als er ihr Handgelenk ergriffen hatte. Die Geste hatte etwas Besitzergreifendes gehabt und sie fragte sich, was danach gekommen wäre.

Lizzy glaubte nicht, dass sie Noel völlig kaltließ. Andernfalls würde er doch kaum diesen Aufwand betreiben, um sie zu schützen. Erst recht, da ihre Nähe für ihn mit Schmerzen verbunden war. Bedauerlich, dass diese Hürde zwischen ihnen stand. So war es kein Wunder, dass er immerzu so gereizt reagierte. Für eine Weile wollte sie Noel den gewünschten Frieden lassen und sich stattdessen nützlich machen. Also räumte sie das schmutzige Geschirr vom Tisch in die Spülmaschine. Als Nächstes verstaute Lizzy ihre restlichen Einkäufe in den Schränken.

In einem der Küchenschränke entdeckte sie tatsächlich etwas, das keine Schokolade war. Langsam zog sie die beiden Boxen heraus, um ihren Verdacht bestätigt zu bekommen. Sie hatte tatsächlich Mehl und Zucker in dieser ansonsten lebensmittelfreien Küche gefunden. Zusammen mit den Eiern und der Butter, die sie gekauft hatte, ließe sich doch etwas anfangen.

Vielleicht gab es eine Möglichkeit, wie sie Noel ihre Dankbarkeit zeigen konnte, und es gelang ihr dadurch, die Wogen zu glätten. Sie wollte ihm nicht unnötig zur Last fallen. Stattdessen sollte er sie mögen. Denn unter seiner grimmigen Schale hatte Lizzy einen aufmerksamen und freundlichen Kern entdeckt, den sie nur zu gern freilegen wollte.

Lizzy durchstöberte auch noch die restlichen Schränke und wurde tatsächlich fündig. Zwar hatte Noel gesagt, er kochte nie, dennoch war seine Küche voll ausgestattet, selbst Backformen hatte sie gefunden. Schon nach kurzer Zeit hatte Lizzy einen Überblick und wusste, was ihr zur Verfügung stand. Daraus ließen sich problemlos Muffins mit dreierlei Schokolade machen. Einer der Schränke hatte nichts anderes enthalten und Lizzy hatte sich ein paar Tafeln geborgt.

Während sie Teig zusammenrührte, Schokolade hackte und schmolz, überlegte Lizzy, ob sie schon mal von Wesen gehört hatte, die eine solche Schwäche für Süßigkeiten hatten. Vielleicht gab es ja Elfen? Dann hätte er spitze Ohren haben müssen, oder? Vampire gab es nicht, hatte Noel behauptet. Deshalb schloss Lizzy Werwölfe gleichermaßen aus. Außerdem hätten die wahrscheinlich lieber ein blutiges Steak gegessen statt Kuchen.

Womöglich war er auch eine Art Geist. Ob es die wirklich gab? Nach einem Zwerg, Hobbit oder gar Ork sah er nun wirklich nicht aus. Damit war Lizzys Twilight- und Der-Herr-der-Ringe-Wissen erschöpft und sie war immer noch nicht schlauer als zuvor. Eventuell war er ein Magier, so wie Harry Potter. Das würde das Teleportieren vielleicht erklären. Andererseits machte die allgemeine Obsession nach Zucker in dem Zusammenhang auch keinen richtigen Sinn.

Engel oder Dämonen kamen ebenfalls infrage. Das könnte schon eher passen, allerdings müsste es dann auch Gott und Teufel geben. Vielleicht gab es einen Teufel, aber dass es einen Gott gab, wollte Lizzy nicht glauben. Zumindest keinen, der sich um das Schicksal seiner Schöpfung scherte.

Sie gab das Rätseln auf und schob die mit Teig befüllte Form in den Ofen. Von allein käme sie wohl nicht darauf. Entweder Noel verriet es ihr eines Tages oder vielleicht ihre Freundinnen. Selbstverständlich interessierte es Lizzy, was für Geschöpfe sie waren. Dennoch würde es nicht das Bild ändern, das sie von ihnen hatte. Auch wenn Unwissende es ihr – aufgrund ihres Aussehens oder warum auch immer – schon oft unterstellt hatten, so war oberflächlich das letzte Wort, mit dem man Lizzy beschreiben konnte.

Sie räumte ihre Utensilien wieder auf und schmolz die nächste Tafel Schokolade für den Guss. Wenig später hatte sie ihre Muffins schon fertig. Im Teig war geschmolzene Zartbitter, dazu Vollmilchstückchen und obendrauf weißer Schokoguss mit einem dunklen Kringel in der Mitte. Die mussten Noel einfach schmecken.

Drei stellte Lizzy auf einen kleinen Teller, den Rest zum Trocknen auf eine Platte, die sie auf dem Küchentisch platzierte. Das Ganze hatte eine Stunde gedauert. Lizzy beschloss, dass sie Noel damit lange genug in Ruhe gelassen hatte. Sie bewaffnete sich mit dem Teller und verließ die

Küche. Aus dem Wohnzimmer hörte sie leise Klaviermusik. Lizzy erkannte das Stück. Noel hörte Yiruma. Sie hatte damit gerechnet, dass der Fernseher lief oder er an einer seiner Konsolen spielte.

Vorsichtig spähte Lizzy durch den Türrahmen. Noel saß mit geschlossenen Augen und verschränkten Armen auf dem Sofa. Sein Kopf war leicht nach vorn gesackt und seine Brust hob und senkte sich gleichmäßig. Er schlief.

Auf Zehenspitzen trat Lizzy ein und setzte ihr Friedensangebot vor Noel auf dem niedrigen Tisch ab. Sie unterdrückte den Impuls, sich zu ihm zu setzen, und ging stattdessen wieder hinaus. Auf so brutale Weise wollte sie ihn wirklich nicht wecken. Schon gar nicht, wenn er Lizzys Neugier verzeihen sollte.

Da Noel schlief, wusste sie nicht so recht, was sie mit sich anfangen sollte. Ihre Bücher waren noch in ihrer Wohnung. Gern hätte sie die Gegend ein wenig erkundet, doch wollte sie Noel nicht schon wieder Sorgen bereiten. Sie würde ihn überreden, zusammen rauszugehen, sobald er wach war. Nur wie konnte sie sich bis dahin die Zeit vertreiben?

Ihr fiel ein, dass sie sich zwar umgezogen hatte, aufgrund der Tatsache, dass sie in ihren alten Klamotten hatte einkaufen müssen, jedoch auf eine vorherige Dusche verzichtet hatte. Das würde sie jetzt nachholen. Schließlich hatte Noel ihr gesagt, sie solle sich wie zu Hause fühlen und könnte alles im Bad benutzen.

Vor der großzügigen Duschkabine hielt Lizzy inne. Ihr Blick fiel auf die moderne Badewanne, die allerlei Knöpfe an der Armatur hatte. Lizzy warf einen Blick hinein und entdeckte zahlreiche Düsen. Es handelte sich also auch um einen Whirlpool. Kurz entschlossen drehte Lizzy den Hahn auf. Immerhin hatte sie Zeit, da konnte sie genauso gut baden. Während die Wanne sich füllte, zog sie sich aus und legte die Klamotten ordentlich zusammen. Seufzend sank sie ins warme Wasser und begann, an den Knöpfen herumzuspielen. Beim dritten Versuch hatte sie den richtigen gefunden und das Wasser sprudelte, als würde es kochen. Lizzy lehnte sich zurück und genoss die Wärme und das Prickeln auf ihrer Haut. Es war ein herrliches Gefühl.

Noels Nacken tat weh. Langsam setzte er sich auf und ließ probehalber den Kopf kreisen, um die Verspannung zu lösen. Unglücklicherweise war er in einer wirklich blöden Position eingeschlafen. Er verzog das Gesicht und bearbeitete seine Muskeln mit der Hand, damit sich der Krampf löste. Ein Blick zur Uhr verriet ihm, dass es noch Nachmittag war. Erst in ein paar Stunden musste er bei der Arbeit auftauchen.

Noel hatte sich überlegt, womit er Lizzy besänftigen und sie hoffentlich dazu bringen konnte, den restlichen Tag in der Wohnung zu verbringen und nicht auszubrechen, sobald er ging. Er stutzte, ein ungewohnter, aber nicht unwillkommener Geruch hing in der Luft. Auf dem Wohnzimmertisch entdeckte er dessen Ursache. Auf einem Teller drapiert standen drei köstlich aussehende Muffins.

Gierig griff Noel zu und verschlang den ersten mit wenigen Bissen. Sie sahen nicht nur gut aus, sondern schmeckten auch so.

Die Schokolade war noch weich. Das bedeutete, Lizzy hatte sie wirklich selbst gemacht und war nicht draußen gewesen, um sie zu kaufen.

Noel nahm sich einen zweiten für den Weg mit und machte sich auf die Suche nach ihr. Er sollte sich für sein abweisendes Verhalten ihr gegenüber entschuldigen – mal wieder.

In der Küche war sie nicht. Dafür entdeckte er auf dem Tisch noch weitere dieser Köstlichkeiten. Noel ging zurück und wollte im Gästezimmer nachsehen, als er Geräusche aus dem Badezimmer hörte. Lizzy hatte seine Badewanne entdeckt. Das Blubbern des Wassers und das leise Rauschen der Düsen waren unverkennbar.

Noel klopfte an die Tür, um sich bemerkbar zu machen. Das Blubbern hörte auf. »Bitte lass dich von mir nicht stören«, sagte er durch die Tür.

»Schon gut, inzwischen bin ich eh schon ganz schrumpelig«, erwiderte Lizzy. Dem Plätschern nach zu urteilen, stieg sie gerade aus der Wanne.

»Ich hatte dir nur sagen wollen, dass ich vorhabe, dich in deine Wohnung zu bringen, damit du holen kannst, was du benötigst. Dafür musst du mir versprechen hierzubleiben, wenn ich nachher zur Arbeit gehe.«

»Ich darf wirklich in meine Wohnung?«, fragte Lizzy freudig.

»Ja, am Tag können wir es kurz riskieren, glaube ich. Erst mal werde ich allein gehen und sehen, ob niemand sonst dort ist. Wenn alles in Ordnung ist, komme ich dich holen und wir können bleiben. Aber nur kurz. Einverstanden?«

»Einverstanden!« Ihre Stimme drang entschlossen durch die Tür.

»Ich warte im Wohnzimmer auf dich. Komm, wenn du fertig bist.«

Noel wandte sich ab, um ihr ein wenig Privatsphäre zu gönnen und machte einen Umweg über die Küche. Schließlich hatte er im Wohnzimmer nur noch einen Muffin und er hatte Hunger.

Kaum hatte Noel sich mit der Kuchenplatte aufs Sofa gesetzt, hörte er das Klappen der Türen und schnelle Schritte tapsten durch den Flur. Wie erwartet hatte Lizzy es eilig. Ein Teil von Noel hoffte, dass sie nicht bloß von ihm wegwollte, weil er so kratzbürstig zu ihr war.

Nur wenige Minuten später stand Lizzy schwer atmend in der Tür. Sie hatte darauf verzichtet, sich die Haare zu trocknen und sie stattdessen zu einem lockeren Knoten zusammengedreht. Noel stand vom Sofa auf und leckte sich lächelnd die klebrige Schokolade vom Daumen. »Die Dinger sind fabelhaft.«

»Dann akzeptierst du mein Friedensangebot und verzeihst mir meine Neugier?«, fragte Lizzy hoffnungsvoll.

»Vergeben und vergessen. Vorausgesetzt du siehst mir nach, dass ich dich schon wieder angefahren habe.«

»Schon gut«, winkte sie ab und damit war das Thema erledigt.

»Ich werde mich jetzt bei dir umsehen und bin gleich wieder zurück. Lauf mir in der Zwischenzeit ja nicht weg.«

»Ich rühre mich nicht von der Stelle«, schwor Lizzy.

Noel schloss die Augen und konzentrierte sich. Schon hatte er sich in Luft aufgelöst und war aus seiner Wohnung verschwunden, nur um gleich darauf in Lizzys aufzutauchen. Er stand in ihrer Wohnküche und drehte sich hastig einmal um die eigene Achse. Auf den ersten Blick war niemand zu sehen. Erleichtert atmete Noel auf und versetzte seine Sinne damit in Alarmbereitschaft. Ein schwacher Geruch hing in der Luft, den er überall wiedererkennen würde. Süß und faulig war die Luft um ihn herum. Aswang waren hier gewesen oder waren es vielleicht immer noch. Der Küchentisch war umgeworfen und lag auf der Seite. Die Stühle standen wild verteilt oder waren ebenfalls umgefallen. Lizzys Tischdekor lag auf dem Boden verstreut.

Noel wappnete sich und machte sich bereit, um entweder zu kämpfen oder zu fliehen, je nachdem, was die Situation erforderte. Auf Zehenspitzen durchstreifte er den Raum und sah sich aufmerksam um.

Die Wohnungstür war nur angelehnt. Das Schloss war aufgebrochen worden und rastete nicht mehr richtig ein. Noel zog die Tür auf. Er hoffte inständig, dass die Scharniere gut geölt waren.

Die Tür gab keinen Mucks von sich und er warf einen Blick in den Hausflur. Außer einer schmalen Treppe, die in die unteren Stockwerke führte, konnte er nichts entdecken. Wie es aussah bewohnte Lizzy das Dachgeschoss allein. Noel ging zurück in ihre Wohnung und zog die Tür zu. Der Geruch war nur schwach, daher hoffte er, die Aswang wären schon wieder weg.

An einer Seite des großzügig geschnittenen Raumes standen unzählige Blumentöpfe unter den tiefen Dachfenstern.

Sie standen dicht an dicht und boten einen guten Sichtschutz, sollte man sich dahinter verbergen wollen. So leise wie möglich schlich Noel zu den Blumen und spähte durch das grüne Dickicht aus Orchideen, Palmen, Efeu und Dutzende anderer Pflanzen. Auch hier war kein Leichenfresser.

Halbwegs beruhigt, ging er weiter in die Wohnung hinein. Immerhin konnte er sich nun sicher sein, dass ihn niemand von hinten attackierte.

Als Nächstes betrat er einen schmalen Flur, von dem nur zwei weitere Türen abgingen. Hinter der ersten verbarg sich Lizzys Badezimmer. Es war nicht groß und bot kaum Möglichkeit, sich darin zu verstecken. Trotzdem zog Noel den Duschvorhang, der halb von den Ringen gerissen war, beiseite. Außer einer leeren Duschkabine befand sich nichts dahinter. Die kleine Badewanne war ebenfalls leer. Blieb nur noch ein Zimmer, das er überprüfen musste.

Als Letztes erreichte er Lizzys Schlafzimmer. Die Türen des Kleiderschranks standen offen, eine hing schief, und jemand hatte darin gewühlt. Kleidungsstücke lagen willkürlich im Raum verteilt und waren zum Teil zerrissen oder mit schmutzigen Fußabdrücken übersät. Das Bett stand schräg und war offensichtlich verschoben worden. Noel sah in jede Ecke, doch konnte er auch im Schlafzimmer keinen Aswang entdecken.

Schweren Herzens machte er sich auf den Rückweg. Lizzy würde nicht gefallen, was sie gleich zu sehen bekäme.

Ein Gutes hatte es immerhin. Sie würde nicht länger am Ernst ihrer Lage zweifeln.

Noel materialisierte sich in seinem eigenen Wohnzimmer unter ihrem aufgeregten Blick.

»Es ist jemand in deiner Wohnung gewesen«, teilte er ihr ruhig mit.

Schlagartig wandelte sich ihr Ausdruck in Entsetzen und sie wurde blass. Schnell wollte Noel sie beruhigen. »Ich habe mich ausführlich umgesehen. Es war niemand mehr dort. Was nicht heißt, dass sie nicht zurückkommen könnten. Daher sollten wir uns beeilen und nicht unnötig lange bleiben. Verstanden?«

»Verstanden«, erwiderte Lizzy leise.

Noel nickte. »Gut, dann komm her.«

Unsicher kam sie auf ihn zu, die Hände hinterm Rücken verschränkt.

»Du musst dich an mir festhalten, sonst geht es nicht«, sagte Noel sanft. Ihre Angst gefiel ihm nicht.

»Wenn ich dich anfasse ...«, setzte Lizzy unsicher an.

Er seufzte und streckte ihr die Arme entgegen. »Kurz wird es gehen.« Aus ihren großen grauen Augen sprach eine Unsicherheit, die Noel abermals seufzen ließ. »Nun komm schon her, bevor ich es mir anders überlege«, sagte er halb im Scherz.

Sie näherte sich ihm einen weiteren Schritt und Noel redete seinem Unterbewusstsein gut zu. Es ging hier lediglich darum, Lizzy zu transportieren und sonst nichts. Das Versprechen hatte keinen Grund, aktiv zu werden, da er nicht beabsichtigte, es zu brechen. Als sie ihn erreichte, zog Noel sie in seine Arme.

»Festhalten«, wisperte er in ihr Ohr und wartete darauf, dass Lizzy die Arme um ihn schlang.

Sobald sie ihre Hände in seinem Rücken verschränkt hatte, machte Noel sich abermals auf den Weg.

Als sie in Lizzys Wohnung ankamen, lockerte er seinen Griff und trat eilig einen Schritt zurück, nachdem Lizzy ihre Umklammerung gelöst hatte. Das Versprechen prickelte hinter seinen Schläfen, doch war es vergleichsweise erträglich.

»Alles okay?«, fragte sie schüchtern.

»Ja, es geht schon. Pack ein, was du brauchst. Wir sollten nicht so lange hierbleiben.«

Lizzy wandte sich von ihm ab, nur um mitten im Schritt gleich wieder zu erstarren. Sie hatte den umgeworfenen Tisch entdeckt. »Im Schlafzimmer sieht es am schlimmsten aus«, erklärte Noel unglücklich.

Eilig lief sie an ihm vorbei und stürzte in den Flur. Noel ging ihr hinterher, um sie nicht aus den Augen zu verlieren, sollte sich die Situation unerwartet zuspitzen. In ihrem Schlafzimmer hatte er Lizzy eingeholt.

Fassungslos stand sie in der Mitte des Raumes und sah sich um. In ihrer Hand hielt sie ein zerrissenes Top. Als sie Noel hinter sich hörte, drehte sie sich zu ihm um. Ihre Augen schimmerten feucht. »Warum haben sie das getan? Was wollen die denn nur von mir?«

Noel verspürte den Drang, Lizzy in den Arm zu nehmen und sie zu trösten. Er verschränkte seine Arme vor der Brust, in der Hoffnung, so den Impuls zu unterdrücken. »Ich habe nicht die leiseste Idee. Wir werden es herausfinden, wenn wir können.« Noel seufzte. »Ich will dich wirklich nicht hetzen, aber mir ist nicht wohl dabei, hier allzu lange zu bleiben.«

Ergeben ließ Lizzy den Kopf sinken. »Ich beeile mich«, versprach sie und wühlte in den Überbleibseln des Schranks, aus dessen Tiefen sie eine große Reisetasche zutage förderte. Schnell stopfte sie diese mit unversehrten Kleidungsstücken voll.

Als Nächstes ging sie zum Schreibtisch und steckte Bücher und Unterlagen in einen pinken Rucksack, der auf dem Boden gelegen hatte. »Ich müsste dann noch ins Bad«, stellte sie tonlos fest.

»Gib mir die Tasche«, forderte Noel.

Lizzy hievte die volle Reisetasche in seine Arme und beide machten sich daran, den Raum zu verlassen. Sie kehrte noch einmal zurück zum Bett und schlug die Decke beiseite. Offenbar fand sie nicht, wonach sie suchte, denn sie bückte sich und schaute unter das Bettgestell. Auch hier wurde sie nicht fündig und lief stattdessen um das Bett herum.

»Ein Glück!«, entfuhr es ihr erleichtert, als sie sich hinkniete und einen abgegriffenen Plüschhasen vom Boden aufhob. Behutsam wiegte sie ihn in den Armen und klopfte den Staub ab. Sie stand wieder auf und begegnete peinlich berührt Noels Blick.

Aufmunternd lächelte er ihr zu, wollte er sie doch nicht in Verlegenheit bringen. »Als Nächstes ins Bad?«

»Ja, nun habe ich alles. Der Hase ist bei mir, seit ich denken kann. Er hat mich bisher zu jedem neuen Zuhause begleitet«, erklärte sie verlegen und hielt das Stofftier schützend im Arm.

»Dann muss er jetzt natürlich ebenfalls mit. Das sehe ich ein«, erwiderte Noel ohne jeglichen Spott.

Gemeinsam machten sie sich auf den Weg zum Badezimmer. Schnell griff Lizzy ein paar Flaschen und Dosen aus den Schränken und der Dusche und stopfte sie in die Tasche, die Noel ihr entgegenhielt. Als Letztes landete ihre Zahnbürste darin.

Noch einmal sah Lizzy sich um. »Ich glaube, jetzt habe ich alles«, murmelte sie mehr zu sich selbst.

»Also können wir zurück?«

»Ja ... Nein, warte!«

»Was noch?«, fragte er und versuchte, nicht ungeduldig zu klingen, obwohl er sich mit jeder Minute, die verstrich, unwohler fühlte.

»Meine Blumen, ich muss sie gießen. Es würde mir das Herz brechen, wenn sie eingehen.«

»Okay, bitte beeil dich.«

Zurück in der Wohnküche ließ Lizzy ihren Rucksack von der Schulter gleiten und eilte zum Spülbecken. Noel stellte die Reisetasche dazu, lehnte sich an die Wand und wartete. Er behielt beide Türen im Blick, um vor eventuellen Überraschungen gefeit zu sein.

Lizzy flitzte mit ihrer Gießkanne hin und her. Noel beobachtete sie dabei und bemerkte zunächst gar nicht das Summen ihrer Pflanzen. Als es ihm bewusst wurde, spitzte er die Ohren. Unweigerlich fragte Noel sich, ob sie es wegen ihm selbst oder vielleicht sogar wegen Lizzy taten.

Für gewöhnlich summten sie nur, wenn jemand seines Volkes anwesend war und sie ihn mit Energie versorgten. Noel bezog keine Kraft von ihnen, demnach mussten sie wegen Lizzy summen. Bisher hatte er Blumen und Bäume noch nie für einen Menschen summen gehört. Sie mussten Lizzy außerordentlich zu schätzen wissen, wenn sie das für sie taten.

Lizzy stellte die Kanne zurück und kam zu ihm, womit sie ihn aus seinen Gedanken riss. »Danke, dass du mich hierhergebracht hast. Ich wäre dann so weit.«

Noel griff nach der Reisetasche und bevor er auch Lizzys Rucksack nehmen konnte, schnappte sie ihn sich und hängte ihn über ihre Schultern.

»Also los«, sagte er, schloss Lizzy in die Arme und kehrte in seine eigene Wohnung zurück. Noel brachte die schwere Tasche ins Gästezimmer und stellte sie behutsam auf den Boden. »Du kannst dich in aller Ruhe einrichten. Wie es aussieht, wirst du eine Weile mein Gast sein.«

»Danke«, murmelte Lizzy betreten. Unglücklich sah sie sich im Zimmer um. Noel schielte auf die Uhr. Er hatte noch zwei Stunden, bevor er zur Arbeit musste. Ungern ließ er Lizzy allein hier zurück. Noel konnte es sich nicht erlauben, heute zu fehlen. Dafür hatte er den Job noch nicht lange genug. Außerdem konnte er schon froh sein, dass er für das nächste Wochenende freibekäme.

Ihm fiel etwas ein, was sie womöglich auf andere Gedanken brachte. »Falls du nicht gleich auspacken möchtest, hätte ich noch ein bisschen Zeit, bevor ich losmuss. Du hast doch bestimmt Hunger. Wir könnten essen gehen.«

»Was schwebt dir vor?« Noch schien Lizzy von der Idee nicht allzu angetan zu sein.

»Magst du chinesisch?«

»Solange es vegetarisch ist, esse ich es gern«, räumte sie ein.

Verdutzt zog Noel die Augenbrauen hoch. »Du bist Vegetarierin?«

»Ja«, antwortete Lizzy gedehnt. »Wirst du mir jetzt

männertypisch erzählen, was mir entgeht und wie toll ein blutiges Steak schmeckt?«

»Sicher nicht, ich esse auch kein Fleisch«, schnaubte er.

»Tatsächlich?«

»Ja, also, was hältst du von chinesisch? Ich kenne einen Laden, der die besten gebratenen Nudeln macht, die du je gegessen hast.«

»Gut, wenn es nicht allzu weit ist. Ich will nicht, dass du meinetwegen zu spät kommst.«

»Es ist nicht weit«, entgegnete Noel lächelnd, »zumindest nicht für mich.«

Kapitel 6

Allmählich gewöhnte Lizzy sich an Noels Art zu reisen und ihr schwirrte der Kopf bei Weitem nicht mehr so schlimm wie noch beim ersten Mal. Um sie herum war es stockfinster. Wo auch immer sie waren, es herrschte tiefste Nacht. Ihre Augen gewöhnten sich an die Dunkelheit und langsam erkannte sie ihre Umgebung. Sie standen in einer schmalen Gasse zwischen mehrstöckigen Häusern. Über sich konnte Lizzy den nächtlichen Sternenhimmel sehen.

»Wo sind wir?«, fragte sie erstaunt. »Und wie spät ist es hier?«

»Es dürfte gegen Mitternacht sein«, erwiderte Noel.

Fieberhaft überlegte Lizzy, wo auf der Erde jetzt Mitternacht war. Sie mussten in Asien sein. Nein, das konnte er nicht getan haben ... oder doch? »Sag mir nicht, du willst in China mit mir chinesisch essen?«

Noel grinste breit. Seine weißen Zähne und silbernen Augen reflektierten das Licht der Sterne. Pfeifend ging er die Gasse entlang und Lizzy beeilte sich, ihm zu folgen. Sobald sie zwischen den Häusern hervorkam, stockte ihr der Atem. Sie standen an der Uferpromenade eines breiten Flusses. Im Wasser entdeckte sie eine große Insel mit unzähligen erleuchteten Gebäuden, die eine fantastische Skyline bildeten. Hinter ihr türmten sich weitere Wolkenkratzer auf. Noel stand an ihrer Seite und lehnte sich lässig gegen das Geländer.

Jetzt bemerkte Lizzy die Neonschriften. Es handelte sich um ihr unbekannte Schriftzeichen. Sie war wirklich in Asien gelandet! Noel quittierte ihre Sprachlosigkeit mit einem zufriedenen Lächeln. »Willkommen in Shanghai!«, verkündete er fröhlich.

Lizzy schluckte schwer. Es hatte nicht einmal eine Minute gedauert und sie waren am anderen Ende der Welt aufgetaucht. Einfach so, obwohl ein sechzehnstündiger Flug normal gewesen wäre.

Eine unliebsame Eingebung überkam sie. »Du willst mich nicht hier aussetzen, weil ich dich nerve und du deine Wohnung wieder für dich haben willst, oder?«, fragte sie lauernd.

Noel brach in schallendes Gelächter aus. »Auf die Idee bin ich noch gar nicht gekommen«, japste er, sobald er wieder Luft bekam.

»Nicht? Das ist schließlich ein perfekter Plan, um einen Störenfried loszuwerden. Am Ende der Welt, ohne Reisepass oder Geld und außer *nǐ hǎo* spreche ich nicht ein Wort Chinesisch. Gut, genau genommen sind das schon zwei Worte, aber du verstehst, worauf ich hinauswill?

Von hier zurück nach Deutschland bräuchte ich mindestens drei Jahre – weil ich zu Fuß gehen müsste. Vermutlich käme ich nie dort an, weil man mich spätestens in Nordkorea oder Russland wegen des Verdachts der Spionage wegsperren würde. Je nachdem, in welche Richtung ich mich verlaufe.«

»Du hast eine *wirklich* blühende Fantasie«, stellte Noel amüsiert fest und deutete mit dem Finger zur Seite. Dort stand eine kleine, aus Brettern gezimmerte Bude, die sie vollkommen übersehen hatte. Sie konnte zwar die Schilder nicht lesen, doch das war nicht nötig. Ohne Zweifel handelte es sich um einen Imbiss. Ein älterer Mann stand in der Mitte eines quadratischen Tresens und hantierte an mehreren Woks und Schüsseln gleichzeitig. An der Außenseite des Tresens hatten sich einige Gäste eingefunden.

»Also wirklich nur essen und dann nimmst du mich wieder mit?«, fragte Lizzy, nicht völlig überzeugt.

»Nur essen«, bestätigte Noel. »Also komm schon.«

Ohne ein weiteres Wort marschierte er zu dem Imbiss und Lizzy blieb nichts anderes übrig, als ihm zu folgen. Ihr Verstand weigerte sich zu erfassen, was ihr nun schon wieder Unglaubliches geschah. Noel hatte den Tresen erreicht und stützte die Ellbogen darauf. Sobald der Koch ihn bemerkte, begrüßte er ihn mit einem überschwänglichen Wortschwall, als wären die beiden alte Freunde. Lizzy verstand kein Wort. Noels Antwort war kürzer und blieb für sie genauso unverständlich.

Aufmunternd winkte Noel ihr näher zu treten. Schüchtern kam sie an den Tresen heran, wobei sie peinlich darauf achtete, den nötigen Sicherheitsabstand zu Noel einzuhalten. Der Koch richtete seinen Redeschwall nun direkt an sie.

Unschlüssig hob Lizzy die Hand zum Gruß. »*Nǐ hǎo*«, entgegnete sie mit wackeligem Lächeln. Offenbar hatte sie sich nicht vollständig blamiert, denn der Koch quittierte ihre Begrüßung mit einem Lächeln.

»Thanh-Huy macht die besten Lanzhou Lamian, die du dir vorstellen kannst«, erklärte Noel.

»Ehrlich gesagt kann ich mir darunter gar nichts vorstellen«, gestand Lizzy, die sich soeben auf ihrer ersten Auslandsreise befand.

Noel übersetzte für Thanh-Huy. Dieser antwortete in ein paar kurzen, ungläubig klingenden Sätzen und hob dann den Zeigefinger. Eine Geste, die Aufmerksamkeit gebot. Ein bisschen erinnerte es Lizzy an diese alten Kung-Fu-Filme. Gleich würde der alte Meister seinen jungen Schülern eine todbringende Spezialtechnik beibringen! Oder so ähnlich ...

»Du sollst ihm zuschauen«, übersetzte Noel und holte sie aus ihren Spinnereien zurück in die Realität.

Thanh-Huy setzte in einem seiner Woks Wasser auf, dann griff er in eine Schüssel, die mehrere längliche Teigstücke enthielt, und nahm eines heraus. Er zog es in die Länge, verdrehte es, knetete es und nahm es wieder zusammen. Dann begann das Spiel von vorn. Es ging so schnell, dass Lizzy ihm kaum folgen konnte. Schließlich schien er mit dem Teig zufrieden zu sein, zog ihn abermals in die Länge und nahm die beiden Enden zusammen.

Das tat er immer und immer wieder. Mit jedem Mal wurden die Teigschnüre dünner und zahlreicher. Schließlich durchtrennte er mit einem Hackmesser die Schnüre an einem Ende. Lizzy bekam große Augen, als Thanh-Huy Augenblicke später seine frisch gezogenen Nudeln präsentierte.

Schon landete der Teig in dem inzwischen kochenden Wasser. Als Nächstes warf Thanh-Huy aus verschiedenen

Schalen gehackten Weißkohl, Karotten, Porree und Sprossen in einen zweiten Wok. Mit diversen Ölen und Saucen briet er das Gemüse vor. Es schmorte und zischte und roch zunehmend besser. Nun gab der Koch die Nudeln dazu und schwenkte alles kräftig durch, um es zu vermischen. Lizzy lief das Wasser im Mund zusammen.

Thanh-Huy nahm den Wok vom Feuer und verteilte dessen Inhalt gleichmäßig in zwei Schalen, die er zusammen mit je einem Paar Stäbchen über den Tresen in ihre Richtung schob. Dazu servierte er den beiden eiskalten Melonensaft. Noel hatte recht, es schmeckte fantastisch. Gierig stopfte Lizzy sich einen weiteren Bissen in den Mund und seufzte zufrieden.

Thanh-Huy richtete das Wort an sie. Es klang wie eine Frage. Neugierig wandte sie sich Noel zu und wartete auf die Übersetzung.

»Er möchte wissen, ob es dir schmeckt«, erklärte er.

»Es ist fabelhaft. Das Beste, was ich seit Langem gegessen habe«, antwortete Lizzy ehrlich begeistert.

Offenbar freute sich Thanh-Huy über ihr Kompliment, denn er schenkte großzügig Saft nach. Dann wurde er von einem anderen Gast gerufen und widmete sich diesem Kunden.

Schon nach kurzer Zeit herrschte in Lizzys Schale gähnende Leere. »Hab vielen Dank. Du hast mir hiermit eine wahnsinnige Freude bereitet.«

»Dann habe ich meine Absicht also nicht verfehlt«, stellte Noel mit schiefem Lächeln fest.

»Nicht im Geringsten.«

»Wenn du darauf bestehst, kann ich mich zu solchen

Ausflügen durchaus hinreißen lassen«, sagte er freundlich. Dann wurde er ernst. »Versprich mir, nicht ohne mich die Wohnung zu verlassen. Ich bringe dich zur Uni und womöglich auch woandershin. Doch wenn ich arbeiten muss, dann bleibst du zu Hause, okay?« Noels intensiver Blick raubte Lizzy den Atem und duldete keinen Widerspruch. Wie konnte man nur solch unglaubliche Augen haben? Und wie war es möglich, dass sie Lizzy immer wieder aufs Neue so fesselten?

»Ich verspreche es dir. Keine weiteren Alleingänge«, erwiderte sie stockend.

Noels Gesichtszüge glätteten sich und er schenkte ihr ein Lächeln. »Gut. Da wir das geklärt haben, hast du dir den Nachtisch verdient.«

Lizzy kicherte. »Als ob du dir den wegen mir entgehen lassen würdest.«

»*Ich* hatte mir meinen zuvor schon verdient und hätte ihn in jedem Fall bekommen. Im Zweifelsfall hättest du mir beim Essen zusehen müssen«, stellte Noel klar.

»Und womit hast du dir deinen verdient?«, neckte sie weiter.

»Damit, dass ich mich entschieden habe, wider besseres Wissen dein Taxi zu sein. Deshalb steht mir sogar jede Menge Nachtisch zu.«

Lizzy seufzte ergeben. »Nun gut, da kann ich wohl kaum Argumente finden, die dagegensprechen.«

»Na bitte«, entgegnete er zufrieden und rief Thanh-Huy etwas zu.

Sobald der Koch die andere Bestellung fertig hatte, kam er wieder zu Noel und Lizzy herüber. Unter dem Tresen holte er Obst hervor – Äpfel, Bananen, eine Ananas und sogar eine kleine Melone. In Windeseile schälte und putzte Thanh-Huy das Obst und würfelte es. Noch nie hatte Lizzy jemanden so mit einem Messer umgehen sehen. Als Hobbyköchin konnte sie da nur erblassen. Als Nächstes zog er die Stücke mit einer Schöpfkelle durch eine Schüssel mit flüssigem Teig und entleerte die Portion anschließend in einem Wok mit siedendem Öl. Das wiederholte er so lange, bis kein Obst mehr auf dem Schneidbrett vor ihm war.

Nur wenige Minuten später schwammen die goldgelben Kugeln an der Oberfläche und Thanh-Huy fischte sie heraus. Zu ihrem regelrechten Berg aus gebackenem Obst stellte er noch eine große Schale voll Honig. Zu gern griff Lizzy beherzt zu, als der Koch sie gestenreich dazu aufforderte. Sie machte es Noel nach, fasste eines der Bällchen mit ihren Stäbchen und tunkte es in den Honig.

Es war eine klebrige und kleckernde Angelegenheit. Es machte sie nicht weniger köstlich. Als nur noch wenige Bällchen übrig waren, musste sie aufhören. Inzwischen hatte sie das Gefühl, platzen zu müssen, wenn sie auch nur noch einen Bissen aß.

Auch Noel hörte auf zu essen, was Lizzy doch ein wenig stutzig machte. Ihre Freundinnen hatten noch nie etwas Süßes stehen gelassen. »Isst du die nicht mehr?«, fragte sie verwundert.

Er schüttelte den Kopf. »Nein und du bitte auch nicht. Das wäre unhöflich.«

»Selbst wenn ich wollte, könnte ich gar nicht, so satt, wie ich bin.«

Offenbar bemerkte Noel Lizzys Skepsis, der man zeit ihres Lebens eingebläut hatte, sie müsse immer artig ihren Teller leer essen, damit am nächsten Tag die Sonne schien.

»Äßen wir auf, würde das für Thanh-Huy bedeuten, dass er uns ein schlechter und geiziger Gastgeber war, der seine Gäste nicht so lange bewirtet, bis sie auch wirklich satt sind. Es würde ihn beleidigen und ich denke, das wollen wir beide nicht.«

»Auf gar keinen Fall!«, antwortete Lizzy erschrocken. »Bitte sag ihm, dass dies das beste chinesische Essen war, das ich je gegessen habe, und dass ich kurz davor bin zu platzen.«

Er gab ihre Worte weiter und Thanh-Huy wirkte sehr zufrieden.

»Wir müssen zurück«, erklärte Noel und zog seine Geldbörse hervor.

Ihr wurde abermals bewusst, dass sie ihre Handtasche nicht mitgenommen hatte. Es war so schnell gegangen, dass Lizzy sie vergessen und liegen gelassen hatte. »Könntest du für mich auslegen? Du bekommst es gleich zurück«, bat sie verlegen.

»Ich habe dich eingeladen. Oder hättest du andernfalls ein paar Yuan bei dir?«, fragte Noel scherzhaft zurück, während er ein paar bunte Scheine hervorholte.

»Zugegeben: nein«, sagte Lizzy fast unbehaglich. »Jetzt bin ich dir gleich noch einmal zu Dank verpflichtet.«

Sie verabschiedeten sich von Thanh-Huy und gingen zurück in die Gasse, aus der sie gekommen waren. »Bitte halte dich an dein Versprechen, dann mache ich es sogar gern«, gab Noel auf dem Weg zu.

Sobald sie außer Sichtweite von anderen Menschen waren, brachte er sie zurück in seine Wohnung. Es war seltsam. Eben noch hatten sie in einer lauen Sommernacht gegessen und nun schien die Sonne durch das Wohnzimmerfenster.

»Ich muss mich umziehen und dann los«, erklärte Noel. »Du kannst dich ganz wie zu Hause fühlen, fernsehen, lesen, was du möchtest.«

»Vermutlich sollte ich als Erstes auspacken«, stellte sie fest.

»Tu das. Die Schränke im Gästezimmer sind alle leer.«

Somit verschwanden beide in ihrem jeweiligen Zimmer. Lizzy begann, den Inhalt ihrer Reisetasche auf dem Bett auszubreiten, um einen Überblick zu erhalten, was den Einbruch überstanden hatte. Im Anschluss legte sie alles sorgfältig zusammen.

Nur wenig später stand Noel im Türrahmen. Er hatte sich die Haare gemacht und ein frisches marineblaues Hemd mit kurzen Ärmeln angezogen. Eine Jeans im Used Look und schwarze Boots komplettierten das elegant verschlissene Outfit. »Ich mach mich dann auf den Weg«, verabschiedete er sich. »Es wird sicher spät, also bleib nicht wach oder so was. Mach niemandem die Tür auf u...«

»Und wehe, du gehst allein auf die Straße. Dann versohle ich dir den Hintern, junges Fräulein«, versuchte Lizzy, Noels ernsten Tonfall nachzumachen.

Er sah sie mit großen Augen an. Doch dann musste er ehrlich lachen. »Ich höre mich wirklich so an, nicht wahr?«, fragte er glucksend.

Lizzy grinste frech. »Dem kann ich leider nicht widersprechen.«

»Bis später«, sagte Noel entschlossen. »Morgen müssen wir besprechen, wie ich dich wann zur Uni kriege.«

»Gut. Lass dich von keinem Aswang fressen.« Es sollte ein Scherz sein, aber Lizzys Verabschiedung fehlte der nötige Frohsinn, wie sie selbst feststellte.

»Die bekommen mich nicht zu fassen«, erwiderte Noel ernst. Dann löste er sich in Luft auf, wie um seine Worte zu unterstreichen.

Lizzy wollte den Abend sinnvoll verbringen und wenigstens ein bisschen für ihre baldigen Prüfungen lernen. Was sich als schwieriger herausstellte als gedacht. Immer wieder schweiften ihre Gedanken ab. Jetzt hatte sie denselben Absatz bereits zum vierten Mal gelesen und sich immer noch nicht gemerkt, was drinstand. Frustriert schlug sie das dicke Buch zu und stand auf. Vielleicht sollte sie fernsehen und so den Kopf frei bekommen.

Auf dem Flur hielt sie inne und betrachtete nachdenklich Noels Schlafzimmertür. Die Versuchung, in seinen Sachen zu stöbern und dadurch herauszufinden, was er war, steigerte sich ins Unermessliche. Entschieden ging Lizzy weiter ins Wohnzimmer. Dass Noel sie hier allein ließ, war vermutlich unabdinglich, aber gleichzeitig auch ein gewisser Vertrauensbeweis. Lizzy wollte sich dieses Vertrauens als würdig erweisen und nahm sich selbst das Versprechen ab, nicht zu schnüffeln.

Immerhin konnte sie froh sein, ein Dach über dem Kopf zu haben. Auch wenn ihr Gastgeber sie bisweilen übel anfuhr und sie immer noch nicht glaubte, dass Noel sie gern hierhatte. Andererseits tat er sein Möglichstes, um Lizzys Wünsche zu erfüllen, und behielt sie in Sicherheit. Der

Ausflug nach Shanghai war schließlich auch nicht nötig gewesen und sie glaubte, dass Noel es hauptsächlich getan hatte, damit sie nach dem Besuch in ihrer Wohnung auf andere Gedanken kam. Vielleicht sollte sie am besten gleich ganz auswandern. In Timbuktu würden die Aswang bestimmt nicht nach ihr suchen.

Lizzy machte es sich auf dem Sofa bequem und schaltete den Fernseher an. Nachdem sie sich durch ein paar Sender gezappt hatte, blieb sie bei einem Boulevardmagazin hängen. Das war genau das Richtige, um das Gehirn in den Leerlauf zu bekommen. Wen interessierte es denn nicht brennend, welcher Promi zu dick oder zu dünn war oder was aktuell in den Adelshäusern Europas vor sich ging? Diese und andere weltverändernden Fragen würde Lizzy mit der hübsch zurechtgemachten Moderatorin während der nächsten zwei Stunden erörtern.

Kapitel 7

Da Noels Weg zur Arbeit unter einer Minute lag, schaffte er es noch pünktlich und betrat zwei Minuten vor halb sieben die Bar. Außer seinem Chef Manu, der mit Noel zusammen hinterm Tresen arbeitete, war der Rest der Mannschaft bereits versammelt. Routiniert wurden die Tische noch einmal abgewischt, Barhocker richtig hingestellt oder Getränke hinter die Theke geschafft, damit sie pünktlich in einer halben Stunde öffnen konnten. Noel packte mit an, wo er gerade gebraucht wurde. Es war Samstagabend und somit konnten sie mit viel Betrieb rechnen.

Obwohl der Abend wie erwartet arbeitsreich war, konnte Noel sich nicht konzentrieren. Er war abgelenkt. Der Anblick von Lizzys bestürztem Gesicht, wie sie dort verloren und fassungslos in ihrem durchwühlten Schlafzimmer stand, wollte ihm partout nicht aus dem Kopf gehen. Durch ihre Rettung hatte er die Verantwortung für sie übernommen, auch wenn er das nicht unbedingt wollte. Die Alternative hätte darin bestanden, sie von den Aswang verschleppen zu lassen, und das hätte er wirklich nicht übers Herz gebracht. Nicht nur, weil er sich in diesem Fall vor Tavia und Amaia hätte verantworten müssen.

Es blieb ihm ein Rätsel, warum die Leichenfresser so hinter ihr her waren und selbst den Einbruch in ihre Wohnung nicht gescheut hatten. Normalerweise gingen die Biester diskreter vor. Die einzig halbwegs logische Erklärung war, dass sie über Lizzy an ihre Freundinnen kommen wollten. Doch hatte Noel bislang nicht angenommen, dass Aswang Umwege gingen, wenn sie etwas erreichen wollten. Es ergab keinen Sinn.

»Hey, ist alles in Ordnung bei dir?« Manu riss ihn aus seinen Spekulationen.

»Ja, klar. Alles bestens«, erwiderte Noel mechanisch.

»Sicher? Du siehst aus, als hättest du Liebeskummer«, stellte Manu grinsend fest.

Er schnaubte. »Das ist meine letzte Sorge.«

»Warum habe ich dann dein Herzensbrecherlächeln heute noch nicht gesehen? Immerhin habe ich dich nur deshalb eingestellt«, scherzte sein Chef.

Noel zuckte unbestimmt mit den Schultern. »Bin wohl nicht in Stimmung.« Innerlich seufzte er. Das würde diesen Hobbytherapeuten noch nicht zufriedenstellen. »Oder die Richtige war heute Abend noch nicht dabei«, fügte er hinzu.

Manu lachte und das Thema war erledigt. Na also! Er war ein guter Kerl, nur manchmal steckte er seine Nase zu tief in anderer Leute Angelegenheiten – verdammte Berufskrankheit!

Jedoch war Noel wirklich nicht in Stimmung. Andererseits wäre es vielleicht auch keine schlechte Idee, um sich abzulenken und Lizzys Gesicht aus seinen Gedanken zu vertreiben. Diese finstere Laune passte nicht zu ihm. Der Abend zog sich dahin. Wenigstens verzichtete Manu darauf, ihm noch einmal auf den Zahn zu fühlen.

Nach Mitternacht seilte sich eines der kichernden Mädchen vom Tisch gegenüber von ihren Freundinnen – die Noel nicht aus den Augen ließen – ab und stakste schwankend in ihren hohen Schuhen und dem ein wenig zu engen Kleid an die Theke. Sie hatte schon ein paar Cocktails intus. Noel musste es wissen, er hatte sie zubereitet.

Sie war ganz niedlich mit den großen Kulleraugen und den schwarzen Locken. Wortlos schob sie ihm einen Zettel über den Tresen und errötete mit jedem Augenblick mehr. Er warf einen kurzen Blick auf den Zettel. Richtig geraten, es war eine Telefonnummer.

Bevor sie sich wieder aus dem Staub machen konnte, ergriff Noel ihr Handgelenk und beugte sich über die Theke zu ihr hinüber. Er sollte sich wirklich ablenken. »Um drei habe ich Feierabend. Wirst du auf mich warten?«, säuselte er in ihr Ohr.

Offenen Mundes starrte die junge Frau ihn an. Sie schaffte es, einen noch tieferen Rotton zu erreichen. Er hätte es nicht für möglich gehalten. Dann nickte sie eifrig, nur um auf dem Absatz kehrtzumachen und zu ihren Freundinnen zurückzueilen. Am Tisch folgte aufgeregtes Getuschel und viel Gequietsche. Ganz offensichtlich hatte das Mädchen sich noch nicht allzu oft einen Kerl in einer Bar aufgerissen. Fast hätte Noel die Augen verdreht. Das war schon zu einfach.

Schon bald wurde der Laden leerer und die Gäste erreichten eine übersichtliche Anzahl. Pünktlich um drei setzten sie die Verbliebenen vor die Tür, einschließlich seiner Verabredung und ihren Freundinnen. Noel wollte kehrtmachen und beim Saubermachen helfen.

Sein Chef verstellte ihm den Weg. »Geh nur«, sagte er grinsend.

»Sicher? Ich will mich nicht vorm Putzen drücken.«

Er winkte ab. »Passt schon.«

»Danke.« Schulterzuckend ging Noel zurück zur Tür.

»Viel Spaß!«, flötete Manu hinter ihm.

Noel sparte sich die Antwort und verließ das *Nightfall* ebenfalls. Vereinzelt gingen die letzten Gäste noch ihrer Wege. Direkt neben dem Eingang lehnte die kleine Schwarzhaarige an der Wand. Eine ihrer Freundinnen war bei ihr geblieben. Als diese ihn entdeckte, verabschiedete sie sich hastig von ihr und ging davon.

»Hey, wie schön, dass du auf mich gewartet hast«, begrüßte Noel seine Verabredung und meinte es fast so. In erster Linie war sie in dieser Nacht ein Mittel zum Zweck. Noel brauchte einen freien Kopf, musste loslassen. So ein Arschloch, dass er sich nur mit ihr vergnügen und dann verschwinden wollte, war er nicht. Sie würde ebenfalls auf ihre Kosten kommen. Das taten sie immer. Und dann erst würde er verschwinden. Okay … vielleicht war er *doch* ein Arschloch.

»Hi«, piepste sie. Ihr Blick glich dem eines verschreckten Mäuschens, das einem dicken, jagderfahrenen Kater gegenübersaß. Das konnte ja heiter werden.

Der Alkohol oder eventuell auch neu entdeckter Mut ließ sie sich von der Wand abstoßen und überstürzt die Arme um Noels Nacken schlingen. Hart presste sie ihre Lippen auf seine.

»Wo wohnst du?«, fragte er, sobald sie ihn zu Atem kommen ließ.

Mit der aufgehenden Sonne kehrte Noel in seinen Flur zurück. Er wollte schon das Badezimmer ansteuern, als er die Geräusche bemerkte und innehielt. Der Fernseher lief. Also ging er am Bad vorbei und weiter zum Wohnzimmer. Auf dem Bildschirm flackerte eine dieser Call-in-Shows mit einer endlos nervigen Moderatorin, die mit vermeintlich einfachen Fragen und ein paar Geldscheinen das nächtliche Fernsehvolk dazu animieren wollte, zum Telefonhörer zu greifen und Unsummen in den Warteschlangen zu zahlen.

Zusammengerollt auf dem Sofa fand er Lizzy – sie schlief. Noel griff zur Fernbedienung und schaltete die Kiste aus. Eine himmlische Ruhe kehrte ein. Er ging näher zum Sofa und bemerkte ebenfalls Lizzys Plüschhasen. Sie hatte ihn unter ihren Kopf gestopft und nutzte den armen Kerl als Kissen. Es war ein so unschuldiges Bild, dass es unweigerlich sein Herz wärmte und mit einem Schlag die vorherige Zerstreuung zunichtemachte. Ihn überkam das Bedürfnis, sie zu beschützen – *wirklich* zu beschützen, nicht nur zu dulden wie bisher. Nicht aus Pflichtgefühl, sondern aus eigenem Antrieb. Und sei es nur vor der nächtlichen Kälte.

Aufgrund des Versprechens konnte Noel sie schlecht in ihr Bett bringen. Das würde er bedauerlicherweise nicht überstehen. Daher schnappte er sich die Decke vom Sessel und breitete sie über Lizzy aus, die lediglich bequeme

Shorts und ein kurzes Shirt trug. Er wollte schon gehen, als ihre Lider flatterten und sie sich räkelte. Mist, Noel hatte sie nicht wecken wollen.

Lizzy öffnete verschlafen die Augen und wunderte sich über das erste Licht des Tages, das schon durch die Fenster fiel. Sie hatte die ganze Nacht auf dem Sofa verbracht. Gähnend drehte sie sich auf den Rücken und kuschelte sich in den weichen Stoff. Es dämmerte ihr, dass nicht sie es gewesen war, die diese Decke genommen hatte. Erst jetzt bemerkte sie Noel, der neben dem Sofa stand. Er musste sie zugedeckt haben.

Dann stutzte sie. Ihr Gastgeber sah nicht mehr so aus, wie er sie vor Stunden verlassen hatte. Das Hemd war schief zugeknöpft und von seiner Frisur war nichts mehr übrig. Strähnig und zerzaust hing ihm das Haar in die Stirn. Noels Gesicht und auch sein Hals waren von verschmiertem rosa Lippenstift gezeichnet, zwischen dessen Spuren sich dunkle Knutschflecke gebildet hatten.

Ganz offensichtlich hatte er das Problem-des-nicht-anfassen-Könnens wirklich nicht mit jeder Frau, sondern nur mit Lizzy.

Sein Anblick stieß ihr sauer auf. Warum, wusste sie selbst nicht so genau.

»Hat dich ein Aswang fressen wollen?«

Verwirrt legte Noel die Stirn in Falten. »Wie kommst du darauf?«

»Du siehst so aus, als hätte dich etwas fressen wollen – oder vielleicht auch jemand«, bemerkte Lizzy spitz.

»Nein, das war kein Aswang«, antwortete er kurz angebunden.

Lizzy seufzte, sie erkannte sich gerade selbst nicht wieder. »Schon gut, das geht mich ja auch nichts an.« Es gelang ihr nicht vollständig, die Schärfe aus ihrer Stimme zu verbannen. »Ich sollte noch ein bisschen schlafen und du vermutlich auch«, stellte sie fest, stemmte sich vom Sofa hoch und hätte fast Herrn Hopps vergessen, den sie nun eilig vom Polster angelte und mit ihm im Arm an Noel vorbeiging. Sollte er sie doch für ein kleines Mädchen halten, das ohne Stofftier nicht schlafen konnte.

»Schlaf gut, Lizzy«, sagte Noel, als sie die Tür erreichte, in einem Tonfall, der sie über die Schulter schauen ließ. Mit seltsamem Blick schaute er ihr hinterher.

»Du auch«, antwortete sie stockend. Dann ging sie eilig in ihr Gästezimmer und verschwand schleunigst unter der Bettdecke. Kurz darauf hörte sie seine Schritte im Flur und lauschte ihnen mit klopfendem Herz. Er ging nicht in sein Schlafzimmer, sondern an ihren beiden Türen vorbei, direkt ins Badezimmer. Nur Augenblicke später rauschte das Wasser der Dusche. Ein Geräusch, das Lizzy milder stimmte. Sie war doch nicht eifersüchtig auf diese Unbekannte, mit der Noel seinen Feierabend verbracht hatte? Eifersucht passte nicht zu ihr und einen Grund dafür konnte Lizzy auch nicht vorweisen. Noel war ein freier Mann und musste sich in keiner Weise vor ihr rechtfertigen.

Es nagte an ihr, dass andere Frauen das mit ihm tun konnten, wovon sie selbst nicht abgeneigt wäre. Das würde ganz offensichtlich nie passieren. Unbehaglich musste Lizzy sich fragen, wie viele Frauen Noel schon zum Nudeln essen bei Thanh-Huy eingeladen hatte. Bestimmt hatte er sie tatsächlich aufmuntern wollen, andererseits dürfte dieses Erlebnis weder so besonders noch so exklusiv für Lizzy gewesen sein, wie sie bislang angenommen hatte. Frustriert rollte sie sich auf die Seite. Sie sollte wirklich schlafen, auch wenn ihr das gerade schwerfiel.

Gegen Mittag erwachte Lizzy erneut. Zu ihrer Verteidigung ließ sich sagen, dass es Sonntag war und auch erst kurz nach elf. Dennoch sollte sie sich nicht allzu sehr an Noels Schlafrhythmus anpassen. Sonst hätte sie es in den nächsten Wochen schwer. Wobei sie dann hoffentlich wieder bei sich zu Hause wohnen konnte. Schließlich hatte Noel gesagt, Amaia sei in zwei Wochen genesen.

Gewiss würde er Lizzy bei ihren Freundinnen absetzen, sobald er sie loswerden konnte. Es konnte ihm nicht passen, dass sie sein Junggesellenleben durcheinanderbrachte und störte. Sie drehte sich im Bett hin und her, hatte keine Lust aufzustehen. Bestimmt schlief Noel auch noch. Immerhin war er erst im Morgengrauen von seinem Abenteuer zurückgekommen.

Gerade wollte Lizzy sich noch einmal herumwälzen, um die herannahende Eifersucht von sich abzuschütteln, als sie aufhorchte. Die Kaffeemaschine lief. Verblüfft schälte sie sich aus der Decke und schlich auf leisen Sohlen zur Tür. Geräuschlos drückte sie die Klinke herunter und lauschte. Aus der Küche drangen der Duft von frisch gemahlenem Kaffee und Gebäck und das leise Klappern von Geschirr.

Ganz offensichtlich geschah gerade etwas, das sie sich bei Noels abweisendem Verhalten ihr gegenüber niemals hatte vorstellen können – er machte Frühstück für sie. Gut, vermutlich hatte er nicht vor, ihr die Leckereien auf einem Tablett mit einer Rose zwischen den Zähnen in ihrem Bett zu servieren und sich gleich im Anschluss. Aber hey, dieser mürrische, übernatürliche Kauz war gerade dabei, freundlich und aufmerksam zu sein. Das durfte sie sich nicht entgehen lassen.

Vorsichtig stahl Lizzy sich zur Küche und spähte um den Türrahmen. Sie fühlte sich wie eine Dokumentarfilmerin, die nicht riskieren wollte, ihren seltenen Fund aufzuscheuchen und sich somit das bestmögliche Bild zu vermasseln.

Sie entdeckte Noel, wie er an seiner Kaffeemaschine herumfummelte. Er stand mit dem Gesicht abgewandt, sodass er Lizzy nicht bemerken konnte. Diese blieb, wo sie war, und ertappte sich beim Schmachten. Unter dem engen Hemd zeichnete sich das Spiel seiner Muskeln ab, wenn er sich bewegte. Die platinblonden Haare standen ihm ungekämmt vom Kopf ab. Es tat seinem guten Aussehen keinen Abbruch, dass sie aussahen, als sei er mit dem Kopf voran aus dem Bett gefallen. In gewisser Weise machte es ihn sogar attraktiver. Durch diesen kleinen Mangel an Perfektion wirkte er menschlicher, realer und nicht wie aus einer Fantasie oder Traumwelt entsprungen. Schade, dass er nur eine locker sitzende Jogginghose anhatte. In Jeans kam die Rückansicht noch deutlich besser zur Geltung. Wie Lizzy bereits festgestellt hatte, war heute Sonntag. Da konnte man über solcherlei Dinge wohlwollend hinwegsehen.

Es fiel ihr schwer, den Blick abzuwenden. Dennoch entging ihr nicht der gedeckte Tisch. Noel hatte bereits für sie beide eingedeckt. In der Mitte stand ein großer Korb mit frischem Baguette und Croissants. Drumherum hatte er die Überbleibsel ihres gestrigen Einkaufs gestellt. Sie brauchte nur noch Platz zu nehmen. Alles wartete bloß darauf.

Es gehörte sich nicht, ihn noch länger heimlich zu beobachten. Deshalb räusperte Lizzy sich und wünschte ihm einen guten Morgen. Schwungvoll drehte Noel sich um. Als er sie im Türrahmen entdeckte, schenkte er ihr ein warmes Lächeln. Seine Augen leuchteten dabei quecksilbern und verheißungsvoll. Ähnlich verführerisch musste sich Sirenengesang anfühlen …

»Guten Morgen«, erwiderte er fröhlich. »Setz dich schon mal, Cappuccino kommt gleich.«

Lizzy ging zu dem Platz, an dem sie schon gestern gesessen hatte. Gleich darauf kam Noel zu ihr, wobei er zwei große Tassen balancierte, die bis zum Rand mit Milchschaum gefüllt waren. Behutsam stellte er eine von ihnen vor ihr ab und schaffte es dabei, keinen Tropfen zu verschütten.

Nachdem er die andere ohne Zwischenfall zu seinem Platz gebracht hatte, setzte er sich ebenfalls. Einladend schob er den Brotkorb in Lizzys Richtung. Artig bedankte sie sich und nahm sich ein Croissant. Sie sahen wirklich lecker aus. Eilig bestrich sie eine Seite mit Marmelade und probierte. Es war köstlich.

»Ach du meine Güte«, seufzte sie mit halb vollem Mund. »Du *musst* mir verraten, wer diese Leckerbissen fabriziert und wo ich sie bekommen kann.«

Noel grinste, als sei ein von langer Hand vorbereiteter Plan aufgegangen. »Rue Yves Toudic an der Ecke Rue de Marseille«, beschied er ihr.

»Rue Yves-Wer?«, fragte Lizzy stirnrunzelnd. Dann dämmerte es ihr. »Nein! Du hast es schon wieder getan ... Du warst in Frankreich Croissants kaufen?«

Lässig zuckte er mit den Achseln. »In Paris. Dort kann man sicher sein, am Sonntagmorgen frische Croissants und Baguettes zu bekommen. Nicht so wie hier, wo es nur das Aufbackzeug gibt.«

»Machst du das oft?«, fragte Lizzy neugierig. »Gestern Shanghai, heute Paris und morgen New York?«

»New York im Sommer ist weniger einladend, als man glaubt. Dort sollte man im Frühjahr hin.«

»Du ahnst nicht, wie sehr ich dich gerade um deine nicht vorhandenen Reisekosten beneide und erst die eingesparte Zeit!«

»Bist du schon viel gereist?«, fragte Noel ernsthaft interessiert.

Lizzy schüttelte den Kopf. »Bisher nur an die Nordsee oder in die Berge. Im Ausland war ich erst einmal.«

»Wann denn und wohin ging es?«

Ihre Antwort kam nur zögerlich über die Lippen. »Gestern ... nach Shanghai.«

Noel hatte gerade einen Schluck aus seiner Tasse genommen und schaute sie nun mit großen Augen an. »Das war deine erste Auslandsreise?«

Lizzy wollte ungern darüber sprechen. »Geringes Budget«, sagte sie ausweichend.

»Du wirst mich also morgen zur Uni bringen und auch wieder abholen?«, fragte sie stattdessen, um das Thema zu wechseln. »Das ist kein Problem mit deinen Arbeitszeiten?«

»Es wird schon gehen. Ich schlafe, während du in der Uni bist. Außerdem ist morgen mein freier Tag. Ich dachte mir, ich bleibe gleich da und sehe mich mal um, ob uns jemand Verdächtiges begegnet.«

»Du sagtest doch, man könne Aswang tagsüber nicht erkennen ...«

»*Du* nicht. Ich schon.«

»Wie das?«

»Ich kann sie riechen«, erwiderte Noel leichthin.

»*Riechen?*«

Er schmunzelte. »Meine Sinne sind schärfer als deine – und Aswang riechen wirklich streng.«

»Sie riechen streng und trotzdem kann ich das nicht wahrnehmen?«

»Ganz genau.«

»Wonach riechen sie denn?«

»Süß, faulig, wie gammeliges Obst, das seit Tagen in der Sonne liegt.« Noel verzog bei dem Gedanken daran das Gesicht. »Kannst du deinen Professoren irgendwie meine Anwesenheit erklären oder muss ich in die Trickkiste greifen?«

»Du bist mein entfernter Verwandter oder lang verschollener Sandkastenfreund, der gern mal in meine Vorlesungen schnuppern möchte, um eventuell die Fakultät zu wechseln …?«, überlegte Lizzy laut.

»Werden sie das glauben?«

»Ab und zu kommt das schon vor.«

»Gut, dann lieber Sandkastenfreund. Das ist einfacher, als verstrickte Verwandtschaftsverhältnisse zu entwirren«, antwortete Noel bestimmt. »Nach dem Essen brechen wir auf. Ich möchte mir gern schon mal alles in Ruhe ansehen und mit dir überlegen, wo wir auftauchen und verschwinden können, ohne Aufsehen zu erregen. Mitten auf dem Campus in einer Menschentraube dürfte ungünstig sein.«

»Du willst gleich los?« Dahin war Lizzys ruhiger Sonntag, auf den sie sich schon gefreut hatte nach all der Aufregung.

»Ich habe danach noch etwas zu tun und muss heute Abend arbeiten.«

»Ach so, das wusste ich nicht«, entgegnete sie ein wenig enttäuscht. Natürlich hatte Noel am Sonntagnachmittag ein Date, was hatte sie denn gedacht? »Es tut mir leid, wenn ich deine Pläne störe.«

»Es geht schon, ist zeitlich nicht ganz so festgelegt, doch hatte ich es mir für heute vorgenommen. Ich komme ohnehin nicht oft genug dazu. Deshalb sollte ich es nicht verschieben.« In seine Stimme hatte sich ein angespannter Zug geschlichen.

Das klang weniger nach einer spaßigen Verabredung. Vielmehr nach einem lästigen Besuch bei einer schrulligen Großtante. Zu gern hätte sie gewusst, welche Pflichten

Noel heute noch hatte, aber sie traute sich nicht, ihn zu fragen. Oft war er so empfindlich, wenn es um ihn selbst ging.

»Du könntest mitkommen, wenn du möchtest …«, setzte er unsicher an, »wobei das eine blöde Idee ist. Vergiss es.«

So schnell wollte Lizzy die Hand, die er ihr reichte, nicht ausschlagen. »Warum denn blöd?«

Noel seufzte schwer. »Paris wäre spaßig. Diese Reise ist es nicht. Sie ist alles andere – das genaue Gegenteil, kann man sagen. Man wird nass, schmutzig und es macht einen traurig.«

»Ist es kalt?«

»Nein, ist es nicht.«

»Könnte ich dir denn helfen, wenn ich mitkomme?«

»Ich weiß nicht recht. Kann schon sein, wenn du das möchtest. Du würdest auch nicht stören und dort sucht dich garantiert kein Aswang.«

Lizzy brauchte nicht lange zu überlegen. »Dann komme ich mit. Vielleicht kann ich mich dabei ein bisschen für deine Hilfe revanchieren.« Doch war das nur einer der Gründe. Sie brannte darauf zu erfahren, was Noel neben Frauen und Feiern für andere Interessen hatte, wenn man es denn so nennen wollte. Außerdem stutzte sie bei dem Wörtchen *traurig*. Oft hatte sie ihn schon wütend, desinteressiert oder manchmal amüsiert gesehen, aber traurig? Das passte einfach nicht.

Nachdem das Frühstück so ungezwungen begonnen hatte, herrschte jetzt ein bedrücktes Schweigen. Plötzlich war sie dankbar über die Tatsache, schon bald die Uni mit

Noel besuchen zu können. Das brachte sie beide vielleicht wieder auf andere Gesprächsthemen.

Kapitel 8

Wenig später standen die beiden wieder im Wohnzimmer. Der gemeinsame Unibesuch war sehr kurz ausgefallen. Noel hatte nur einen schnellen Blick in Lizzys Hörsäle, die Mensa und die Toiletten werfen wollen. Dorthin würde er sie beide bringen, hatte er beschlossen.

Wer käme schon auf die Idee, jemand könnte die Damentoilette als magischen Eingang zur Uni benutzen wollen, um inkognito reisen zu können? Von dort käme Lizzy problemlos zu ihren Vorlesungen und kein Aswang hätte sie dabei beobachtet, wie sie das Gebäude überhaupt betreten hatte.

Alles Weitere ließe sich morgen noch besprechen, hatte Noel entschieden und sie waren in seine Wohnung zurückgekehrt. Gespannt erwartete Lizzy das nächste Ziel. Er hatte ihr zu festem Schuhwerk geraten. Also hatte sie von ihren locker sitzenden Sandalen zu Sneakers gewechselt. Sie war bereit und Noel schien es auch zu sein, nachdem er noch einen großen Rucksack aus dem Flurschrank geholt hatte.

»Dann los«, sagte er und umfasste mit der freien Hand Lizzys Taille. Ihr Magen schlug Purzelbäume – nicht vor Übelkeit wie am Anfang, wenn Noel sie irgendwohin brachte, sondern vor Aufregung. Sie wollte wissen, wohin die Reise ging.

Es war schummrig. Sobald sie festen Boden unter den Füßen hatte und die Augen aufschlug, bemerkte sie die Dunkelheit um sich herum. Am Horizont dämmerte es. War es Morgen oder schon Abend? Wohin hatte Noel sie dieses Mal gebracht?

So fest war der Boden doch nicht, stellte Lizzy fest. Sie standen auf abschüssigen Felsen, umgeben von weißem Sand. Ein angenehm warmer Wind fuhr in ihre Haare und wirbelte sie herum. Durch den Haarschleier sah Lizzy zahlreiche bunte Tupfen im Sand – Blumen oder Muscheln vermutlich. Um sie herum kreischten Seevögel. Sie waren im tropischen Paradies!

Hastig bändigte Lizzy ihre Haare. Sie wollte sich umsehen, nun, da sie sich an das wenige Licht gewöhnt hatte. Gerade wollte sie Noel fragen, was es an diesem Ort auszusetzen gab, als sie bemerkte, dass er sich bereits ein paar Schritte von ihr entfernt hatte. Wieder wirbelten ihre Haare umher. Zum Glück hatte sie ein Zopfgummi in der Hosentasche.

Ihre Mähne störte sie nicht länger und Lizzy hatte freie Sicht. Das Lächeln auf ihrem Gesicht erstarb und ihr stockte der Atem. Die Tupfen im Sand waren nicht natürlich.

Es handelte sich um Müll.

Auf dieser Insel gab es nur wenig Vegetation. Lediglich vereinzelte Palmen und flache Sträucher breiteten sich in der Mitte aus. Doch auch dort war alles voller Müll. Dabei konnte Lizzy außer ihnen beiden nur Tiere sehen. Was war hier geschehen?

Aufgewühlt trabte sie Noel hinterher. Erst jetzt entdeckte sie die beiden gewaltigen Vögel, zu denen er sich gekniet hatte. Behutsam streichelte er den Kopf des einen. »Ihr dürft das doch nicht fressen«, sagte er gepresst, »das habe ich euch schon so oft gesagt.«

Noel klang resigniert. Der Vogel, den er streichelte, wirkte krank. Sein schwarz-weißes Gefieder war stumpf, sein Körper eingefallen. Der kleinere Vogel daneben krächzte besorgt. Er saß über einem Loch im Sand und brütete.

Vorsichtig näherte sich Lizzy. »Wo sind wir? Was ist hier los?«, fragte sie leise.

Noel antwortete, ohne aufzusehen. »Auf Laysan, einer der unbewohnten hawaiianischen Inseln. Sie gehört zu den nördlichen Inseln und leidet somit stark unter dem angrenzenden Müllstrudel des Nordpazifiks.«

Lizzy sah sich noch einmal um. Vom Lockenwickler über unzähligen Flaschen, noch viel mehr Tüten bis hin zur Babybadewanne war alles Mögliche und Unmögliche am Strand angespült worden. Wie kam so was bloß ins Meer, um hier letztendlich zu landen? »Was ist mit dem Vogel?«

»Es ist ein Albatros und ihr Partner.« Noel deutete auf den zweiten Vogel im Sand. »Er wird bald sterben. Ich kann ihm nicht helfen.«

Kaum traute sie sich weiterzubohren, als sie seine Verzweiflung über diesen Umstand spürte, trotzdem wollte Lizzy mehr wissen. »Was fehlt ihm denn?«, fragte sie so sanft sie konnte.

Noel schnaufte. »Er verhungert. Sein Bauch ist voll, dennoch wird er letztendlich dem Hungertod erliegen. Sie fressen den Müll, weil sie das bunte Plastik für kleine Fische halten. Ihre Bäuche werden immer voller, bis keine echte

Nahrung mehr hineinpasst. Es ist ein langsamer und qualvoller Tod, trotzdem fressen sie weiterhin Müll. Sie wissen es nicht besser und können es nicht unterscheiden, auch wenn ich versuche, es ihnen zu erklären. Sie verstehen mich nur bedingt.« Er raufte sich die Haare. »Es wäre gnädiger, ihm den Hals umzudrehen und ihn zu erlösen, anstatt ihn sich noch tagelang quälen zu lassen. Nur bringe ich das nicht fertig. Ich kann kein Tier verletzen oder gar töten.«

Traurig dachte Lizzy über seine Worte nach. Die Vögel waren schön. Wenn sie ihre Flügel ausbreiteten, waren sie gewaltig. Doch flogen sie nur vereinzelt. Die meisten saßen im Sand. Vermutlich auf einem Gelege wie der zweite Albatros zu ihren Füßen.

Ihr kam eine Idee. »Seaside Seabird Sanctuary!«, rief sie begeistert. Der gesunde Albatros schreckte zusammen und Lizzy dämpfte ihre Stimme, bevor sie weitersprach: »Die können ihm bestimmt noch helfen.«

Noel sah zum ersten Mal, seit sie hier waren, von dem kranken Tier auf, um sie skeptisch anzusehen. »Wer ist das?«

»Eine Tierschutzorganisation. Vor Kurzem habe ich eine interessante Doku darüber gesehen. Dort arbeiten unter anderem Tierärzte, die sich um kranke oder verletzte Seevögel kümmern, bis sie diese wieder freilassen können. Wenn man einen Vogel findet, soll man ihn dort hinbringen, hieß es. Vielleicht können die helfen? Ihn operieren und den Müll rausholen zum Beispiel! Wo waren die gleich wieder ...?« Lizzys Gedanken überschlugen sich vor Begeisterung und sie plapperte wild drauflos. Es wäre so schön, etwas tun zu können, und sie überlegte angestrengt. Sie konnte sich noch gut erinnern, wie sie bei der Genesung eines todkranken Pelikans vor ihrem Fernseher mitgefiebert hatte. Wo hatte die Organisation nur ihren Sitz?

Noel rappelte sich auf und wollte gerade zu sprechen ansetzen, als es ihr wieder einfiel. »Florida, genau! Wenn wir ihn da hinbringen, schafft er es vielleicht doch und kann hierher zurückkehren, wenn er sich erholt hat.«

Endlich kam Noel zu Wort. »Es gibt solche Menschen, die das vermögen? Du bist dir sicher?«

»Ganz sicher! Nur weiß ich die Adresse natürlich nicht. Die wird im Internet stehen.« Sie klopfte ihre Taschen ab auf der Suche nach ihrem Handy. Bis ihr einfiel, dass sie beide sämtliche Gerätschaften zu Hause gelassen hatten. Hier hätten sie ohnehin keinen Empfang gehabt.

Noel hatte sich von ihrer Euphorie anstecken lassen und seine Niedergeschlagenheit war wie weggeblasen. »Ich finde die Adresse raus, sehe mich dort um und wenn ich der Meinung bin, es nützt was, hole ich dich und den Albatros ab. Dann können wir ihn zusammen dort hinbringen.«

»Prima!« Lizzy hatte inzwischen keine Angst mehr, dass er sie irgendwo zurücklassen würde. Noel käme garantiert zurück, selbst wenn er sie für eine Weile hier allein ließ. »Kann ich dich in der Zwischenzeit unterstützen?«

Er stellte den Rucksack ab und zog eine Rolle Müllbeutel heraus. »Wenn es dir nichts ausmacht, könntest du beginnen, die Glasflaschen einzusammeln. Für die leichteren Abfälle habe ich meine Methode. Dafür ist das Glas zu schwer. Den Rest kannst du liegen lassen.«

Lizzy nickte voller Tatendrang und ergriff die Rolle. »Bis gleich. Lass uns nicht zu lange warten.« Schon bückte sie sich nach der ersten Flasche und stapfte gleich darauf zur nächsten. Es war eine Wohltat, sich nützlich zu machen und vielleicht etwas bewirken zu können. Auch wenn es nur ein geretteter Vogel und ein vom Glas gesäuberter Strand war.

Irgendwo musste man schließlich anfangen. Während Lizzy fleißig sammelte, schweifte ihr Blick immer wieder zu dem Albatros-Pärchen. Noel war gleich verschwunden und noch nicht wieder zurück. Bestimmt käme er bald. Sie erwartete ihn gespannt.

Lizzy sollte recht behalten. In Florida gab es wirklich so einen Ort, den die Menschen zur Rettung von Seevögeln betrieben. Das große Gebäude lag direkt am Strand von Indian Shores, einer kleinen Stadt mit einem atemberaubenden weißen Strand. Die ersten Touristen suchten sich bereits ihre Plätze für das Sonnenbad.

Noel lungerte vor dem Eingang des Zentrums herum und wartete. Am Empfang standen noch andere Menschen, die sein Vorhaben störten. Es wäre besser, allein mit der jungen Frau zu sein, wenn er in ihren Geist eintauchte. Störenfriede konnte er auf seiner Suche nach Antworten nicht gebrauchen.

Die halbhohe Mauer der Promenade lud förmlich dazu ein, sich dort für eine Weile niederzulassen. Hier und da saßen ein paar Touristen und aßen eine Kleinigkeit. Es war noch früh am Morgen in Florida, während zu Hause bereits der Nachmittag anbrach. Noel musste die Zeit im Auge behalten, damit er nicht vergaß, wann er zurückmusste. Er konnte genauso gut im Sitzen warten, beschloss er. Der Stein war kühl und rau unter seiner Haut, noch hatte die Sonne ihn nicht erwärmen können.

Ungeduldig trommelte er mit den Fingern auf der Mauer. Seine Stimmung war kurz vorm Überkochen, aber noch war es dazu zu früh. Erst musste er sich vergewissern. Er schloss die Augen und reckte sein Gesicht der Sonne entgegen. Tief atmete er die salzige Luft ein. Zwar war er hier am Atlantik und nicht im Pazifik, dennoch tat die Nähe zum Meer ihr Übriges, um ihn ein wenig zu erden. Schließlich flossen alle Meere ineinander – einerseits beruhigend, andererseits ein Teil seines Problems.

Er war immer noch aufgeregt und dankte Gaia im Geiste, dass Lizzy bei ihm gelandet war. Sollte er dank ihr wirklich einen Ort gefunden haben, an dem man ihm und den Vögeln helfen konnte? Von Mal zu Mal fiel es ihm schwerer, ihnen hilflos beim Sterben zuzusehen und weiterhin seine niemals endende Aufgabe zu erfüllen. Ein paar Helfer unter den Menschen kämen ihm gerade recht. Ganz besonders, wenn sie mit der Wissenschaft etwas zustande brachten, wo die Magie an ihre Grenzen stieß.

Die helle Glocke der Eingangstür erklang und Noel öffnete seine Augen. Die anderen Besucher verabschiedeten sich winkend von der Empfangsdame. Mit neu erwachtem Eifer sprang er auf und stürmte regelrecht zur Tür herein. Er wurde freundlich begrüßt und erwiderte den Gruß. Der

Wechsel zur englischen Sprache war für ihn kein Problem. Noel beherrschte diverse menschliche Sprachen fließend. Das brachte ein langes Leben und die daraus resultierende Langeweile mit sich. Außerdem machte es sein Leben leichter, wenn er mal hier, mal dort auf der Welt auftauchte.

»Was kann ich für dich tun?«

»Ich hätte ein paar Fragen zu eurer Organisation«, antwortete Noel.

Sie deutete zu einem Ständer, der auf dem breiten Tresen platziert war. »Du kannst dir ein paar Broschüren mitnehmen oder mich direkt fragen.«

Erst jetzt bemerkte er ihr Namensschild. Er hatte vor lauter Aufregung aufgehört, auf Details zu achten. Wenn er in ihren Geist eintauchen wollte, musste er sich zur Ruhe zwingen. »Ich würde mich gern ein bisschen mit dir unterhalten, Amber.« Noel lächelte so charmant wie er nur konnte, und wurde prompt mit sich errötenden Wangen belohnt.

»Was möchtest du wissen?«, fragte Amber, sobald sie sich gefangen hatte.

Noel sah ihr tief in die Augen und überwand die Schwelle zu ihrem Geist in Windeseile. Er war mehr als erleichtert. Nach den Fehlschlägen bei Lizzy hatte er begonnen, an seinen Fähigkeiten zu zweifeln. Doch jetzt war er sicher, alles zu erfahren, was er wissen wollte.

»Ich habe einen kranken Vogel gefunden«, begann Noel. »Wie es aussieht, hat er Müll gefressen und droht, daran zugrunde zu gehen. Könnt ihr da etwas machen?«

»Ja«, erwiderte Amber mechanisch. »Leider haben wir es immer öfter damit zu tun.«

»Was genau macht ihr mit den Vögeln?«

»Wir entfernen die Fremdkörper operativ. Sobald sich die Tiere erholt haben, lassen wir sie wieder frei.« Bilder blitzten in ihrem Geist auf von weißen OP-Sälen, Vögeln in Gehegen und Menschen in kleinen Booten, die die Tiere wieder dem Meer überließen.

Sie sagte die Wahrheit.

»Was muss ich tun, damit ihr euch um den Vogel kümmert?«, fragte Noel weiter.

»Ein Formular ausfüllen.«

»Sonst nichts? Wollt ihr kein Geld?«

»Nein, nur das Formular.«

»Und wenn ich mehrere Vögel finde?«

»Wir kümmern uns um alle.«

Noel war zufrieden und verstärkte seine Kontrolle über Amber. »Wenn ich komme, muss ich nichts ausfüllen. Du wirst dafür sorgen, dass meine Vögel trotzdem behandelt werden. Vor deinen Kollegen wirst du dich nicht an mich erinnern. Wenn ich wiederkomme, wirst du dich auch um die neuen Tiere kümmern.« Noel hielt inne und überlegte, was er Amber einprogrammieren musste. Er wollte nicht allzu viel Aufsehen erregen oder Spuren hinterlassen, trotzdem alles tun, was nötig war, damit seinen Schützlingen geholfen werden konnte.

»Selbstverständlich werde ich mich um alle kümmern«, bestätigte Amber seine Worte.

Zufrieden verließ Noel ihren Geist. »Dann bringe ich euch gleich den ersten Vogel. Es ist ein Albatros und es geht ihm sehr schlecht. Es eilt, wenn er die Chance zur Genesung haben soll. Er liegt bereits im Sterben.«

Nachdem Noel sie freigelassen hatte, schwand die ausdruckslose Maske, in die sich Ambers Gesicht verwandelt hatte, und wich einem Lächeln. »Hol ihn«, forderte sie, »wir kümmern uns um den Rest.«

Noel stürmte aus dem Gebäude und rannte zurück in die Seitenstraße, aus der er gekommen war. Er zwang sich zur Ruhe und konzentrierte sich, damit er verschwinden und nach Laysan reisen konnte. Lizzy erwartete seine Rückkehr gewiss schon.

Er teleportierte sich dorthin, von wo aus er verschwunden war. Inzwischen war auch hier ein neuer Tag angebrochen. Die Sonne war über den Horizont gekrochen und man konnte besser sehen. Die beiden Albatrosse waren nicht von der Stelle gewichen. Lizzy war auf den ersten Blick nicht zu entdecken. Nicht weit entfernt stand ein voller Müllsack. Noel lief zu ihm und sah sich wieder um. Sie musste in diese Richtung gegangen sein, er lief weiter und suchte. Laysans Bewohner ließen sich von ihm nicht stören, sie erkannten instinktiv, was er war und hatten ihn entsprechend als harmlos eingestuft.

Kurz darauf entdeckte er Lizzy. Sie hockte landeinwärts und hielt einen halb vollen Müllbeutel in der Hand. Noel trabte durch den Sand auf sie zu und wich dabei einem weiteren brütenden Pärchen aus. Gerade wollte er nach ihr rufen, als er ihre bebenden Schultern bemerkte. Etwas stimmte nicht mit ihr. Sobald er näher kam, verlangsamte er seine Schritte. Jetzt konnte er über das Kreischen der Vögel ihr herzzerreißendes Schluchzen hören. Hatte sie sich verletzt?! Eilig trat Noel an sie heran. Seine Hand hatte er schon ausgestreckt, um sie an der Schulter zu fassen, doch erinnerte er sich im letzten Moment an das Versprechen, das er Amaia gegeben hatte, und hielt sich zurück. Stattdessen sagte er ihren Namen.

Lizzy schreckte auf und erstarrte gleich darauf. Sie drehte sich nicht zu ihm um. Das machte ihn stutzig. »Was ist denn passiert? Hast du dich verletzt?«, fragte er sanft.

Hastig schüttelte Lizzy den Kopf und rieb sich mit dem Handrücken übers Gesicht. Ein paar Haarsträhnen lösten sich dabei aus ihrem lockeren Zopf und tanzten in der Meeresbrise. Im Licht der aufgehenden Sonne leuchteten sie wie ein Heiligenschein.

Noel trat noch einen Schritt an sie heran. Dabei achtete er auf den nötigen Sicherheitsabstand. Jetzt konnte er sehen, worüber sie sich gebeugt hatte. Im Sand lag ein halbwüchsiger Albatros beziehungsweise das, was von ihm übrig war.

Die Gezeiten und im Sand lebende Insekten hatten das meiste Fleisch von seinen Knochen genagt. Übrig waren nur der Schnabel, das Skelett und wenige Federn, die an verbliebenen Hautresten hingen. Unter den Rippen leuchtete buntes Plastik, wo sich einst der Magen des Tieres befunden hatte.

Das Jungtier war aus demselben Grund nicht mehr am Leben, aus dem der ausgewachsene Albatros ebenfalls bald verenden würde, wenn sie nicht schnell etwas unternahmen. Lizzy sah mit riesigen, traurig wirkenden Augen zu ihm auf. Ihre Augen und Wangen waren stark gerötet, ihr Gesicht tränenverschmiert. »Ich kann nicht aufhören zu weinen«, hickste sie mit erstickter Stimme. »Das hier ist alles so furchtbar.«

Noels Wunsch war es, sie in den Arm nehmen und trösten zu können. Er unterdrückte den Impuls. Stattdessen ballte er seine Hände zu Fäusten. Seine Nägel bohrten sich in sein Fleisch. Dieser Schmerz war eine willkommene Abwechslung zu den Kopfschmerzen, die ihn beim Bruch des Versprechens heimsuchen würden.

»Du hattest recht«, wollte Noel sie aufmuntern, »es gibt wirklich Menschen, die mir mit den Vögeln helfen können.«

Schlagartig hellte sich ihr Gesicht auf. »Wirklich? Dann bringen wir ihn jetzt dahin?«

»Genau!«, bestätigte er. »Komm, wir holen ihn.«

Mit neuem Mut in den Augen rappelte Lizzy sich auf und lief neben ihm zurück zum Wasser. Noel erzählte ihr alles, was er in der Zwischenzeit herausgefunden hatte, und sie freute sich sichtlich über die Neuigkeiten. Der Albatros ließ sich widerstandslos mitnehmen und schon standen die drei in Florida vor der Seevogelrettung.

Ohne Zögern betrat Noel abermals das Gebäude. Beim Anblick des großen Vogels unter seinem Arm stutzte Amber, fing sich jedoch, sobald sie ihn wiedererkannte. Er hatte ihren Geist ausreichend beeinflusst.

»Das ist der kranke Vogel, von dem ich dir erzählt habe«, sagte Noel, sobald er ihren Tresen erreichte.

Amber nickte. »Einer unserer Tierärzte ist schon auf dem Weg. Er müsste in der nächsten Viertelstunde eintreffen. Dann kümmert er sich um ihn.« Nervös ließ der Albatros den Kopf kreisen und wurde auf Noels Arm unruhig. Sanft flüsterte er dem Tier zu und es beruhigte sich. Jedoch war Amber nun nervös und zog eine große Box unter dem

Tresen hervor. »Könntest du ihn hier hineinsetzen? Er soll sich doch nicht zu sehr aufregen.«

Noel musste ihr zustimmen. Für ihn war es leicht, ein Tier zu beruhigen, die Menschen hatten es da zweifelsohne schwerer. Daher tat er wie geheißen. »Kann ich mich nach seinem Zustand erkundigen?«

Amber lächelte breit und schob ihm eine kleine Visitenkarte zu. »Natürlich, ruf bei dieser Nummer an.«

Noel nahm dieses und noch ein weiteres Kärtchen an sich. Das erste steckte er ein, auf das zweite schrieb er seine Nummer und gab sie Amber zurück. »Wenn einer der Vögel, die ich bringe, so weit ist, wieder ausgesetzt zu werden, ruf mich an. Das werde ich selbst übernehmen.«

»Okay«, antwortete Amber geistesabwesend. Noel hatte seinen Worten magisch Nachdruck verliehen. Er wollte eine sichere Rückkehr seiner Schützlinge zu ihrem Zuhause gewährleisten.

»Dann sehe ich mich jetzt weiter um und bringe vielleicht noch andere Vögel vorbei«, verabschiedete er sich von Amber.

»Auf Wiedersehen!«, sagten beide Frauen gleichzeitig.

Noel war in Hochstimmung, als er mit Lizzy nach Laysan zurückkehrte. Er hatte ihr mehr zu verdanken, als sie auch nur ansatzweise ahnen konnte. Durch sie bekäme er zumindest einen Teil seines Seelenfriedens wieder. Von seinen Gefühlen vollkommen überwältigt, umfasste Noel mit beiden Händen ihr Gesicht und drückte einen stürmischen Kuss auf ihre Lippen.

»Dank...« Noel konnte nicht weitersprechen. In seiner Euphorie hatte er tatsächlich das Versprechen vergessen.

Jetzt wurde brutal daran erinnert. Sofort ließ er sie los und sank, von der Intensität des Schmerzes überwältigt, in den Sand. Lizzy sagte etwas. Er konnte sie kaum verstehen.

Hilflos beugte sie sich über Noel. Er hatte sie mit seinem Kuss vollkommen überrascht. Durchaus positiv überrascht. Hier waren sie wieder. Lizzy hatte keine Ahnung, wie sie ihm helfen konnte. Zur Sicherheit war sie einen Schritt zurückgetreten und wartete, bis es Noel besser ging. Er kniete am Boden und umklammerte stöhnend seinen Kopf.

Nach ein paar Minuten, die sich wie eine Ewigkeit anfühlten, rappelte er sich auf. Lizzy konnte beim besten Willen nicht sagen, was jetzt in ihm vorging. Sein Atem war noch immer beschleunigt und seine Augen glichen mehr der stürmischen See als dem gewohnt ruhigen Quecksilber.

Es hatte durchaus etwas für sich, Noel in einen solchen Zustand versetzen zu können. Das konnte sie wahrlich nicht abstreiten. Auch wenn sein Aufruhr wohl hauptsächlich den Schmerzen zuzuschreiben war und nicht so sehr durch Begehren ausgelöst wurde, wie Lizzy das vielleicht gern gehabt hätte.

Endlich hatte sich Noel beruhigt. Zumindest so weit, dass er außer schmerzhaftem Stöhnen noch etwas anderes herausbringen konnte. Sein Gesicht verzog sich zu einem wehmütigen Lächeln und fuhr sich mit der Hand durch das windzerzauste Haar. »Schon seltsam, wie das Schicksal spielt«, sagte er schnaubend.

»Wie meinst du das?«, fragte Lizzy vorsichtig zurück.

Noel winkte ab. »Vergiss es! Ich sinniere nur darüber, wie leichtfertige Entscheidungen einen früher oder später einholen und dann kräftig in den Hintern beißen.«

Lizzy ließ seine Worte auf sich wirken. Sie waren nicht direkt patzig, eher schien er auf makabre Weise von einer Fehlentscheidung seinerseits fasziniert zu sein. Jedoch war es Lizzy ein Rätsel, was sie damit zu tun haben sollte. Sie wusste nicht, worauf er wohl anspielte und ging besser nicht darauf ein, um ihn nicht schon wieder mit ihrer Neugier zu verstimmen.

»Dann lasse ich dich vielleicht besser weiter sinnieren.« Lizzy deutete auf einen Felsen an ihrer Seite. »Das sieht doch nach einem wundervollen Ort zum Sinnieren aus. Ich wünsche dir viel Spaß dabei. Währenddessen sammele ich weiter Flaschen ein. Dahinten liegen noch schrecklich viele.« Sie wollte sich abwenden, denn sie brauchte dringend einen Moment allein mit ihren Gedanken.

Noels Züge wandelten sich abermals. Dieses Mal zu einem ehrlichen Lachen. »Ich werde später meine Zeit damit vergeuden, mit meinem Schicksal zu hadern. Viel lieber möchte ich mich auch nützlich machen und sorge für die Versorgung von weiteren kranken Vögeln.«

Zögerlich nickte sie. »Tu das.«

»Du kannst überall hingehen auf der Insel. Ich werde dich finden«, sagte Noel ernst, bevor er sich auflöste.

Lizzy sah sich noch einmal um. Sie konnte von ihrem Standort aus die ganze Insel überblicken. Es wäre schwer, sich zu verlaufen. Laysan war höchstens ein paar Quadratkilometer groß und hatte keine nennenswerten Erhöhungen.

Die Insel war ein Ring, ihre Mitte wurde von einer riesigen Lagune dominiert. Von der allgegenwärtigen Verschmutzung abgesehen war es wirklich paradiesisch schön.

Sie holte die Rolle Müllbeutel und machte sich an die Arbeit. Noel hatte sie mit seinem Kuss regelrecht aus der Bahn geworfen. Sie hatte nicht geglaubt, er könnte sie so sehen. Es hatte bislang nicht so gewirkt, als sähe er Lizzy überhaupt als Frau – schon gar nicht als begehrenswerte.

Sobald sie nach Laysan zurückgekehrt waren, hatte er nicht aufgehört zu strahlen. Nur einen kurzen Blick hatte sie auf diesen Noel werfen können, aber er hatte bleibenden Eindruck bei ihr hinterlassen. Bisher hatte sie ihn am ehesten wie eine verschneite Winternacht gesehen, kühl und dabei beängstigend schön. Jetzt hatten sich die Wolken verzogen und der dahinter liegende Mond hatte den Schnee zum Leuchten und Glitzern gebracht. Die Nacht war nicht länger beängstigend, sondern geheimnisvoll und voller Möglichkeiten.

Lizzy schüttelte den Kopf. Selbst wenn ihr Verlangen auf Gegenseitigkeit beruhen sollte, brachte es nichts. Noel konnte sie nach wie vor kaum anfassen, ohne wie vom Blitz getroffen zurückzuzucken.

Da konnte sie noch so sehr hoffen und träumen. Wünsche gingen nicht in Erfüllung – zumindest nicht für sie.

Zwei Stunden später kam Noel zu ihr zurück. Sie hatte ihn zwischendurch an verschiedenen Punkten der Insel auftauchen und wieder verschwinden sehen. Als er jetzt zu ihr kam, wirkte er seltsam gelöst und entspannt, als wäre eine Last von ihm abgefallen, die kurz davor gewesen war, ihn zu erdrücken.

Lizzy war nicht untätig gewesen und hatte säckeweise Flaschen eingesammelt. Er betrachtete die aufgetürmten Säcke mit einem anerkennenden Pfiff.

»Du warst wirklich sehr fleißig«, sagte er fröhlich. »Ich bin dir zu großem Dank verpflichtet – in mehrerlei Hinsicht. Bis ich hier fertig bin, wird es zu spät dafür sein. In den nächsten Tagen sollten wir unbedingt einen Ausflug machen, einen, bei dem man mehr Spaß hat als hier.«

Sie freute sich über Noels Lob und die Aussicht, weitere interessante Orte mit ihm zu besuchen. »Das würde mir gefallen. Wie viele Vögel hast du noch gefunden?«

»Noch elf, die ohne dich verloren gewesen wären. In drei Tagen kann ich mich nach ihnen erkundigen.«

Mit gemischten Gefühlen sah sie sich um und betrachtete das viele Plastik um sie herum. »Und was jetzt?«

Noel ging zu seinem Rucksack und förderte ein großes Netz zutage. Es sah ein bisschen aus wie ein Fischernetz. Womöglich, weil es eines war, dachte Lizzy.

Er behielt einen Zipfel des Netzes in der Hand und warf den Rest lässig in die Luft. Eine aufkommende Windböe erfasste die Ecken. Der Stoff breitete sich aus. Dann sank es flach zu Boden und Noel ließ seine Ecke los.

Lizzy stutzte, das hatte alles zu gut geklappt, um ein Zufall sein zu können. »Wie hast du …?«, setzte sie an und sprach nicht weiter.

»Geheimnis«, erwiderte er grinsend und war in ungewohnt guter Stimmung. Noels Blick schweifte über die Insel und blieb schließlich an ihr hängen.

»Komm besser näher zu mir«, überlegte er stirnrunzelnd.

»Weshalb?«, fragte Lizzy, obwohl sie sich bereits in Bewegung gesetzt hatte.

»Weil du dann am ehesten aus dem Schussfeld bist und ich dir nicht aus Versehen etwas an den Kopf werfe.«

Sie baute sich vor ihm auf. »Das würdest du nicht wagen!«

Noel zuckte mit den Schultern. »Nicht mit Vorsatz. Ich sagte doch, es wäre aus Versehen.«

»Was hast du denn vor?«, fragte Lizzy skeptisch.

Er deutete eine Verbeugung an. »Sieh zu und staune.«

Dann wandelte sich sein Gesichtsausdruck. Sein Blick sprühte Funken vor Konzentration und die ganze Insel wurde davon ergriffen. Die Luft begann zu prickeln, wieder kam Wind auf.

Mit offenem Mund sah Lizzy zu, wie der Müll emporgerissen und in ihre Richtung geblasen wurde. Der Druck wurde stärker und von allen Seiten flog Müll heran. Schnell überwand sie ihr Erstaunen und schloss eilig den Mund. Sonst würde sie noch Sand schlucken. Sie stand mit Noel im Auge eines Mülltornados. Allmählich wurde es ihr unheimlich. Zu gern hätte sie sich zum Schutz an ihn geklammert, doch das ging leider nicht.

Gebannt wartete Lizzy ab und blieb auf der Hut. Der Wind trieb den Müll auf das Netz zu und dort fiel er herunter. Plastikflaschen, Eimer und sogar eine Angelrute flogen knapp an ihrem Kopf vorbei und betteten sich zu ihren Artgenossen auf den beständig wachsenden Müllberg.

Mit einem Schlag war der Spuk vorbei. Es war, als hätten

sie zuvor in einem Windtunnel gestanden, den man nun ausgeschaltet hatte. Abermals sah Lizzy sich um. Der Sand der Insel war aufgewühlt, aber größtenteils sauber. Die meisten Vögel liefen unruhig umher oder hatten sich hoch in die Luft geschwungen.

Nur vereinzelt entdeckte Lizzy Dinge, die zu groß waren, um weggeweht zu werden. Der Müllberg hinter ihr war doppelt so groß wie sie und sehr massiv.

Mit hochgezogenen Augenbrauen sah sie Noel an. Er atmete schwer und Schweiß perlte von seiner Stirn. Auch dieses Mal würde er ihr nicht verraten, wie er für den Wind gesorgt hatte und welche Macht ihn dazu in die Lage versetzte.

Trotzdem konnte sie sich einen Kommentar nicht verkneifen. »Du hast viele Geheimnisse, Noel.«

Er lachte überrascht. »Noch mehr, als du ahnst.«

Schmunzelnd schüttelte sie den Kopf. Jetzt hatte sie keine Angst mehr. Stattdessen betrachtete sie skeptisch den Berg. Sie hätte nicht gedacht, dass es so viel werden würde. »Was machen wir jetzt damit?«

»Ich schaffe es zu einer Mülldeponie, die nicht zu nah am Meer liegt, damit der Küstenwind es nicht gleich wieder ins Wasser bläst, und von der ich weiß, dass sie sich darum kümmern werden«, erklärte er.

»Und wo ist das?«

»In Schweden«, sagte Noel, als läge das von hier aus betrachtet nicht am anderen Ende der Welt. Zugegeben, für ihn war es ein Katzensprung Dennoch staunte Lizzy nicht schlecht. »Dort gibt es die beste Recyclingindustrie.«

Noel ergriff einen Zipfel des Netzes und verschwand,

nur um sofort auf der gegenüberliegenden Seite wieder aufzutauchen. Diese Prozedur wiederholte er mit den anderen
beiden Ecken und hatte so ein riesiges Bündel geschaffen,
mit dem er nun gänzlich verschwand. Kleinere Teile waren
durch die Maschen des Netzes gerutscht und lagen noch
im Sand. Lizzy holte sich einen weiteren Müllbeutel und
begann, sie einzusammeln.

Flimmernd tauchte Noel vor ihr auf. »Danke«, sagte er,
sobald er sah, was sie tat. »Kann ich dich noch mal allein
lassen, um die Flaschen und die großen Teile wegzubrin-
gen?«

»Na klar«, antwortete Lizzy sofort.

Er nickte und verschwand.

Als er erneut bei ihr auftauchte, hatte sie die verbliebenen Reste eingesammelt. Noel war sichtlich erschöpft,
nicht nur körperlich. Unweigerlich fragte Lizzy sich, wie
oft er diesen Strand schon gesäubert hatte. Schließlich wurde immer wieder etwas Neues angespült – nach einem
Sturm war es bestimmt schlimm. »Wieso machst du das?«

»Dieser Ort wurde mir anvertraut.«

»Von wem?«, fragte sie neugierig.

Noel antwortete ihr nicht, sondern sah hinaus aufs Meer.
Trotz seines Einsatzes schwamm dort noch immer Müll.
Der Horizont bildete keine klare Linie, sondern war von
Unebenheiten unterbrochen. Auch dort schwamm wer
weiß was. Nichts davon gehörte hierher.

»Es muss dich traurig machen, es so zu sehen«, sagte
Lizzy leise.

Er wandte sich vom Meer ab. Ein wehmütiges Lächeln
auf seinen Lippen ließ ihn nicht wie gewohnt unnahbar,

sondern verletzlich wirken. Seine Augen glänzten noch stärker als sonst. Lizzy konnte nicht sagen, ob es am strahlenden Sonnenschein lag oder ob ihm die Tränen kamen. Es würde sie nicht überraschen. Auch ihr war schon wieder zum Heulen zumute beim Anblick dieser Katastrophe.

Seine Stimme klang rau, als er ihr antwortete. »Früher war es wirklich schön hier. Dann kam zu den anderen Problemen das Plastik.« Ein Kaffeebecher war angespült worden, während Noel gesprochen hatte. Er bückte sich danach und hob ihn auf. »Nun besteht die halbe Welt aus Plastik und nur die wenigsten wissen, wie sehr sie ihr damit schaden.«

Ihr war schwer ums Herz und Lizzy wusste nicht, was sie dazu sagen sollte. Noel seufzte laut und straffte die hängenden Schultern. »Wir müssen zurück, sonst komme ich zu spät zur Arbeit.«

Stumm nickte sie und trat an ihn heran. Ein Blinzeln später waren beide verschwunden.

Kapitel 9

Missmutig griff Noel nach seinem Handy und angelte es vom Nachttisch. Sieben Uhr morgens, verkündete die Weckfunktion plärrend. Er hatte keine Lust, jetzt schon aufzustehen, hatte er doch kaum vier Stunden geschlafen. Es half nichts. Lizzy musste in einer Stunde in ihrer ersten Vorlesung sitzen und er hörte sie bereits im Badezimmer hantieren.

Grummelnd drehte er sich noch einmal um, fünf Minuten mehr sollte ihm die Schlummerfunktion noch zugestehen.

Als das Handy wieder bimmelte, schalte Noel den Wecker komplett aus und schwang die Beine aus dem Bett. Jetzt wuselte Lizzy durch die Küche und klapperte mit dem Geschirr.

Er stapfte ins Bad. Nachdem er sich frisch gemacht hatte, gesellte er sich zu Lizzy nach nebenan. Sie deckte gerade den Frühstückstisch für beide.

Noel bremste sie. Er hatte keinen Hunger. »Für mich nur Kaffee«, sagte er knapp.

Sie hielt inne und stellte einen Teller wieder zurück in den Schrank. »Es tut mir leid, dass du meinetwegen schon wieder aufstehen musstest.«

»Ist nicht zu ändern«, erwiderte Noel. »Ich hätte eh

keine Ruhe, wenn ich mich fragen müsste, ob es sicher ist, dich rausgehen zu lassen, oder nicht.«

Sie frühstückte schweigend, während Noel seinen Kaffee trank. Dabei behielt er die Digitalanzeige am Herd im Auge – kurz nach halb acht.

»Wir sollten los.« Er schob seinen Stuhl zurück und stand auf. Lizzy tat es ihm gleich. Wenige Minuten später hatte sie den Küchentisch abgeräumt und ihren Rucksack geholt.

Noel atmete tief ein und besann sich auf das Versprechen, bevor er sie in die Arme schloss und mit ihr verschwand. In der Damentoilette der Uni angekommen, trat er so weit von Lizzy zurück, wie es die enge Kabine erlaubte. Hinter seiner Stirn prickelte es schmerzhaft, so wie immer, wenn er mit ihr reiste. Doch wenn er seine Gedanken dabei im Zaum hielt, war der Schmerz erträglich und schnell wieder verschwunden.

Lizzy schlüpfte aus der Kabine und er folgte ihr. An der Tür zum Flur blieb sie stehen und spähte vorsichtig hinaus. »Die Luft ist rein«, erklärte sie und ging los.

Gut, dass sie rechtzeitig aufgebrochen waren. Noel hätte keine Lust gehabt, lange in einer Damentoilette warten zu müssen, bevor er ohne Aufsehen zu erregen hätte herauskommen dürfen. Lustlos lief er neben Lizzy her. Er wäre wirklich lieber im Bett geblieben, aber das verbot ihm sein Pflichtgefühl. Zum Glück musste er sich nicht auch noch auf die Vorlesung konzentrieren, sondern nur auf ihre Umgebung. Das erinnerte ihn an etwas. »Was studierst du? Ich sollte wissen, wofür ich mich angeblich interessiere.«

»Ökologie und Umweltplanung.«

»Umweltplanung?« Noel zog erstaunt die Augenbrauen hoch. »Was plant man denn da genau?«

»Meistens geht es um die Wiederherstellung des vormals natürlichen Zustandes. Bodenerosion und dessen Vermeidung sind da ein großes Thema. Ohne die Nachhaltigkeit in der Landwirtschaft zu verbessern, wird es eines Tages dazu kommen, dass wir keine fruchtbaren Böden mehr haben werden. Die gute Erde wird weggespült oder vom Wind abgetragen. Wusstest du das?« Die Frage war rhetorisch, Lizzy sprach direkt weiter. »Stadtplanung, Umweltschutz und Ähnliches gehört auch dazu.«

»Klingt interessant«, sagte er und meinte es auch so.

»Ist es auch!«, bekräftigte Lizzy und blieb stehen. Inzwischen waren sie bei ihrem heutigen Vorlesungssaal angekommen. »Ich bin ein wenig nervös«, gestand sie nun und zögerte einzutreten.

Noel schaute an ihr vorbei. Bisher waren nur eine Handvoll Studenten anwesend, auch vom Professor war noch nichts zu sehen. »Befürchtest du, ich darf nicht mit rein oder dass wir auf einen Aswang treffen?«

Lizzy winkte ab. »Mir passiert hier nichts. Das glaube ich nach wie vor. Ich kann nicht gut lügen. Was mache ich denn, wenn mein Professor dich nicht mithören lässt?«

Noel lächelte selbstbewusst. »Dann sorge ich dafür. Mach dir keine Sorgen, ich habe Mittel und Wege, ihn davon zu überzeugen.«

Sie riss erschrocken die Augen auf. »Du willst ihm nichts tun, oder?«

Er lachte. Manchmal war Lizzy ungewollt komisch. »Natürlich nicht! Ich kann ihn überreden, vertrau mir.«

»Na schön«, seufzte sie ergeben, straffte die Schultern und betrat den Saal.

Beim Betreten des Hörsaals drehten sich ein paar Köpfe in ihre Richtung. Zwei Studentinnen begannen aufgeregt zu flüstern. Noel glaubte, sie schon öfter in der Bar gesehen zu haben. Doch interessierte er sich nicht für Frauen, nicht heute. Stattdessen sah er sich genauer um. Der Raum war nicht groß. Sechs Stuhlreihen, die in der Mitte durch eine schmale Treppe getrennt waren, mit je zehn Stühlen erstreckten sich über das kleine Podest. Die braunen Sitzschalen aus Hartplastik zum Herunterklappen sahen nicht allzu bequem aus. An der gegenüberliegenden Wand war eine große Tafel. Daneben hingen diverse Plakate mit Tabellen und Diagrammen und eine zusammengerollte Leinwand. Ein altmodisches Rednerpult fand auch noch Platz. Der Saal war seit mindestens dreißig Jahren nicht mehr renoviert worden.

Lizzy drängte ihn weiterzugehen. Neben ihr erklomm er die Treppe bis ganz nach oben. Noel hatte darauf bestanden, dort zu sitzen, obwohl sie lieber vorn gesessen hätte. Doch von hier oben hatte man den besten Überblick, wenn man kein Interesse an der Vorlesung, sondern an ihren Besuchern hatte. Er rutschte in die Reihe und Lizzy nahm den Platz am Gang.

Vereinzelt oder in kleinen Grüppchen tröpfelten ihre Kommilitonen herein. Langsam füllte sich der Raum. Die meisten grüßten Lizzy oder winkten ihr zu. Sie schien sehr beliebt zu sein. Noel erntete viele bedeutungsschwere Blicke. Offenbar hatten sie doch nicht so oft Gasthörer, wie Lizzy ihm versichert hatte, oder es lag an ihm selbst.

So manche kannte er vom Sehen aus der Bar. Umgekehrt schienen die Menschen ihn zu erkennen und zum *Nightfall* zuzuordnen. Bisher war keine von seinen Eroberungen eingetreten und Noel schickte Gaia ein kleines Stoßgebet dafür.

Er atmete tief ein. Schweiß, diverse Parfums, noch nicht alter Marihuanarauch und der Geruch von diversen Gerichten in Lunchboxen hing in der Luft. Keine Anzeichen dafür, dass ein Aswang in letzter Zeit hier gewesen wäre. Noel entspannte sich ein wenig und beobachtete die Neuankömmlinge.

Als Nächstes betraten drei junge Männer den Raum. Man hätte meinen können, sie hätten die Uni mit dem Country Club verwechselt. Alle trugen weiße Stoffhosen zu farbenfrohen Poloshirts in den Farben babyblau, rosa und lindgrün. Hinzu kamen Pullover, die sie tatsächlich um ihre Schultern geknotet hatten. Noel hatte noch nie jemanden gesehen, der das im echten Leben getan hatte. Die drei sahen mit ihren gegelten Haaren aus wie verschiedene Ken-Versionen. Da waren: Golfplatz-Ken, Polo-Ken und natürlich Affektiertes-Arschloch-Ken.

Als der Mann in Babyblau etwas sagte und die anderen beiden lachten, wusste Noel, wer von ihnen das Sagen hatte. Die drei hielten auf die oberen Reihen zu.

Er beugte sich zu Lizzy. »Ich wusste nicht, dass deine Uni auch eine Polomannschaft hat. Was für ein erstaunliches Freizeitangebot.«

Sie kicherte und grinste ihn an. Genau diese Reaktion hatte er hervorrufen wollen. Seitdem die Männer ihn bemerkt hatten, scherzten sie nicht mehr und der Anführer musterte Noel finster. Jahrelanger Übung sei Dank wusste er sofort, wenn man ihm Ärger machen wollte und ein kleiner Teil von ihm freute sich darauf.

Sobald der Mann wieder zu Lizzy sah, strahlte er sie an. »Guten Morgen, Elisabeth.«

Sie schnaufte, versuchte aber, nicht allzu genervt zu klingen. »Guten Morgen, Robert. Du sollst mich nicht so nennen. Das weißt du.«

Robert zuckte entschuldigend mit den Schultern. »Dein voller Name wird dir viel eher gerecht und ich halte nichts von Abkürzungen.«

Lizzy schien nicht zufrieden, ließ es jedoch unkommentiert. Stattdessen meldete sich der Kerl in Rosa mit spöttischem Lächeln zu Wort. »Ich wusste gar nicht, dass wir in Umweltplanung auch ein Barschulen-Modul haben.«

Robert und sein anderer Gefolgsmann lachten laut.

»Vielleicht haben wir auch den Aushang zum Projekttag *Bring deinen Lover mit zur Vorlesung* übersehen?«, überlegte der dritte.

Sie hielten sich offensichtlich für urkomisch und auch Noel fiel in ihr Gelächter mit ein, wenn auch nur, weil ihn dieser Auftritt so amüsierte. Wenn die wüssten ...

Jedoch fand Lizzy es überhaupt nicht witzig. »Noel ist nicht mein Lover. Er überlegt, die Fakultät zu wechseln, und sieht sich um. Wir sind Freunde und ...«

Sie schuldete diesen Typen keine Erklärung, befand er und fuhr nur zu gern fröhlich dazwischen. »Und zwar die allerbesten! Schon seit wir so groß sind«, vervollständigte er Lizzys Satz, während er mit der Hand einen knappen Meter über dem Pult wedelte. Er wappnete sich innerlich, umschlang mit dem anderen Arm ihre Schultern und knuddelte sie an sich. Die Migräne rollte an. Noel schaffte es, sie noch in Schach zu halten. »Früher haben wir immer Doktor gespielt. Deshalb hatte ich ein Medizinstudium begonnen. Ökologie klingt auch nicht schlecht.«

Sobald Robert seinen Mund schloss, verschluckte er sich und hüstelte angestrengt. Noel hielt es nicht länger aus und ließ Lizzy wieder los. Aus dem Augenwinkel bemerkte er ihren erstaunten Blick. Robert hatte sich erholt und sah abschätzend von einem zum andern.

»Ich hielt Sandkastenfreundschaften zwischen Männern und Frauen schon immer für fragwürdig«, murrte er.

»Und ich hielt Pastellfarben an Männern schon immer für fragwürdig, aber ich bin schließlich nicht die allgemeine Modepolizei«, gab Noel zurück.

Lizzy lachte laut, woraufhin Roberts Gesichtsfarbe immer dunkler wurde und Noel zufrieden grinste. Bevor der Pfau sich weiter aufplustern konnte, sah er ihm tief in die Augen und überwand mit Leichtigkeit die Schwelle zu seinem Geist. Er wollte seine Theorie bestätigt wissen und tatsächlich, Robert wollte Lizzy gern an seiner Seite sehen, nicht zu ihren Bedingungen, sondern zu seinen. Als wäre sie ein schickes Auto, mit dem man sich schmücken konnte. Bevor es zu lange dauerte und die anderen sich begannen zu fragen, warum niemand mehr etwas sagte und wie lange ihr Blickduell noch dauern sollte, pflanzte Noel ihm noch schnell den Gedanken ein, dass Robert für heute aufgeben sollte, weil er nicht gewinnen konnte.

»Wie auch immer«, maulte dieser beleidigt und ging zu

der Reihe auf der anderen Seite der Treppe. Seine beiden Kumpel folgten ihm sichtlich verwundert.

»Wieso hast du dir das angetan?«, zischte Lizzy, sobald sie wieder unter sich waren.

Noel rieb sich die Schläfen. »War doch witzig und den dämlichen Blick allemal wert.«

Sie schwankte irgendwo zwischen Lachen und Schimpfen. Bevor sie sich für eines davon entscheiden konnte, fragte er: »Stehst du auf den Kerl?«

Überrascht riss sie die Augen auf. »Was? Wieso fragst du so was?«

Noel grinste. »Weil er auf *dich* steht.«

Lizzy errötete sacht. »Das ist doch Quatsch und selbst wenn, Robert ist nicht mein Typ. Woher willst du das überhaupt wissen?«

»Glaub mir, ich *weiß* es.«

»Woher?«

»Geheimnis.«

»Mal wieder«, stöhnte Lizzy unzufrieden. Sie sah kurz über die Schulter zu Robert.

»Bist du dir sicher?«, fragte Noel. Eine andere Antwort als *Nein* würde ihm überraschend viel ausmachen, musste er sich eingestehen.

Sie zog ein Gesicht. »Ganz sicher. Ich bin an keiner Beziehung mit Robert interessiert.«

»Er im eigentlichen Sinne auch nicht.«

»Wie meinst du das?«

»Du wärst nur sein neuestes Statussymbol. Sieht so aus, als ob er das mit Liebe verwechselt.«

»Oh, wow«, gab Lizzy zurück, »da muss ich meine

Einstellung doch noch mal überdenken. Das klingt unglaublich verlockend.«

Noel lachte über den spöttischen Kommentar. Allmählich verflog seine Müdigkeit und er stellte fest, wie spaßig der Tag bisher war und freute sich schon auf den Rest. Schlagartig wurde es ruhig und er hob den Kopf. Der Professor war hereingekommen. Sofort sprang Lizzy auf. »Ich kläre das schnell.«

Sie eilte die Treppe hinunter und begrüßte den überraschend jungen Professor. Während Noels Studien waren die Professoren alle schrecklich alt gewesen. Könnte auch daran liegen, dass das schon eine Weile her war.

Leise unterhielt Lizzy sich mit dem Professor und als dieser zu Noel aufsah, hob er grüßend die Hand. Der Mann nickte lächelnd und wandte sich wieder seiner Studentin zu. Sie nickte ebenfalls und kam breit lächelnd zurück zu ihrem Platz.

»Alles klar. Du darfst bleiben«, flüsterte sie.

»Gut«, antwortete er kurz angebunden, da der Professor gerade seinen Kurs begrüßte und ohne Umschweife mit seinem Vortrag begann.

Auf dem Weg zur Mensa ließ Noel sich das eben Gehörte noch einmal durch den Kopf gehen. Auf die Weise der Menschen hatte er die Natur noch nie betrachtet. Für sie war alles sehr chemisch, zahllosen Regeln unterworfen und mitunter sogar berechenbar. Für ihn ging es dabei mehr um Magie, symbiotischen Kraftaustausch und ein gefühlvolles Miteinander.

»Ist was?«, fragte Lizzy neben ihm.

Noel schreckte aus seinen Gedanken hoch. »Nein, ich denke nur über das nach, was dein Professor gerade erzählt hat.«

»Hat es dir nicht gefallen?«, fragte sie besorgt.

Er schüttelte den Kopf. »Die Betrachtungsweise ist mir neu. Darum denke ich noch einmal in Ruhe darüber nach.«

Lizzy schien gelöst. »Das Studium macht mir wirklich Spaß. Deshalb bin ich auch so froh, heute hier zu sein.«

Gemeinsam gingen sie durch eine hohe Flügeltür und fanden sich in dem riesigen Speisesaal wieder. Der Großteil des Raumes wurde von Tischen und Stühlen eingenommen. In der rechten Ecke befand sich die Essensausgabe. Die beiden bahnten sich ihren Weg zwischen den anderen Studenten hindurch. Da Noel auf ein Frühstück verzichtet hatte, war er nun umso hungriger. Lizzy begutachtete die Tagesgerichte.

Skeptisch inspizierte er die Salattheke. Jemand hatte den Löffel vom Thunfisch in die danebenstehenden Tomaten gesteckt und Noel verging der Appetit auf Salat. Lizzy kam zu ihm. »Die Spaghetti Napoli kann man hier wirklich essen. Falls du lieber etwas Warmes möchtest.«

»Klingt gut«, antwortete er und ging mit ihr.

Sie bestellten zwei Portionen und bedienten sich an den Limonadenflaschen. An der Kasse zückte Noel sein Portemonnaie.

Lizzy zog ihren Ausweis durch einen Scanner und die Sache war erledigt.

»Danke, das wäre nicht nötig gewesen«, sagte er und folgte ihr zu einem nahe gelegenen Tisch.

Sie stellten ihre Tabletts vorsichtig ab und Lizzy musterte ihn abschätzig. »Das ist das Mindeste. Ich schulde dir viel mehr als ein Kantinenessen.«

Noel seufzte. Vielleicht war das vorher so gewesen. Seit gestern ganz sicher nicht mehr. Sie hatte noch immer keine Ahnung, was sie mit ihrer Hilfe für ihn getan hatte.

Beide begannen zu essen. Sie hatte recht, man konnte es essen und das war es auch schon. Die warm gehaltenen Nudeln waren etwas matschig und die Soße zu wässrig.

»Das nächste Mal nehme ich dich mit nach Neapel«, sagte er trocken.

»Warum?«, fragte Lizzy überrascht. »Nicht, dass ich nicht will – im Gegenteil –, warum Neapel?«

»Du musst dringend den Unterschied zwischen Kann-man-Essen und köstlich lernen.«

»Ich habe nicht behauptet, mit dir in ein italienisches Edellokal zu gehen. Es ist nur eine Mensa«, erwiderte sie schmunzelnd.

»Bedauerlich«, kommentierte er und aß weiter.

Zwei Tische weiter setzten sich Robert und seine Gefolgschaft. Noel winkte ihnen fröhlich zur Begrüßung zu. Er wurde nicht zurückgegrüßt, sondern noch finsterer beobachtet. Er amüsierte sich ungemein darüber und geriet in Versuchung. Es wäre für ihn so leicht, Robert sein Besteck beiseitelegen zu lassen und dafür zu sorgen, dass er stattdessen das Gesicht in seinem Salatteller vergrub und ohne Besteck weiteraß, während er dabei laut muhte. Noel verkniff sich die kleine Einlage.

»Warst du wirklich mal auf der Uni?«, fragte Lizzy, als beide aufgegessen hatten.

»Ist schon eine Weile her«, sagte er ausweichend.

»Was hast du studiert und warum hast du aufgehört?«

Noel runzelte die Stirn. Fast wäre ihm die Wahrheit rausgerutscht. Die meisten Studiengänge hatte er vor etwa zwanzig Jahren belegt. Zu der Zeit war Lizzy gerade mal geboren worden. Sie musste glauben, dass er zu jung für einen Abschluss war.

»Mandarin und ein paar andere Sprachen«, antwortete er schließlich. »Als ich der Meinung war, sie gut genug zu beherrschen, habe ich aufgehört. Alles andere wäre in meinen Augen verschwendete Zeit gewesen.«

Lizzy nickte. »Und seitdem bist du lieber Barkeeper?«, fragte sie weiter.

»Es macht schon Spaß«, gab er schulterzuckend zurück. »Zum Leben reicht es, aber die Wohnung hätte ich davon nicht bezahlen können.«

»Du lebst nicht zur Miete?«

»Nein.«

»Wovon hast du denn so eine große Wohnung in der Innenstadt bezahlen können?«, staunte sie.

»Hab eine Weile gemodelt«, antwortete Noel sogar wahrheitsgemäß. »Die haben gut gezahlt.«

»Ach, echt?«, fragte Lizzy aufgeregt. »Ich glaube, ich habe noch nie etwas mit dir gesehen.«

»War in den USA.« Dieses Mal log er. Seine Modelkarriere lag nun schon über dreißig Jahre zurück. Zu diesem

Zeitpunkt war Lizzy definitiv noch nicht auf der Welt gewesen. Als es neu für ihn gewesen war, unter Menschen zu leben, hatte er schnell festgestellt, dass die meisten ihn für recht attraktiv hielten und das zu seinem Vorteil genutzt. Es hatte sich angeboten. Das Geld war wirklich nicht schlecht gewesen. Noel hatte nach ein paar Jahren aufgehört, als er immer häufiger nach dem Geheimnis seiner Jugend gefragt wurde und sich auch bis zuletzt nicht das kleinste Fältchen zeigen wollte. Visagisten hatten bei ihm zu wenig zu tun. Es fing an, lästig zu werden und zu viel Aufsehen zu erregen. Da hatte er den Großteil seines Geldes genommen und seinen Rückzugsort erstanden. Die nächsten paar Jahre hatte er sich kaum unter Menschen aufgehalten und war letztendlich wieder in Vergessenheit geraten.

Sie unterhielten sich noch eine Weile, bis Lizzy immer öfter zur großen Uhr über der Eingangstür schielte.

»Müssen wir weiter?«, fragte Noel.

»Ja, meine nächste Vorlesung beginnt in zehn Minuten. Kommst du mit oder willst du lieber zu Hause schlafen?«

Er war nicht müde. Das käme später wieder. »Bisher habe ich nicht den Eindruck, man würde dich hier ebenfalls verfolgen Zur Sicherheit bleibe ich auch den restlichen Tag.«

»Ich freue mich«, war ihre Antwort und Noel glaubte ihr.

Die beiden räumten ihre Tabletts ab und stellten sie in einen dafür vorgesehenen Wagen, bevor sie sich abermals auf den Weg machten.

Auch der restliche Tag verlief aswangfrei und Noel entschied, Lizzy weiter zur Uni gehen lassen zu können.

Kapitel 10

Lange hatte Lizzy überlegt, wie sie sich bei Noel angemessen bedanken konnte. Letztendlich war ihr nichts Besseres eingefallen als zu backen. Immerhin schien ihm das beim letzten Mal ausgesprochen gut gefallen zu haben.

Da Noel alles eingekauft hatte, was sie ihm aufgetragen hatte, musste sie heute nicht improvisieren und konnte die von ihren Freundinnen heiß geliebten Erdbeer-Cupcakes machen. Noel mochte sie hoffentlich genauso sehr.

Nachdem er Lizzy von der Uni abgeholt hatte, wollte er sein Aquarium reinigen. Seitdem war er im Wohnzimmer verschwunden und sie hatte sich entschieden zu backen. Damit machte sie sich wenigstens nützlich.

Wenn Noel arbeiten war, konnte sie immer noch lernen. Backen war nun mal eine Leidenschaft von ihr. Einerseits folgten die Rezepte klaren Regeln, andererseits ließen sie immer noch ein wenig Raum für Kreativität. Und wenn man es nicht vollständig verhunzte, dann machte man seiner Umwelt und sich selbst auch noch eine Freude mit dem Ergebnis.

Mit prüfendem Blick begutachtete Lizzy den Teig im Ofen, fünf Minuten bräuchte er wohl noch. Das hieß, sie konnte in aller Ruhe mit der Buttercreme anfangen.

»Riecht köstlich.«

Erschrocken zuckte sie zusammen. Unbemerkt hatte Noel hinter ihr die Küche betreten.

»Irgendwie muss ich mich ja erkenntlich zeigen«, seufzte Lizzy. Sie hätte gern mehr getan. Nur mit Hausarrest im weitesten Sinne und ihren bevorstehenden Prüfungen war kaum etwas zu machen.

»Musst du nicht. Schließlich kannst du auch nichts für diese Situation.« Noel setzte sich ihr gegenüber an den Küchentisch, an dem sie arbeitete.

Lizzy war gerade dabei, mit dem Schneebesen Butter schaumig zu schlagen.

»Kann sein«, sagte sie achselzuckend. »Ich möchte aber gern.«

Noel hob abwehrend die Hände und grinste. »Ich wollte mich nicht im Geringsten beklagen. Mir gefällt, was ich sehe.«

Lizzy musste ebenfalls lächeln. Er schien ihren Einsatz wertzuschätzen. Es fühlte sich gut an, sein fröhliches Gesicht zu sehen. Seine grimmige Stimmung, die bis vor Kurzem angehalten hatte, war für sie nur schwer zu ertragen gewesen.

Schwungvoll drehte Lizzy sich zum Backofen. Es wurde Zeit, die Form herauszuholen. »Dann wird dir hoffentlich auch gefallen, was du gleich schmeckst.«

»Wenn die nur halb so gut wie letztes Mal sind, garantiert.«

Ihre Wangen wurden heiß und das kam nicht vom Ofen. Wenn Noel vor der Arbeit jedoch in den Genuss ihrer Backkünste kommen sollte, musste sie sich sputen.

Das Blech stand sicher auf dem Herd und Lizzy fügte

die Erdbeeren zur Creme hinzu. »Du musst dich noch gedulden, dann darfst du kosten.«

»Was, wenn ich jetzt schon etwas naschen möchte?«

Lizzy war perplex und wollte es mit Strenge überspielen. »Genascht wird nicht! Du wartest, bis ich fertig bin.«

Noel zog einen Schmollmund und fügte sich seinem Schicksal. Zufrieden nahm sie wieder den Schneebesen zur Hand und rührte weiter. Mit dem Handrücken wischte Lizzy sich eine verirrte Haarsträhne hinters Ohr. Gleich war sie fertig.

»Du hast was im Gesicht«, sagte er unvermittelt.

Lizzy sah von ihrer Schüssel auf. »Wo?«

Noel fasste in sein eigenes Gesicht. »An der Wange.«

Sie tat es ihm nach. Er schüttelte den Kopf. »Nein, andere Seite.«

Sie wurde nicht fündig.

»Ich helfe dir.« Der Küchenstuhl knarrte, als Noel aufstand und sich vorbeugte. »Jetzt komme ich doch zum Naschen«, flüsterte er und drückte seine Lippen auf ihre Wange.

Lizzy war reglos vor Überraschung. Gerade wollte sie ihn zu seinem eigenen Schutz bremsen, als er sich bereits fluchend vom Tisch abstieß und schwer atmend vor ihr zurückwich.

»Ich bin auch zu blöd!«, knurrte Noel und taumelte aus der Küche.

Lizzy sah ihm angespannt hinterher. Am Türrahmen hielt er inne und warf einen wilden Blick über seine Schulter, sagte jedoch nichts. Sie fröstelte. War er jetzt sauer auf sie? In brütendem Schweigen stellte sie die Küchlein fertig und wartete auf Noels Rückkehr. Als sie fertig war und er sich noch nicht wieder hatte blicken lassen, ging sie ihn suchen. Doch er war nicht mehr in der Wohnung.

Noel war verschwunden, ohne sich zu verabschieden und ohne einen Cupcake gegessen zu haben. Lizzy seufzte schwer. Das konnte mit ihnen beiden so nicht weitergehen.

Es war zum Verrücktwerden! Wenn er nicht schleunigst auf andere Gedanken kam, nähme das weder für ihn noch für Lizzy ein gutes Ende. Noel musste sich ablenken, abreagieren ... Blieb nur die Frage: wo und mit wem? Sein Blick schweifte durch die Bar. Obwohl es Dienstag war, herrschte ein reges Treiben – typisch Studentenviertel. Es wäre ein Leichtes, sich von einer der jungen Frauen mit nach Hause nehmen zu lassen, wie er es für gewöhnlich tat.

Ehrlich gesagt verspürte Noel jedoch keine Lust auf eine Eroberung. Zu lange aus dem Haus wäre er außerdem. Er wollte Lizzy nicht länger als unbedingt nötig allein lassen. Selbst wenn sie seine Beherrschung mittlerweile auf eine harte Probe stellte. Es musste daran liegen, wie ungewöhnlich seine derzeitige Wohnsituation für ihn war. So viel Zeit mit derselben Frau hatte er noch nie verbracht. Schon gar nicht, ohne sie anzufassen.

Seine Grübeleien brachten ihn nicht weiter. Er musste so schnell wie möglich ein geeignetes Ventil finden oder er wäre wieder so leichtsinnig, Lizzy zu nahe zu kommen. Sein letztes Mal war nur drei Tage her. Im Nachhinein betrachtet jedoch nicht allzu befriedigend verlaufen. Sandra rief ihm eine Bestellung zu und er hätte es fast verpasst. Er musste Lizzy wirklich aus seinen Gedanken vertreiben. Sie nahm dort einen viel zu großen Platz ein.

So konnte es nicht weitergehen. Es war wie ein beständiges Jucken unter der Haut, ohne kratzen zu können. Über kurz oder lang triebe es einen in den Wahnsinn. Genau so fühlte es sich an, Lizzy ständig um sich zu haben, sie aber nicht haben zu können.

Routiniert zapfte Noel Bier und kümmerte sich um den bestellten Cocktail. Sobald er fertig war, holte Sandra die Getränke ab und brachte sie zu dem Zweiertisch in der Ecke. Alle Gäste schienen versorgt zu sein und Sandra kam zu ihm an die Theke, wo sie auf ihren nächsten Einsatz wartete.

»Warum hast du heute so schlechte Laune?«, fragte sie über die Schulter.

Noel stöhnte innerlich. Das Thema wollte er mit Sandra wirklich nicht diskutieren. »Ich hab keine schlechte Laune«, antwortete er genervt.

Sie drehte sich ganz zu ihm um und musterte ihn eindringlich, bevor sie süffisant lächelte. »Du bist ein schlechterer Schauspieler, als du denkst.«

Sandra ging ihm auf die Nerven. Andererseits machte sie aus ihrem Interesse ihm gegenüber auch keinen Hehl. Zum Teufel mit seinem Vorsatz, die Finger von Kolleginnen zu lassen. Er musste den Kopf frei bekommen, und zwar zügig. Sonst würde seine Laune noch deutlich schlechter werden.

So gesehen kam Sandra ihm gerade recht. Dafür musste er nicht mal das Gebäude verlassen und hätte trotzdem pünktlich Feierabend.

Ein Blick zu Manu zeigte ihm, wie wenig auch sein Chef zu tun hatte. Es wäre eine gute Gelegenheit, sich kurzzeitig aus dem Staub zu machen. Noel holte tief Luft, glättete seine Züge und zwang sich zu einem Lächeln, von dem er wusste, dass Sandra es verführerisch fände.

»Okay, ich verrate dir den Grund«, setzte er an und Sandra wurde hellhörig. Dabei deutete er zum Lagerraum. »Ich habe da ein Problem. Allein kann ich mich unmöglich darum kümmern. Vielleicht könntest du mir drüben ein wenig zur Hand gehen?« Seine Stimme wurde mit jedem Wort tiefer und ihre Augen größer.

Sandra war selbstbewusst. Sie schien Noels Einladung früher oder später erwartet zu haben. »Dann lass uns mal nachsehen, ob ich dir helfen kann.« Sie schaute sich noch kurz in der Bar nach dem Rechten um, bevor sie an Noel vorbei hinter die Theke und in den Lagerraum schlüpfte. Er folgte ihr dichtauf und zog die Tür hinter sich fest ins Schloss. Kaum hatte er den Schlüssel umgedreht, warf sich Sandra ihm schon an den Hals. Noel würde sie nicht bremsen und sich ihrer Führung überlassen. Er hatte nur wenig Lust, die Initiative zu ergreifen. Für ihn war dieser Akt heute ein notwendiges Übel, um den Kopf frei zu bekommen – mehr nicht.

»Ich habe mich schon gefragt, wann es endlich hierzu kommt«, säuselte Sandra an seinem Ohr, bevor sie ihn küsste.

Noel ließ sie gewähren und wollte sich auf den Kuss

konzentrieren, um nicht länger über Lizzy nachdenken zu müssen. Der Kuss war alles andere als unschuldig und Sandra konnte definitiv mit Erfahrung punkten. Schon zog sie sein Hemd aus der Jeans und ihre Hände fuhren begierig über Noels Bauch hoch zu seiner Brust. Noel umfasste ihren Hintern.

So wie Sandra sich nun an ihm rieb, gefiel ihr das. Er wollte sich wirklich auf die Brüste, die sich an ihn pressten, und den runden Hintern in seinen Händen konzentrieren, doch abermals war es Lizzy, die vor seinem inneren Auge erschien.

Lizzy, die für ihn backte. Lizzy, die auf dem Sofa schlief und ihren zerrupften Plüschhasen dabei als Kissen benutzte. Lizzy, die mitten im Pazifik stand und über das dortige Müllchaos bittere Tränen vergoss. Lizzy, die in ihrem kurzen Nachthemd zum Anbeißen aussah.

Lizzy! Lizzy! Lizzy! Sie war überall ...

Noel öffnete die Augen, damit er sich die Frau in Erinnerung rufen konnte, die er gerade küsste. Es waren blonde Haare, die er sah, keine roten. Es war Sandra, die ihn gierig küsste, nicht Lizzy. Obwohl sie wirklich ihr Bestes gab, spürte Noel nichts. Er begehrte sie noch immer nicht. Sandra bekam von seinem inneren Kampf nichts mit. Offenbar war das Vorspiel für sie nun beendet, denn ihre Hand wanderte tiefer und sie fasste Noel in den Schritt. Sie bemerkte seine fehlende Begeisterung und stutzte.

»Das haben wir gleich«, murmelte sie leise zu sich selbst und machte sich an seinem Hosenbund zu schaffen.

Noel hatte sie unterdessen losgelassen und seufzte frustriert. Das hier würde nichts bringen. »Hör auf.«

Sandra hörte nicht auf ihn und öffnete seine Hose. »So was kann schon mal vorkommen. Gib mir nur einen Moment.«

Gereizt ergriff Noel ihre Hände. »Du sollst mich nicht anfassen.«

Sandra sah zu ihm auf. Aus der Unsicherheit in ihrem Blick wurde schnell Zorn. »Erst machst du mich heiß und nimmst mich mit in den Lagerraum und jetzt machst du einen auf keusch? Das ist echt lächerlich!«

Sie wollte ihrer Enttäuschung noch weiter Luft machen. Noel hatte keine Lust, ihr noch länger zuzuhören. Daher ergriff er ihr Kinn und zwang sie, ihn anzusehen. Blitzschnell überwand er die Schwelle zu ihrem Geist und tauchte darin ein.

»Sei still«, forderte er nachdrücklich.

Sandras Blick wurde leer und sie gehorchte ihm.

»Du wirst dich an nichts hiervon erinnern. Es ist nichts zwischen uns passiert. Ich war hier, um Getränke zu holen, und du wolltest kurz deine Ruhe haben, da du glaubst, krank zu werden.« Noel hielt inne. War das alles oder sollte er ihr noch etwas einprogrammieren? »Außerdem hast du eingesehen, dass du nichts von mir willst. Dein Interesse an mir war lediglich oberflächlicher Natur. In Wahrheit begehrst du mich gar nicht. Ich gehe jetzt wieder in die Bar. Du wartest eine Minute und folgst mir dann. Hast du verstanden?«

»Ja«, erwiderte Sandra mechanisch.

Noel war zufrieden und sah an sich herab. Bevor er zurück an die Arbeit konnte, musste er sich erst wieder herrichten. Eilig stopfte er sein Hemd in die Hose und schloss alle Knöpfe, die Sandra geöffnet hatte. Für die kurze Zeit waren es überraschend viele. Noel ließ sie stehen und ging zur Tür. Bevor er sie öffnete, fuhr er sich noch einmal durchs Haar, damit seine Frisur wenigstens halbwegs wieder saß.

Er wollte gerade die Türklinke herunterdrücken, als er die fehlenden Getränke bemerkte. So war er nur wenig glaubwürdig. Er schnappte sich eine der Bierkisten an der Tür und betrat mit ihr die Bar. Schon jetzt sehnte er sich nach seinem Feierabend. Vermutlich würde er sich sofort in sein Schlafzimmer teleportieren, so konnte er sicher sein, Lizzy nicht über den Weg zu laufen.

Kapitel 11

Nach seinem letzten Ausrutscher hatte Noel sich noch gewissenhafter von ihr ferngehalten als ohnehin schon. Er war nicht unhöflich, aber merklich distanziert. Lizzy seufzte frustriert. Sie mochte diese Distanz nicht. Was konnte sie dagegen tun, außer sich mit ihr abzufinden und zu arrangieren? Noel blockte bei diesem Thema noch mehr als bei anderen persönlichen Dingen, daher gab Lizzy ihre Versuche auf, ihn auszuquetschen, und wollte abwarten, ob er sie nicht doch noch von sich aus einweihte.

Es war spät – fast schon abends – und sie beschleunigte ihre Schritte. Sie freute sich aufs Wochenende. Auch wenn Noel viel arbeiten musste, hatten sie sich vorgenommen, abermals in den Pazifik zu reisen und dort für ein bisschen zusätzliche Sauberkeit zu sorgen. Vom Einkaufen und einem weiteren Trip zum Meer am Mittwoch abgesehen, hatte es keine Ausflüge gegeben, auch nicht von der spaßigen Sorte. Immerhin war auch kein Aswang mehr aufgetaucht und sie gewöhnte sich an ihr aktuelles Wohnarrangement.

Lizzy war noch auf einer Kundgebung gewesen und nun spät dran. Hoffentlich hatte Noel ihre Nachricht gelesen und nicht zu lange auf sie warten müssen. Doch sie hatte sich die Veranstaltung nicht entgehen lassen wollen. Rose Summers – was definitiv ein Pseudonym war – leitete die ortsansässige Zweigstelle von *Unsere Erde zuerst,* einer Naturschutzorganisation, die Lizzy sehr bewunderte, und hielt regelmäßig Vorträge an der Uni. Fast alle hatte Lizzy sich bisher angehört. Vielleicht hätte sie Noel einladen sollen? Bestimmt wäre das Thema auch für ihn interessant gewesen.

Eilig ging sie durch die zusehends leerer werdenden Flure. Immerhin war es dank Noel nicht möglich, dass man sie hier einschloss. Trotzdem musste sie sich beeilen, wenn er sich ihretwegen nicht zur Arbeit verspäten sollte.

Sie hatte die Toilette fast erreicht, als jemand ihren Arm ergriff und in einen verlassenen Hörsaal zog. Im ersten Augenblick dachte Lizzy noch, Noel hätte keine Lust mehr gehabt zu warten und sie schon vorher abgefangen. Schnell erkannte sie ihren Irrtum. Noel würde niemals so fest zupacken, seine Berührungen glichen dem kaum spürbaren Schlagen von Schmetterlingsflügeln. Zu seinem eigenen Schutz war er nie grob.

Bevor Lizzy wusste wie ihr geschah, stolperte sie in den Saal und wurde gegen die Wand neben der Tür gepresst. Zwei sehnige Arme pflanzten sich neben ihre Schultern und versperrten ihr den Fluchtweg.

Ein Mann Mitte dreißig stand vor ihr, den sie noch nie gesehen hatte. Er hatte kurze schwarze Haare, trug einen weiten Pullover und Jeans. Vermutlich war er kein Professor. Der Blick aus seinen blutunterlaufenen Augen versprach nichts Gutes.

»Was wollen Sie von mir?«, japste Lizzy, sobald sie zu Atem kam, und konnte nicht verhindern, dass ihre Stimme zitterte.

»Wo ist der Eingang?«, fragte der Mann fordernd. Fauliger Atem strömte ihr entgegen und fast hätte sie würgen müssen. Es roch wie ein Komposthaufen im Hochsommer.

Schlagartig wurde ihr bewusst, dass kein normaler Mann vor ihr stand. Noel hatte ihr diesen Geruch beschrieben und behauptet, Menschen könnten ihn kaum wahrnehmen. Da hatte er sich wohl getäuscht ... Ein Aswang hielt sie hier fest.

Panik machte sich in ihr breit. Wie sollte sie entkommen? Auf eine Rettung Noels konnte sie lange warten. Schließlich hatte sie ihn selbst informiert, dass es heute etwas später werden würde. Spitze Fingernägel bohrten sich in Lizzys Oberarme, als der Aswang sie packte und schüttelte. »Sag mir, wo der Eingang ist, Feenkind!«, zischte er ihr entgegen.

Sie unterdrückte den Drang, sich zu übergeben. Dieser Geruch war widerwärtig. Andererseits wäre der Aswang vielleicht lange genug abgelenkt, wenn Lizzy sich auf seinen Schuhen erbrach.

»Ich habe keine Ahnung, wovon Sie sprechen«, presste sie flach atmend hervor. So war der Geruch des Wesens erträglicher.

Der Aswang knurrte. »Lüg mich nicht an, dann töte ich dich schnell!«, versprach er mit donnernder Stimme.

Lizzy überlegte, ob sie um Hilfe rufen sollte. Andererseits wollte sie auch nicht, dass ein Unschuldiger von diesem Monster gefressen wurde. Es war sowieso niemand hier, der sie hätte hören können. »Hören Sie, ich habe keine Ahnung, wonach Sie suchen. Falls Sie auf meine Freundinnen aus sind, die habe ich selbst seit Tagen nicht gesehen.

Ich weiß nicht, wo sie sind. Ich kann Ihnen nicht helfen. Lassen Sie mich gehen.« Lizzy gab sich alle Mühe, ihre Stimme fest klingen zu lassen. Jedoch strafte das Zittern ihres Körpers ihren Tonfall Lügen.

Der Griff des Monsters wurde noch fester und Lizzy wand sich vor Schmerzen. Der Aswang beugte sich vor und *roch* an ihren Haaren, als würde er das Bouquet eines Weines prüfen. Er würde sie wirklich fressen, dessen war Lizzy ganz sicher.

»Verrate es mir, das wird es für dich einfacher machen«, knurrte er an ihrem Ohr.

»Ich weiß nicht, was Sie wollen«, jammerte Lizzy verzweifelt und versuchte, den Aswang von sich zu schieben. Sie hatte keine Chance, er war viel stärker.

Schmerz schoss in einer heißen Woge durch ihren Körper, als die Zähne des Monsters ihre Haut durchstießen und sich in ihren Hals gruben. Vor Schmerz und Panik schrie sie auf, woraufhin dieses Monster sie fest gegen die Wand stieß, bis Lizzy der Kopf schwirrte. Jetzt saugte das Biest tatsächlich an ihrer Wunde. Das Gefühl war nun wirklich nicht so berauschend, wie die ganzen Vampirromane es ihr versprochen hatten, dachte Lizzy in einem Anfall wahnsinniger Angst. Stattdessen verspürte sie lähmende Furcht, gepaart mit Übelkeit. Er würde sie fressen – Stück für Stück.

Er ließ von Lizzy ab und schenkte ihr ein blutiges Grinsen. Seine rechte Hand ließ ihren Arm los und wanderte zu seinem Gürtel. »Willst du immer noch nicht reden, Feenkind?«, fragte er gehässig, während er ein langes Jagdmesser zog.

Jetzt war Lizzys einzige Chance. Mit dem Mut der Verzweiflung riss sie ihr Knie empor und umfasste ihre Tasche fester, die sie mit voller Wucht gegen den Kopf des Aswangs schlug und dabei hoffte, dass die schweren Bücher darin ihren Teil beitrugen. Sie hatte mehr Glück als Verstand und traf beide Male. Der Mann stöhnte vor Schmerz und sein Griff lockerte sich unwillkürlich. Sofort riss Lizzy sich los und kümmerte sich nicht darum, dass die Krallen des Monsters ihren Ärmel zerrissen und blutige Risse in ihre Haut schlugen.

Blindwütig holte der Aswang mit dem Messer aus und erwischte dabei ihren Unterarm. Der Schnitt brannte wie Feuer und ein winziger Teil ihres Verstandes fragte sich, was das für eine Klinge war. All ihre anderen Sinne waren auf Flucht eingestellt. Lizzy stürmte aus dem Saal und schmiss die Tür hinter sich zu. Dann rannte sie wie noch nie zuvor in ihrem Leben. Inzwischen waren die Gänge gänzlich verlassen. Immerhin stand ihr so niemand im Weg. Hinter sich hörte sie, wie die Tür hart gegen die Wand flog, als der Aswang zu ihrer Verfolgung ansetzte. Sie versuchte, noch schneller zu rennen.

Noel zog sein Handy hervor und prüfte, ob er eine weitere Nachricht von Lizzy bekommen hatte – Fehlanzeige. Jetzt stand er hier schon fast eine halbe Stunde.

Eine Damentoilette war wirklich kein guter Treffpunkt. Zumindest nicht, wenn man sich so lange darin aufhalten musste. Seufzend schob er das Telefon zurück in seine Hosentasche. Mit einem lauten Knall flog die Tür auf und er zuckte erschrocken zusammen.

»Noel?!«, japste Lizzy panisch und atemlos.

Alarmiert eilte er aus der Kabine. Schon stürmte sie ihm entgegen und warf sich an seine Brust. Hektisch ging ihr Atem und sie brachte kaum ein verständliches Wort hervor. Sie roch nach Blut. Eine üble Wunde verunstaltete ihren schlanken Hals und das Blut daraus verklebte ihr Shirt und ihre Haare. Bevor er fragen konnte, was geschehen war, keuchte sie ein weiteres Wort: »Aswang.«

Noel erstarrte, denn die Erklärung war nicht länger vonnöten. Der Leichenfresser hatte ihn ebenfalls erreicht und baute sich in der Tür auf. Mühsam zwang Noel sich zur Ruhe. Er musste sich konzentrieren. Jetzt entdeckte er das rot schimmernde Messer in der Hand des Wesens. Blut tropfte von der Klinge. Der Aswang stürmte ihnen messerschwingend entgegen. Ruckartig drehte Noel Lizzy zur Seite und verschwand mit ihr. Doch war er nicht schnell genug. Das Messer bohrte sich in seinen Rücken, als er im Begriff war, sich in Luft aufzulösen. Noel brüllte vor Schmerz. Das Metall brannte wie Säure. Es musste eine Klinge aus Eisen sein.

Er schaffte es zu verschwinden. Der Aswang klammerte sich ebenfalls an ihn. Panisch entschied Noel sich um und kehrte nicht in seine Wohnung zurück – das ging mit dem Monster im Schlepptau wirklich nicht. Stattdessen brachte er sie zu seiner Zuflucht. Hart schlugen sie auf dem Felsen auf. Lizzy rollte aus seinen Armen und der Aswang ließ ebenfalls von ihm ab. Auf allen vieren kniend blieb Noel liegen und rang nach Luft. Die weite Reise war unter den gegebenen Umständen alles andere als leicht gewesen.

Das Eisen fraß sich brennend durch seinen Körper. Die Klinge steckte noch immer in ihm. Mit zitternden Fingern griff Noel an seinen Rücken und zog das Messer heraus, auch wenn der Blutfluss dadurch zunahm. Das Brennen schwand auf ein erträgliches Maß. Der Griff versengte Noels Handfläche und er schleuderte das Messer ins Meer hinaus. Das ganze verdammte Ding bestand aus Eisen. Erleichtert sackte er zusammen.

Suchend sah er sich nach Lizzy um. Sie hockte nur wenige Meter von ihm entfernt auf der winzigen zerklüfteten Insel und sah ihn bestürzt an. Er wollte sich aufrappeln und zu ihr gehen. Er bekam er einen kräftigen Tritt in die Seite mit dem Messerstich. Noel rollte sich stöhnend auf den Rücken. Zu mehr war er nicht in der Lage. Der Tritt hatte ihm sämtliche Luft aus der Lunge gepresst. Der Aswang holte ein weiteres Mal aus und traf, bevor Noel auch nur einen Versuch machen konnte, sich zu verteidigen.

Der Leichenfresser schenkte Lizzy, die hinter ihm saß, keine Beachtung. Er konzentrierte sich voll und ganz auf Noel. Mit entschlossenem Blick stand sie auf. In ihrer Hand hielt sie einen großen Stein fest umschlossen. Blut lief ihren Arm entlang. Das schien sie kaum zu bemerken. Der Aswang hatte auch sie mit dem Messer verletzt. Entschlossen stürmte sie auf ihn zu und zog ihm wuchtig den Stein über den Schädel, bevor er Noel noch einmal treten konnte.

Der Aswang schwankte und Lizzy schlug ein weiteres Mal zu. Noel nutzte die Gelegenheit und tauchte seinen Arm ins Wasser. Das Meer schenkte ihm neue Kraft. Vor Zorn und Schmerz brüllend packte der Aswang Lizzys verletzten Arm. Wimmernd ließ sie den Stein fallen und wich zurück. Mittels einer Windböe schleuderte Noel den Aswang von ihr. Ungebremst prallte dieser mit dem Rücken gegen den Felsen und sackte daran herunter. Noel stemmte sich hoch und marschierte entschlossen zu seinem Widersacher. Blut tränkte sein Hemd und wurde vom dicken Stoff seiner Jeans aufgesogen. Er musste sich beeilen. Bei diesem Blutverlust hatte er höchstens noch ein paar Minuten, bevor er das Bewusstsein verlor und Lizzy dem Aswang hilflos im Nirgendwo ausgeliefert war.

Mit der Hilfe des Windes drückte Noel ihn weiterhin zu Boden. »Was wollt ihr von ihr?«, fragte er herrisch.

Anstatt eine Antwort zu geben, versuchte der Aswang, ihn anzuspucken. Doch durch den Wind traf er lediglich sich selbst. Noel beugte sich zu ihm herunter und umschloss fest die Kehle des Leichenfressers. »Warum seid ihr so wild auf einen Menschen?«

Mit großen Augen sah der Aswang ihn an, dann brach er in schallendes Gelächter aus. Noel hatte keine Ahnung, was den Kerl in seiner Lage so amüsieren konnte. Sein Bewusstsein drohte schon, ihm zu entgleiten. Ihm blieb keine Zeit mehr. Ein Blinzeln später entlud sich sein Zorn in einer gewaltigen Eisblume, die den Aswang schockfrostete und dessen Körper sowie die halbe Insel mit spitzen Kristallen umschloss. Noel schwankte zurück, bevor das wachsende Eis ihn ebenfalls treffen konnte.

Sobald er sicher sein konnte, dass der Aswang tot war, stoppte er den Fluss der Magie. Am Ende seiner Kräfte sank Noel auf die Knie. Er wusste, dass er sich noch keine Pause gönnen durfte. Erst musste er Lizzy nach Hause bringen. Er kroch zum Rand der Insel und streckte seinen Arm abermals ins Wasser. Lindernde Energie durchströmte seinen Körper und beruhigte ihn. Lizzy eilte an seine Seite. Händeringend stand sie neben ihm und wusste nicht, wie sie helfen konnte.

»Hat er dich schwer verletzt?«, fragte Noel sie mit kratziger Stimme.

»Nein, nicht schlimm. Was ist mit dir?«, fragte sie ängstlich.

»Sieht schlimmer aus, als es ist.«

Die Zeit drängte. Sie mussten zurück, das wusste Noel. Seufzend zog er seinen Arm aus dem Wasser und stand mühsam auf. »Komm her«, forderte er sanft, »wir müssen jetzt gehen.«

Zögerlich kam Lizzy näher. Sobald sie ihn erreichte, zog Noel sie fest in seine Arme und gab sich alle Mühe, den aufkommenden Kopfschmerz zu ignorieren. Er wollte nicht riskieren, sie in seinem angeschlagenen Zustand unterwegs zu verlieren, und fasste noch fester zu. Noel schaffte es gerade noch, in seiner Küche zu landen, als die Erschöpfung gnadenlos über ihm zusammenbrach. Er ließ Lizzy los und sank zur Seite. Ungebremst schlug er auf die Fliesen. Er spürte es kaum noch. Ängstlich rief sie seinen Namen. Es fiel ihm schwer zu verstehen, was Lizzy außerdem sagte.

»Bleib ganz ruhig. Ich rufe einen Krankenwagen«, sagte sie unter Tränen.

Das durfte Noel nicht zulassen. »Nein«, sagte er fest, »lass mich schlafen ... heilt von allein.«

»Aber ...«

»Ruf auf keinen Fall einen Krankenwagen«, japste er schwer. Dunkle Schatten tanzten vor seinen Augen und zogen ihn in ihre Tiefen. »Versprich es mir ...«

»Versprochen«, schluchzte Lizzy nach kurzem Zögern.

Noel gab den Kampf auf und ließ sich von den Schatten hinab in den Schlaf ziehen.

Tränen verschleierten Lizzys Blick, als sie sich zu dem blutüberströmten Noel auf den Boden kniete. Sie haderte mit sich, ob sie nicht doch zum Telefon greifen sollte – Versprechen hin oder her.

Doch was würde mit ihm in einem Krankenhaus passieren? Würden die Ärzte merken, dass er gar kein Mensch war? Konnten sie ihm überhaupt helfen?

Schlagartig beruhigte sich seine Atmung und verlangsamte sich. Lizzy wusste nicht, ob sie das beruhigen sollte oder nicht. Schließlich entschied sie, ihm seinen Willen zu lassen. Vermutlich wusste Noel selbst am besten, was ihm half.

Sie konnte ihn unmöglich auf den kalten Fliesen liegen lassen und würde versuchen, ihn in sein Bett zu schaffen. Hoffentlich war sein Schlaf tief genug, sodass er Lizzys

Berührung nicht spüren konnte. Sie wollte ihn nicht noch mehr quälen.

Doch zunächst musste sie etwas gegen all das Blut unternehmen. Lizzy rannte ins Badezimmer und durchwühlte den Schrank. Ganz hinten hatte sie vor Kurzem schon einen Verbandskasten entdeckt. Sie zog ihn hervor und kümmerte sich nicht darum, dass ihr ein paar Flaschen Shampoo entgegenpurzelten. Schon war sie wieder auf dem Weg in die Küche. Dort riss sie den Kasten auf und holte sämtliches Verbandsmaterial heraus.

Mit spitzen Fingern zog sie die Überreste von Noels Hemd beiseite. Der Anblick verschlug ihr den Atem. Die Wunde war durchgängig. Dunkles Blut sickerte aus einem drei Zentimeter langen Schnitt, der schräg über Noels linkem Beckenknochen saß. Behutsam rollte sie ihn auf die Seite. An seinem Rücken war der Einstich noch größer. Lizzy packte die erste Rolle Verbandsmull aus, während das Hemd wieder an seinen Platz rutschte. So ging das nicht. Hastig stand sie auf und wühlte in den Schubfächern nach einer Schere.

Noels Klamotten waren ohnehin ruiniert, da konnte sie deren Überbleibsel auch zerschneiden. Die Griffe rutschten ihr immer wieder aus der Hand und waren von ihrem eigenen Blut ganz glitschig. Sie bekam Angst, Noel zu schneiden. Daher wickelte Lizzy eine der Mullbinden fest um ihren Unterarm, damit ihre eigene Schnittwunde zu bluten aufhörte und sie nicht länger behinderte. Grob wischte sie mit etwas Küchenrolle das Blut von ihren Fingern und den Griffen der Schere. Endlich konnte sie Noel aus dem Hemd befreien.

Sie hatte den Eindruck, dass die Blutung ein wenig nachgelassen hatte. Trotzdem wollte sie sichergehen, presste Verbandsmull auf die Einstiche und wickelte Rolle um Rolle Mull um Noels Hüfte, damit alles in Position blieb und entsprechenden Druck auf die Blutgefäße ausübte. Jetzt musste Lizzy ihn nur noch ins Bett bekommen. Sie öffnete die Küchentür so weit es ging und lief zu Noels Schlafzimmer, um auch diese Tür schon mal zu öffnen.

Sie schlug die Decke zurück und machte sich wieder auf den Weg zu Noel. Auf Höhe des Badezimmers hielt Lizzy inne. Wenn sie ihn so ins Bett legte, ruinierte sie garantiert seine Matratze. Also holte sie ein großes, weiches Handtuch, das sie auf dem Laken ausbreitete und somit hoffentlich das Bett vor dem Gröbsten schützte.

Jetzt kam der schwierigste Teil: Noel hierherschaffen, ohne ihm weitere Schmerzen zuzufügen. Als sie wieder in der Küche war, überlegte Lizzy, wie sie das am besten zustande bringen sollte. Es wäre wohl das Einfachste, ihn von hinten zu umschlingen und hinter sich herzuschleifen. Sie drehte Noel wieder auf den Rücken. Hätte sich seine Brust nicht bewegt, Lizzy hätte ihn für tot gehalten, so wenig Spannung war in seinen erschlafften Muskeln.

Sie versuchte sich zu beruhigen. Immerhin hatte Noel ihr selbst erzählt, dass auch Amaia in einem tiefen Schlaf lag und dass das nichts war, worüber man sich bei ihnen Sorgen machen musste. Auf diese Weise heilten sie. Lizzy fasste unter seine Arme und verschränkte ihre Hände mit festem Griff über der Brust. Dann fiel ihr etwas ein. Sie legte Noel wieder vorsichtig zu Boden und ging um ihn herum. Jedes Gramm weniger würde sie bei ihrem Unterfangen unterstützen. Deshalb knöpfte sie seine Hose auf und zog den klebrigen Stoff möglichst behutsam von seinen Beinen. Im Bett wäre die Jeans sowieso unbequem.

Bedauernd stellte Lizzy fest, dass sie sich diesen Moment durchaus gewünscht, ein Teil von ihr ihn sogar herbeigesehnt hatte. Nun erfüllte sich ihre Sehnsucht auf eine äußerst makabre Art und Weise. Seine Unterhose ließ sie, wo sie war, obwohl auch an ihr Blut klebte. Dafür hatte sie schließlich das Handtuch im Bett. Auf ein Neues umschlang sie Noels Oberkörper von hinten und stemmte ihre Füße fest gegen den Boden, um sich abzustützen. Mit aller Kraft zog sie an ihm und langsam kam sie voran. Sein Kopf baumelte haltlos hin und her.

Mittlerweile hatten sie es in den Flur geschafft. Lizzys Arm schmerzte und der Verbandsstoff färbte sich zusehends rot. Ihr Atem ging schnell von der Anstrengung. Sie erlaubte sich keine Pause. Sobald sie innehielt, bräuchte sie eine Weile, um es weiter zu versuchen. Das wusste sie ganz sicher. Jeder Zentimeter, den sie weiterkam, war ein Erfolg. Endlich erreichte sie Noels Schlafzimmertür. Jetzt hatte sie es fast geschafft. Schweiß rann ihren Nacken entlang und brannte unangenehm in der Bisswunde an ihrem Hals. Das war gerade egal. Sie könnte sich gleich noch um sich selbst kümmern.

An seinem Bett angekommen, zog sie Noel mit dem Rücken seitlich zum Bett und kletterte hinter ihm selbst auf die Matratze. Jetzt kam der anstrengendste Teil. Lizzy mobilisierte all ihre Kräfte und zog Noel vom Boden hoch. Sobald sie ihn bis zur Hüfte hinaufgewuchtet hatte und sicher sein konnte, dass er nicht wieder herunterfiel, ließ sie japsend von ihm ab. Kaum war sie halbwegs zu Atem gekommen, krabbelte sie herunter und ging herum zu Noels Beinen. Diese ebenfalls aufs Bett zu befördern war vergleichsweise leicht. Bald hatte Lizzy ihn komplett ins Bett gesteckt und deckte ihn, vollkommen außer Atem, aber mit sich selbst zufrieden, zu.

Nun wurde es Zeit, dass Lizzy sich um ihren Hals kümmerte. Als sie zuvor im Badezimmer gewesen war, hatte sie den Blick in den Spiegel vermieden. Jetzt kam sie nicht länger darum herum. Sie atmete tief durch und sah dann auf. Erschrocken und blass starrte ihr Spiegelbild zurück. Unter dem angetrockneten Blut und den verklebten Haaren fiel es schwer, etwas Genaueres zu erkennen.

Lizzy griff sich eines der Handtücher aus dem Waschbeckenschrank und befeuchtete es mit warmem Wasser. Mit spitzen Fingern wusch sie die Wunde aus. Es brannte, sie biss die Zähne zusammen. Es sickerte frisches Blut nach und Lizzy erkannte das Ausmaß des Schadens.

Wenn sie gewollt hätte, sie könnte sagen, wie viele Zähne der Aswang gehabt hatte. Zum Glück hatte dieses Monster ihr kein Stück aus dem Fleisch gebissen. Doch hatte er es versucht. Ein Hautlappen hing schlaff herunter und Lizzy wurde schwindlig. Bestürzt klammerte sie sich ans Waschbecken und wandte den Blick ab. Es blutete noch immer, daher presste sie das Handtuch fest an ihren Hals. Sie sollte dringend einen Arzt aufsuchen.

Was könnte sie dem schon erzählen? Dass ein Hund sie gebissen hatte? Klar – und als Nächstes zog der streunende Köter sein Messer und schlitzte ihren Arm auf. Sie müsste erzählen, was geschehen war. Selbst wenn sie für sich behielt, dass der Angreifer ein Menschenfresser und kein dahergelaufener Irrer war, träte die Polizei auf den Plan. Das konnte nicht gut gehen. Schweren Herzens ging sie in die Küche, um den Verbandskasten zu holen.

Zurück im Badezimmer, wickelte Lizzy sich mehrere Lagen Mull um den Hals und hoffte, alles wüchse ohne große Narben wieder zusammen. Auch ihren Arm verband sie noch einmal. Jetzt etwas ordentlicher, damit die Binde nicht wieder durchblutete. Wahrscheinlich müsste der Schnitt sogar genäht werden. Wie sie das anstellen sollte, war fraglich. Hoffentlich schlief Noel nicht auch zwei Wochen wie Amaia. Vielleicht hatte er eine Idee. Bis dahin müsste es so gehen.

Erschrocken stellte Lizzy fest, dass es schon fast acht war. Noel wäre um die Zeit längst auf der Arbeit gewesen. Was, wenn jemand hierherkam, um nach ihm zu sehen? Es half wohl nichts, sie musste ihn krankmelden.

Vermutlich hatte Noel die Nummer von seinem Chef in seinem Handy eingespeichert. Stellte sich nur die Frage, wo er das hatte. In der Küche in seiner Hosentasche wurde sie fündig. Jedoch war Noels Blut durch den Stoff geweicht und hatte das kleine Gerät in Mitleidenschaft gezogen. Seufzend machte sie es sauber. Mit schlechtem Gewissen ging Lizzy das Adressbuch durch. Sie schnüffelte nur ungern, aber hatte sie eine andere Wahl?

Verdutzt bemerkte sie, dass nur wenige Nummern eingespeichert waren. Fast alle waren von irgendwelchen Schnellrestaurants. Unterbewusst hatte Lizzy sich darauf eingestellt, die Nummern unzähliger Frauen vorzufinden. Neben ihrer eigenen und der Nummer von Amber von der

Seevogelrettung, gab es nur noch eine weitere private Nummer: *Manu* – Bingo! Als Stammgast im *Nightfall* wusste sie, dass dessen Besitzer so hieß. Lizzy fasste ihren Mut zusammen und rief an, während sie sich eine Geschichte überlegte. Es klingelte lange und sie wollte schon aufgeben, als doch noch abgenommen wurde.

»Noel? Wo steckst du? Allmählich habe ich mir Sorgen gemacht«, klang es halb verärgert, halb besorgt durch den Hörer. Im Hintergrund hörte Lizzy die Musik und zahlreiche Stimmen. Sie musste sich ganz auf das Gespräch konzentrieren, damit sie Manu überhaupt verstand.

»Hallo, hier ist Lizzy, eine Freundin von Noel«, antwortete sie zögerlich.

»Wie bitte? Warte mal ...« Offenbar ging es Manu mit der Lautstärke in seinem Laden nicht anders. Es wurde leiser und die Hintergrundgeräusche waren kaum noch zu hören. »So, jetzt noch mal bitte. Wer ist da?«

Lizzy stellte sich noch einmal vor.

»Ist was passiert?«, fragte Manu alarmiert.

»Ja ... Nein ... Noel hat sich eine fiese Grippe eingefangen«, log sie.

Manu stöhnte genervt. »Er hätte sich doch schon früher krankmelden können. Dann hätte ich jetzt schon Ersatz hiergehabt.«

»Er wollte ja kommen, nur dann ging es ihm schlechter.« Lizzy wollte nicht, dass Noels Chef ihn für unzuverlässig hielt.

»Na schön«, lenkte er ein. »Kannst du ihn mir bitte mal geben?«

»Er schläft gerade. Ich würde ihn nur ungern wecken,

aber wenn Sie darauf bestehen ...?« Lizzy setzte alles auf eine Karte und appellierte an Manus Anstand. Man weckte niemanden, der krank war.

»Nein, schon gut. Sag ihm, er soll sich melden, wenn er wieder fit ist, und bestell ihm gute Besserung«, erwiderte Manu hastig.

»Das mache ich, danke.«

»Danke, dass du angerufen hast. Mach's gut!« Manu legte auf und das altbekannte Tuten ertönte an Lizzys Ohr.

Hoffentlich schlief Noel wirklich nicht so lange. Mit einer Grippe konnte sie nicht ewig Zeit schinden und ihn nicht selbst ans Telefon kommen lassen. Seufzend betrachtete sie den versauten Fußboden. Sie sollte dringend sauber machen, bevor das Blut ganz getrocknet war. Allerdings wollte sie vorher noch einmal nach Noel sehen und sich davon überzeugen, dass er wirklich nicht in Lebensgefahr schwebte.

Die Ereignisse des Tages hatten sie erschöpft und müde schlurfte sie durch den Flur. Unterwegs zog sie ihr eigenes Handy aus der Tasche. Zwar hatte Lizzy kaum Hoffnung, dass Tavia antworten würde, aber einen Versuch war es allemal wert. Es klingelte nicht mal. Wie all die letzten Tage sprang nur die Mailbox an. Frustriert wartete sie auf den Piepton. »Verdammt noch mal, Tavia! Wo steckst du nur? Ich könnte dich gerade *echt* brauchen!«

Lizzy legte auf und öffnete vorsichtig Noels Tür. Von ihm kam keine Reaktion auf ihr Eindringen. Auf leisen Sohlen schlich sie zum Bett. Seine Atmung war flach und ruhig. Seine Gesichtsfarbe machte auch einen besseren Eindruck. Augenscheinlich hatte er recht und alles, was er brauchte, war tiefer Schlaf. Sein Handy platzierte Lizzy neben ihm auf dem Nachttisch. Dann konnte er es leicht finden, wenn er wieder aufwachte.

Neugierig sah sie sich um. Sie war heute zum ersten Mal in diesem Zimmer. Es war schlicht eingerichtet mit den gleichen Möbeln wie ihr eigenes Zimmer. Lizzy stutzte, seit wann dachte sie bei dem Zimmer gegenüber nicht mehr an Noels Gästezimmer, sondern an ihr eigenes? Sie hatte sich schnell an ihre neue Wohnsituation gewöhnt – musste an dem jahrelangen Training liegen.

Dann entdeckte Lizzy etwas, das anders war. In der Zimmerecke lag ein riesiges blaues Sitzkissen. Es sah unfassbar bequem aus. Sie wurde zusehends müder. Außerdem war ihr nicht ganz wohl dabei, Noel allein zu lassen, solange sie nicht sicher wusste, dass er auf dem Weg der Besserung war. Lizzy tapste die wenigen Schritte zum Kissen und ließ sich hineinfallen. Sie versank in dem weichen Stoff. Sie würde sich nur eine kurze Pause von den Schrecken des Tages gönnen und gleich wieder aufstehen.

Nur Sekunden später war sie eingeschlafen.

Kapitel 12

Noel fühlte sich, als hätte ihn ein Bus frontal gerammt. Nicht, dass er dieses Gefühl aus erster Hand nachempfinden konnte. Bislang hatte er Zusammenstöße mit öffentlichen Verkehrsmitteln erfolgreich verhindern können. Vielleicht war er eine Steilklippe hinuntergefallen? Sein Mund war trocken und ein schaler Nachgeschmack machte die Sache nicht angenehmer. Er sollte sich die Zähne putzen, aber dafür müsste er aufstehen. Und dazu hatte er wirklich keine Lust. Noel rollte sich auf die Seite und vergrub den Kopf tiefer in seinem Kissen.

Die Erinnerungen brachen über ihn herein. Er hatte mit einem Aswang gekämpft, um Lizzy zu verteidigen, und wäre dabei fast draufgegangen. Abrupt fuhr er hoch. Nur damit ihm von der Bewegung schwindlig wurde. Er lag in seinem Bett. Wie war er hierhergekommen? Soweit Noel sich erinnern konnte, hatte die Trance ihn in der Küche überrollt. Demnach musste Lizzy ihn ins Bett gesteckt haben. Ihm war übel. Offenbar hatte sein Körper das Eisen noch nicht gänzlich verdaut – verdammtes Mistzeug!

Er sollte Lizzy suchen und ihr sagen, dass er wieder wach war. Vermutlich machte sie sich schreckliche Sorgen, weil er so lange schlief. Wie lange hatte er geschlafen ...? Draußen war es noch dunkel, sodass er die Tageszeit nicht schätzen konnte. Und selbst wenn, hätte er das Datum nicht gewusst. Unkoordiniert tastete Noel über den Nachttisch nach der Lampe, wobei er sein Handy auf den Boden fegte. Er fand den Schalter und hob das Gerät auf. Als er sich zurück ins Bett sinken ließ, entdeckte er Lizzy. Sie saß in seinem Bodenkissen und schlief. Weiße Verbände leuchteten um ihren Hals und Arm.

Dieser verfluchte Leichenfresser hatte auch ihr übel mitgespielt. Noel warf einen Blick auf das Display in seiner Hand. Montagmorgen, kurz nach vier. Das bedeutete, er war fast zweieinhalb Tage weg gewesen. Vielleicht sollte man auch sagen, nur, wenn man bedachte, wie sehr der Aswang ihm zugesetzt hatte.

Er wollte Lizzy ihren Schlaf lassen. Sie sah erschöpft aus. Vorsichtig wanderte seine Hand unter die Decke und betastete seinen Bauch. Er wollte sich über das Ausmaß des Schadens ein Bild machen.

Erst jetzt bemerkte Noel, dass er bis auf seine Unterhose nackt war. Ein dicker Verband war außerdem um seine Hüfte gewickelt. Demnach hatte sie ihn nicht nur ins Bett geschafft, sondern auch noch verarztet. Er wollte aus Rücksicht auf Lizzy nicht so viel Licht machen. Deshalb entschied er sich, nun doch aufzustehen und ins Bad zu gehen. Es konnte nicht schaden, etwas zu trinken und sich zu waschen. Möglichst leise wühlte Noel in seinem Kleiderschrank, zog ein paar frische Klamotten hervor und ging dann auf Zehenspitzen ins Bad.

Müde wusch er sich das Gesicht und schüttelte dadurch die Trägheit zumindest ein wenig von sich ab. Als Nächstes machte er sich daran, die Mullbinden Schicht um Schicht abzuwickeln. Zum Vorschein kamen eingetrocknete Verbandsrollen, die sein Blut aufgesogen hatten und davon verkrustet waren. Darunter entdeckte er eine geschwollene rote Narbe oberhalb seines Beckenknochens. Noel drehte sich und inspizierte seinen Rücken. Auch hier hatte die Haut sich sauber über der Wunde geschlossen.

Mit spitzen Fingern tastete er die Narben ab und verzog das Gesicht. Noch schmerzten sie und waren empfindlich. Ganz verschwinden würden sie dank des Eisens nie. Immerhin hatte Noel jetzt eine gute Geschichte zu erzählen: *Der Tag, an dem ein Aswang mich aufschlitzte!*

Gut, an dem Titel sollte er noch arbeiten ...

Angewidert zupfte er an dem ebenfalls verkrusteten Stoff seiner Unterhose. Duschen wurde zu einer immer besseren Idee, der er sogleich nachkam.

Jetzt hatte er Kaffee nötig. Dann wäre er wieder halbwegs auf dem Damm. Im Türrahmen der Küche blieb Noel verdutzt stehen. Auf dem Boden herrschte das reinste Chaos. Seine Jeans lag achtlos hingeworfen neben den Überbleibseln seines zerrissenen Hemdes. Überall waren Verpackungsreste vom Verbandsmaterial und mittendrin lag seine Küchenschere. Die von der Oxidation rostroten Blutflecken auf den Fliesen vervollständigten das wüste Bild.

Natürlich war Lizzy nicht seine Putzfrau oder etwas Ähnliches. Noel erwartete nichts dergleichen von ihr oder forderte es. Dennoch kannte er sie schon gut genug, um zu wissen, dass sie die Küche niemals so hinterlassen hätte. Dazu war sie viel zu ordnungsliebend. Hier stimmte etwas nicht. Ganz und gar nicht!

Auf dem Absatz machte er kehrt und trabte zurück in sein Schlafzimmer. An Kaffee war nicht mehr zu denken, er war auch ohne hellwach. Dort angekommen knipste Noel die Deckenbeleuchtung an und ging zu ihr in die Ecke. »Hey, Lizzy, ich bin wieder wach. Hast du mich vermisst?«, versuchte er es scherzhaft. Von ihr kam keine Reaktion.

Ganz darauf bedacht, sie nicht zu berühren, ging er vor Lizzy in die Hocke. Schweiß perlte von ihrer Stirn, ihr Atem ging hektisch und rasselnd. Mit wachsender Panik suchte Noel nach der Ursache. Dann fand er sie. »Oh nein, bitte nicht …«

Unter dem Verband an ihrem Hals krochen dunkle Linien hervor, eine Mischung aus Violett und Schwarz. Spinnennetzartig hatten sie sich ausgebreitet und inzwischen Lizzys Kiefer sowie ihr Dekolleté erreicht. Vorsichtig begann Noel, den Verband abzuwickeln. Obwohl er fürchtete zu wissen, was er darunter finden würde. Jedes Mal, wenn er aus Versehen ihre Haut – sie glühte vom Fieber – berührte, meldete sich zuverlässig die Migräne.

Trotzig versuchte er, dem Zauber von Amaias Versprechen klarzumachen, dass er Lizzy helfen und sie anfassen musste und dass er keine unanständigen Dinge mit einer Bewusstlosen plante. Das Stechen in seinem Kopf zog sich zurück und blieb als warnendes Pochen präsent. So war es auszuhalten.

Die letzte Lage des Verbandes klebte auf der Wunde und Noel zupfte sie so behutsam wie möglich ab. Lizzy wimmerte leise, zeigte ansonsten keinerlei Reaktion. Erst jetzt erkannte Noel sicher, dass der Aswang sie gebissen hatte. So wie er es bei ihrem Zustand schon die ganze Zeit befürchtete. Die Zahnabdrücke waren deutlich zu sehen und zeichneten sich dunkelrot von Lizzys leichenblasser Haut ab. Fast hatte dieses Mistvieh ihr ein Stück aus der Kehle gerissen. Die Wunde eiterte und nässte.

Noels Hände begannen vor Wut und Angst zu zittern. Auf der Toilette war alles so schnell gegangen. Er hatte nur die Verletzung, nicht ihre Art bemerkt und danach hatten sich die Ereignisse überschlagen.

Der Biss eines Aswangs war in höchstem Maße toxisch. Selbst Angehörige seines Volkes starben daran, wenn man ihn nicht zügig behandelte. Hilflos schoss Noel in die Höhe und lief auf und ab. Er musste nachdenken. Fluchend trat er gegen sein Bettgestell, weil er sich anders nicht zu helfen wusste. Er hatte keine Ahnung, ob seine Methoden bei einem Menschen funktionieren konnten. Ein menschlicher Arzt konnte gewiss auch nicht helfen, da er niemals glauben würde, womit er es zu tun hätte.

Wenn er nichts unternahm, konnte es nicht mehr lange dauern und Lizzy wäre rettungslos verloren. Zumindest musste er alles versuchen, was in seiner Macht stand.

»*Tavia?!*«, rief Noel panisch in Gedanken.

»*Ja?*«, meldete sie sich.

»*Bist du noch bei Amaia in den Grotten?*«

»*Ja, warum fragst du?*«

»*Du musst unverzüglich etwas für mich besorgen. Ich brauche Elixier gegen Aswanggift. So viel, wie du in der kurzen Zeit auftreiben kannst.*«

»*Bist du gebissen worden?!*«, rief sie aus.

»*Nein, ich nicht, aber …*« Ihm fiel etwas ein. Lizzy wollte nicht, dass Tavia sich um sie sorgte, solange Amaia ihrer Hilfe bedurfte. »*Bitte frag nicht*«, erwiderte er stattdessen.

Nach kurzem Zögern kam Tavias Antwort: »*Ich werde sehen, was ich tun kann.*«

»*Bitte beeil dich, der Biss ist fast drei Tage alt.*«

»*Ich mache mich sofort auf den Weg*«, gab sie eilig zurück.

»*Danke, ich stehe tief in deiner Schuld dafür.*«

Tavia brach die Verbindung ab und ließ ihn unruhig zurück. Gewiss hätte sie sich umso bereitwilliger gekümmert, wenn sie gewusst hätte, wessen Biss versorgt werden musste. Doch wollte er Lizzys Wunsch respektieren, wenigstens das konnte er für sie tun. Gehetzt lief Noel vor ihr auf und ab. Ruhig sitzenbleiben war unmöglich.

»*Ich hab's!*«, meldete Tavia sich hastig.

Anstatt sich mit einer Antwort aufzuhalten, teleportierte Noel sich an den Ort, den sie ihm zeigte, und erschien direkt an ihrer Seite. Sie standen in einem Winkel der Grotten, wo man sie nicht sofort entdecken würde.

Tavia verneigte sich und hielt ihm zwei Phiolen und einen Tiegel entgegen. »Gegengift und etwas zur besseren Wundheilung«, erklärte sie.

Erleichtert atmete Noel auf und nahm die Arznei an sich. »Danke!«

»Soll ich jemandem von dem Angriff berichten?« Tavia zögerte.

Er schüttelte den Kopf. »Ich werde Mutter in Kürze darüber informieren. Ich möchte dich bitten, solange über diesen Vorfall zu schweigen.«

»Einverstanden.«

Noel hörte ihre Erwiderung kaum noch. Schon befand er sich auf dem Rückweg. Er materialisierte sich direkt vor Lizzy, lud die Wundsalbe auf seinem Bett ab und entkorkte die erste Phiole. In seinem erschöpften Zustand war es anstrengend zu reisen, aber darauf konnte er jetzt keine Rücksicht nehmen. Erholen konnte er sich auch später noch.

Behutsam legte er Lizzys Kopf in den Nacken, wobei er sich alle Mühe gab, ihr keine weiteren Schmerzen zu bereiten. Der Kopfschmerz fuhr durch seine Gedanken und Noel zuckte unweigerlich zusammen. Fast hätte er das Gegengift fallen gelassen. Entschlossen drängte er den Schmerz zurück und öffnete Lizzys Mund mit dem Daumen.

Sie ließ es widerstandslos geschehen. Vorsichtig entleerte er das kleine Fläschchen bis zum letzten Tropfen. Sie wurde unruhig und er beeilte sich, das zweite hinterherzugießen. Noel konnte nur hoffen, dass das Mittel half und nicht schadete. Beim besten Willen konnte er nicht einschätzen, wie ein Mensch darauf reagierte. Jetzt hieß es hoffen. Es musste funktionieren!

Lizzy stöhnte und wand sich in dem Kissen. Das Mal der Vergiftung schien zu pulsieren, wurde blasser und färbte sich anschließend intensiver – wieder und wieder. Noel trat einen Schritt zurück und betrachtete sie unsicher. Er hatte keine Ahnung, ob das so sein musste.

Entschlossen griff er nach dem Tiegel. Er musste beenden, was er angefangen hatte. Hastig schaufelte er die Salbe in seine Hand, bis seine Finger unter der gelblichen Schicht kaum noch zu sehen waren.

Großzügig verteilte Noel sie auf den violetten Malen. Dabei konzentrierte er sich ganz auf seine Atmung und seine Aufgabe an sich und versuchte, nicht daran zu denken, dass es Lizzys Haut war, die er berührte. Das Pulsieren des Musters wurde immer schneller, ihr Widerstand stärker. Mit der Linken umfasste Noel ihre Schulter und hielt sie nieder. Seine rechte Hand mit der Salbe presste er direkt auf die Wunde an ihrem Hals. Noel biss die Zähne zusammen und hielt dem Versprechen stand.

Sich unter den gegebenen Umständen zu konzentrieren war alles andere als leicht. Irgendwie gelang es ihm doch. Er sandte lindernde Energie durch seine Hände, wie es für sein Volk üblich war, wenn es darum ging, einen geschwächten Gefährten zu stärken und ihm genesen zu helfen.

Blieb zu hoffen, dass Lizzys Körper diese Energie ebenfalls zu nutzen wusste. Das Pulsieren war inzwischen gemächlicher. Außerdem glaubte er zu bemerken, wie sich ihre Atmung verlangsamte. Seine Bemühungen schienen Früchte zu tragen.

Ein letztes Mal leuchteten die dunklen Linien auf, um anschließend gänzlich zu verblassen. Trotzdem ließ Noel den Strom der Energie nicht versiegen. Offenbar half es.

»Du bist ja schon wieder wach«, nuschelte Lizzy mit halb geöffneten Augen.

»Danke, Gaia!«, seufzte Noel ergeben und sank kraftlos zurück. Viel länger konnte er das Versprechen nicht mehr in Schach halten.

»Warum bist du denn schon wieder wach?«, fragte sie verwundert.

Er brauchte einen Moment, bis er antworten konnte.

Zunächst musste er sich mit dem Schmerz in seinem Kopf befassen und ihn niederringen. »Ich habe fast drei Tage lang geschlafen und so wie es aussieht, du ebenfalls«, erklärte er atemlos.

»Das kann nicht sein«, erwiderte Lizzy ungläubig. »Ich habe mich doch nur kurz hingesetzt.«

»Wann war das?«

»Nachdem ich mich um dich gekümmert hatte – du bist übrigens schwer – und anschließend mir selbst Verbände angelegt hatte. Ich war erschöpft und wollte dich nicht allein lassen. Ich muss kurz eingenickt sein.« Die Situation verwirrte sie zusehends. Womöglich war das eine Nebenwirkung des Giftes – oder vielleicht auch der Medizin.

»Es ist Montagmorgen«, sagte er eindringlich. »Sieh her.« Noel zog sein Handy aus der Hosentasche und hielt ihr das leuchtende Display mit der Datumsanzeige hin.

»Wieso habe ich ebenso lange geschlafen wie du?«, fragte sie erschrocken.

»Du hast nicht direkt geschlafen, sondern im Fieber gelegen. Von dem Biss wusste ich doch nichts.«

Lizzy verzog das Gesicht. »Zugegeben, das war wirklich widerlich, aber der Schnitt am Arm hat viel schlimmer geblutet.«

»Aswangbisse sind giftig. Selbst ich könnte schnell daran sterben«, sagte Noel ernst.

Das ließ sie aufhorchen. »Wie geht es dir? Was ist mit deinem Bauch? Ich dachte, du würdest das nicht überleben.«

Er zog sein frisches Hemd ein Stück hoch. »Bin schon

fast wiederhergestellt. Es hätte schlimmer sein können.« Wie knapp es tatsächlich gewesen war, musste er ihr nicht unbedingt unter die Nase reiben.

Verwundert betrachtete Lizzy die Narbe. »Wie kann es sein, dass die Verletzung kaum noch zu sehen ist?«

»Wir heilen schnell. Wäre das Messer nicht aus Eisen gewesen, wären die Narben auch nicht mehr zu sehen. Doch die werden dadurch bleiben.«

»Das tut mir leid.«

Noel winkte ab. »Muss es nicht.«

Leise stöhnend griff sie sich an den Hals. »Was ist das?«, fragte Lizzy, als sie ihre nun dunkel schimmernden Finger ins Licht hielt.

Er beugte sich zu ihr und entdeckte die fast schwarze Flüssigkeit, die zäh aus ihrer Halswunde floss. »Sieht aus, als scheidet dein Körper das Gift aus.« Dann stand er leicht schwankend auf. Lizzys Versorgung hatte ihn ausgelaugt. »Bleib sitzen, ich hole dir ein Handtuch.«

»Danke«, sagte sie artig, sobald Noel es ihr kurz darauf entgegenhielt.

»Press es nicht auf die Wunde, sondern wisch das Gift nur ab. Es ist besser, wenn so viel wie möglich davon wieder herauskommt und nicht von dir daran gehindert wird«, riet er.

»Ist das normal?« Lizzys Stimme zitterte ein wenig.

»Ich weiß es nicht. Das ist das erste Mal, dass ich der Behandlung eines Bisses beiwohne. Zumal es auch das erste Mal im Allgemeinen sein dürfte, dass es bei einem Menschen passiert.« Erschöpft sank Noel auf die Bettkante und sah ihr zu.

»Wenigstens wusstest du, was zu tun ist.«

»Mag sein, nur hatte ich keine Ahnung, ob es bei dir funktionieren würde. Da haben wir beide großes Glück gehabt.«

»Wir beide?« Sie klang überrascht.

Entgeistert sah Noel sie an. »Glaubst du ernsthaft, es hätte mich kaltgelassen, wenn dieses Mistvieh dich verschleppt oder umgebracht hätte?«

Unsicher kaute Lizzy auf ihrer Unterlippe. Ganz offensichtlich hatte sie wirklich gezweifelt.

Noel seufzte genervt. »Dann will ich etwas ein für alle Mal klarstellen. Ja, ich war am Anfang nicht sonderlich begeistert, dass du in meiner Obhut gelandet bist, was nicht an dir lag, sondern an Gesellschaft im Allgemeinen. Das heißt nicht, dass ich dich für irgendeine Art Wohnparasiten oder so etwas halte. Nicht in der ersten Nacht und schon gar nicht jetzt. Dass ich manchmal so gereizt reagiere, liegt an diesen verdammten Kopfschmerzen.«

Offenbar erinnerte Lizzy sich an den letzten Teil ihrer Heilung. »Und trotzdem hast du mich geheilt und nicht losgelassen.«

»Sonst hätte ich dich nicht retten können«, entgegnete Noel aufrichtig. »Deine Anwesenheit stört mich nicht. Ich mag es, wenn du da bist.«

Erstaunt riss sie die Augen auf und er fluchte innerlich. Er hatte viel zu viel gesagt. Dinge, die er niemals hatte aussprechen wollen. Abrupt stand er auf. »Ich weiß nicht, wie es dir geht, ich für meinen Teil habe schrecklichen Hunger. Was hältst du davon, wenn ich uns Pizza bestelle?«, wechselte er schnell das Thema.

»Pizza klingt prima«, erwiderte Lizzy. »Bekommen wir um diese Zeit welche?«

»In der Nähe ist ein Laden, der rund um die Uhr liefert. Ich rufe mal an.« Noel ging kurz vor die Tür und gab die Bestellung auf.

Als er wieder zurückkam, stutzte er bei Lizzys Anblick. Mit neu entfachter Begeisterung betrachtete er den Tiegel mit der Salbe, den Tavia ihm gegeben hatte. »Das Zeug ist ja noch besser als gedacht.«

»Was meinst du?«, fragte sie verwundert.

Nachdem das Gift aus ihrem Körper gespült worden war, hatte die Wunde am Hals begonnen, sich zu schließen. Schon jetzt war außer den dunkleren, zackigen Linien am Rand kaum noch etwas zu sehen. »Du solltest ins Bad gehen und es dir selbst ansehen.«

Mühsam kämpfte Lizzy sich aus dem Kissen, in das sie halb versunken war, und stand ächzend auf. »Es müssen wirklich drei Tage vergangen sein, wenn man bedenkt, wie steif ich bin.«

Leider konnte Noel ihr keine helfende Hand reichen. Wofür er allmählich begann, Amaia zu verfluchen. Es würde alles so viel einfacher machen. Und nicht nur das, er wollte Lizzys weiche Haut öfter unter seinen Fingern spüren.

Langsam ging Lizzy an ihm vorbei und er verließ das Schlafzimmer ebenfalls. Wenn sie die Küche zum Essen nutzen wollten, wäre es wohl besser, wenn deren Anblick einem den Appetit nicht direkt wieder verdarb. Noel sammelte die Verpackungen sowie die Überreste seiner Kleidung ein und stopfte alles zusammen in den Mülleimer.

Den Boden zu wischen stellte sich als schwieriger heraus als gedacht. Er musste kräftig schrubben, um das getrocknete Blut entfernen zu können.

Er war fast fertig, als Lizzy in die Küche kam. Sie hielt den zerknüllten Verband in der Hand und betrachtete eindringlich ihren Arm. »Warum ist dieser Schnitt ebenfalls kaum noch zu sehen? Vom Hals ganz zu schweigen?« Sie hielt ihm den verletzten Arm hin.

Daraufhin unterbrach Noel seine Bemühungen, die Fliesen wieder sauber zu bekommen, und ging zu ihr. Neugierig musterte er die Narbe. Sie sah fast so aus wie seine eigenen. Es hätte noch Wochen dauern müssen, bis bei einem Menschen unter dem Schorf neue Haut zum Vorschein käme. »Muss an der Salbe liegen«, spekulierte Noel. »Ich habe keine Ahnung, was drin ist. Offenbar leistet es auch bei dir ganz fabelhafte Dienste.«

Schon wenig später klingelte es an der Tür. Heißhungrig erwartete Noel den Pizzaboten, als er öffnete. Normalerweise hätte er es nie liefern lassen und selbst abgeholt. Es war für ihn buchstäblich ein Katzensprung. Jedoch war er sich nicht sicher, ob er in seinem angeschlagenen Zustand weitere Reisen begehen sollte. Eine Ausnahme von der Regel würde schon niemandem verraten, dass er hier wohnte. Bevor Lizzy hier eingezogen war, hatte er seine Wohnungstür ewig nicht benutzt und immer verschlossen gehalten. Zu verschwinden und zurückzukehren, wann und von wo man wollte, war deutlich praktischer und bequemer. Noch dazu war es dadurch fast unmöglich, ihn aufzuspüren, da man ihm auf diese Art nicht folgen konnte.

Gierig machten sich beide über die riesige Pizza her. Es

herrschte gefräßiges Schweigen zwischen ihnen. Erst nachdem Lizzy ihr drittes Stück verputzt hatte, ging sie erneut ihrer Lieblingsbeschäftigung nach: Fragen stellen.

»Warum war ein Messer aus Eisen schlimmer für dich, als wenn es aus einem anderen Metall wäre? Oder verträgst du Metall im Allgemeinen nicht? Ich will dir nicht aus Versehen wehtun, das passiert schon oft genug.«

»Nein, nur Eisen macht mir Probleme. Offensichtlich hat der Aswang sich vorbereitet. Hat er irgendetwas zu dir gesagt? Weißt du, was er wollte?«, fragte Noel neugierig zurück.

Sacht schüttelte sie den Kopf. »Ich weiß nicht, was er wollte ...«

»Schade ...«

»... aber er hat mich etwas gefragt, was ich nicht verstanden habe.«

Jetzt wurde Noel hellhörig. »Was hat er gefragt?«

»Er wollte wissen, wo der Eingang ist. Das hat er mehrfach wiederholt und versprach mir, mich schnell zu töten, wenn ich es ihm verrate. Sagt dir das vielleicht etwas?« Lauernd beobachtete Lizzy ihn.

Noel überlegte. Konnten die Aswang in seine Welt wollen? »Nicht unbedingt. Dazu lässt die Formulierung zu viel Raum für Spekulationen.«

»Du hast eine Vermutung.«

Er zuckte mit den Schultern. »Vielleicht, das könntest du bloß unmöglich wissen und das dürfte auch den Aswang klar sein. Es macht keinen Sinn, dich deshalb so penetrant zu verfolgen.«

»Verrätst du es mir?«, fragte Lizzy vorsichtig.

»Es kann unmöglich das gemeint sein«, wich er ihrer Frage aus.

Sie harrte einer weiteren Erklärung. Als diese ausblieb, gab sie sich geschlagen. »Na schön, vielleicht erzählst du es mir ein andermal.«

»Vielleicht«, gab Noel zurück, ohne sich von ihr konkreter auf etwas festnageln zu lassen.

Lizzy griff sich das nächste Stück und kaute gedankenverloren darauf herum. Dann bekam sie große Augen, als ihr etwas einfiel. »Falls dein Chef dich fragt, hast du übrigens eine ganz fürchterliche Grippe.«

»Grippe?«, fragte er überrascht. »Ich bekomme keine Grippe.«

Skeptisch sah sie ihn an. »Hätte ich ihm sagen sollen, du kannst leider nicht zur Arbeit kommen, weil ein durchgeknallter Kerl mit kannibalen Neigungen sich mit dir einen Kampf auf Leben und Tod geliefert hat, wobei er dir ein Messer durch den Leib rammte und du im Anschluss ins Koma gefallen bist?«

Noel musste lachen, obwohl an der Situation kaum etwas Witziges zu finden war, doch wurde ihm bei der trockenen Art, wie sie es vortrug, leichter ums Herz. »Okay, da klingt Grippe dann doch besser. Zumal es die Rückfragen zu meinem Gesundheitszustand auf ein Minimum reduzieren dürfte.«

»Na bitte«, kommentierte Lizzy zufrieden. »Du sollst dich bei ihm melden, wenn es dir besser geht. Leider musste ich ihn anrufen, weil du schon geschlafen hast – Kranke weckt man schließlich nicht.«

»Danke, dass du dich um alles gekümmert hast.«

Ein leises Lächeln stahl sich auf ihr Gesicht. »Das war das Mindeste, nachdem du mir schon wieder das Leben gerettet hast.« Nach einer kurzen Pause fügte sie hinzu: »Ich habe ihn von deinem Handy aus angerufen. Aber ich habe mir nur die Nummer rausgesucht und ihn angerufen, nicht darin geschnüffelt oder so was.«

Noel schmunzelte. Der Gedanke, er könnte sie für neugierig halten, schien Lizzy wirklich unangenehm zu sein. Zumal es in seinem Telefon ohnehin nichts Interessantes gab. »Schon gut.«

Erleichtert ließ sie die angespannten Schultern wieder sinken. Dann wurde sie ernst. »Du hattest recht, sie haben mich wirklich beobachtet. Das heißt, ich kann nicht mehr in die Uni.«

»Zumindest nicht, bis wir wissen, warum sie hinter dir her sind und wir etwas dagegen unternommen haben«, stimmte Noel zu.

»Dann muss ich mich für den Rest des Semesters und die anschließenden Prüfungen krankmelden«, überlegte sie niedergeschlagen.

»Was brauchst du dafür?«, fragte er geschäftig. Er wollte Lizzy dabei helfen, wenn er konnte, und die Sache schnell erledigen.

»Eine offizielle Bescheinigung eines Arztes, der mir bestätigt, dass ich zu krank bin, um in meine Vorlesungen zu gehen. Das Problem ist nur, ich habe hier noch keinen Hausarzt. Gut im Simulieren bin ich auch nicht.«

»Heißt das, es ist egal, zu welchem Arzt wir gehen?«

»Genau.«

Noel zückte sein Handy und suchte im Internet. »Ich

habe hier einen, der am anderen Ende der Stadt ist. Dort sollten uns die Aswang hoffentlich nicht vermuten.« Er sah auf seine Küchenuhr: kurz vor sieben. »Außerdem beginnt dort auch gleich die Sprechstunde. Wenn du dich fertig machst, bringe ich uns hin und wir können das erledigen.«

»Klingt gut. Nur was soll ich ihm erzählen?«, fragte Lizzy ratlos.

»Lass das meine Sorge sein. Du bekommst deine Bescheinigung ohne Probleme.« Noel lächelte selbstsicher. Ein paar Menschen zu manipulieren war eine seiner leichtesten Übungen. Selbst wenn es bei ihr nicht so recht klappen wollte. Lizzy war in dieser Hinsicht eine bisher nicht da gewesene Ausnahme.

»Na schön, da bin ich gespannt.« Sie stand auf und nahm ihren Teller mit zur Spülmaschine, bevor sie in ihr Zimmer ging.

Kapitel 13

Eine Viertelstunde später stand sie an Noels Seite in einer kleinen Gasse. In diesem Teil der Stadt war Lizzy bisher noch nie gewesen. Er lag zu weit abseits von ihrer Wohnung oder der Uni. Also genau da, wo Noel es für sicher erachtete.

Gemeinsam betraten sie die Praxis auf der gegenüberliegenden Straßenseite. Neugierig sah sie sich um. Bislang waren noch nicht allzu viele andere Patienten da. Hoffentlich mussten sie nicht so lange warten. Sie war erschöpft, genauso wie Noel. Er hatte nichts gesagt, doch es war ihr nicht entgangen, wie angestrengt er atmete, seitdem er sie hierherteleportiert hatte. Zwar war er aus seinem Koma erwacht, doch schien es besser zu sein, wenn er noch ein wenig das Bett hütete.

Die Arzthelferin am Empfang telefonierte und wirkte ein wenig gestresst. Sobald sie die beiden sah, lächelte sie freundlich. Obwohl das Lächeln ganz offensichtlich Noel allein galt. Lizzy wollte sich davon nicht verstimmen lassen. Für sein gutes Aussehen konnte er nichts und sie konnte keinerlei Rechte an ihrem Mitbewohner geltend machen. Das Gegenteil war der Fall, sie stand knietief in seiner Schuld.

Die junge Frau hielt kurz den Hörer zu und flüsterte:

»Einen Augenblick noch bitte. Gleich habe ich Zeit für Sie.« Sie widmete sich wieder ihrem Telefonat und antwortete mit diversen *Hms* und *Jas*, währenddessen sie die Augen verdrehte und mit den Fingern auf der Tischplatte trommelte.

Noel wartete geduldig und lächelte seinerseits. Fast fand zwischen den beiden ein Gespräch statt. Lizzy hatte keine Lust ihm beim Flirten zuzusehen. Diese ganze Lächelei ging ihr zusehends auf die Nerven.

Die Arzthelferin beendete ihr Gespräch und wandte sich an Noel: »Wo tut's denn weh?«, fragte sie lasziv.

»Meiner Freundin geht es leider gar nicht gut«, erwiderte er.

Die Frau schenkte Lizzy nur einen kurzen Blick – fehlte nur noch, dass sie die Nase rümpfte. »Wie heißen Sie denn? Sind Sie schon Patientin bei uns?«

»Leider nicht«, antwortete sie knapp.

»Dann hoffe ich, Sie haben viel Zeit mitgebracht«, murrte die andere Frau. »Haben Sie Ihre Versichertenkarte dabei?«

Lizzy zückte ihr Portemonnaie und zog die kleine Chipkarte heraus, um sie zu überreichen.

Während die Finger der Arzthelferin über die Tastatur flogen, sagte Noel: »Leider haben wir keine Zeit.« Sein Gegenüber sah stirnrunzelnd auf und wollte zum Protest ansetzen, aber er sprach weiter. Etwas an seinem Tonfall hatte sich verändert. »Ich wäre dir außerordentlich dankbar, wenn du uns dazwischenschieben könntest und wir gleich mit dem Arzt sprechen könnten. Veranlasst du das bitte?«

Lizzy horchte auf. Noels Stimme war eindringlich geworden. So klang es nicht wie flirten, eher wie ein direkter Befehl. Nach kurzem Zögern erhielten sie eine Antwort.

»Selbstverständlich«, antwortete die Arzthelferin mechanisch und mit glasigem Blick. »Bitte nehmen Sie in Behandlungsraum zwei Platz.«

»Danke«, erwiderte Noel knapp und wandte sich ab. Lizzy folgte ihm wortlos, während er die Tür mit der großen weißen Zwei ansteuerte. Sobald sie allein waren, brach sie das Schweigen. »Erstaunlich, wie weit man mit gutem Aussehen kommt«, murmelte sie.

»Das hat nichts damit zu tun«, antwortete er erschöpft und sank auf einen Stuhl. »Wenn ich nichts unternommen hätte, würden wir stundenlang im Wartezimmer schmoren.«

»Unternommen? Was hast du gemacht?«, fragte Lizzy verblüfft.

Bevor Noel ihr antworten konnte, schwang die Tür auf und ein älterer Mann betrat den Raum, der zweifellos der Arzt dieser Praxis war. Lizzy hatte nicht mal auf dem Schild vor der Tür auf seinen Namen geachtet. Alles war so schnell gegangen.

»Wer ist mein eiliger Patient?«, fragte er.

»Meine Freundin braucht eine Bescheinigung für die Uni, die sie von den Vorlesungen und Prüfungen in den nächsten Wochen befreit«, antwortete Noel.

Der Arzt musterte Lizzy mit Skepsis im Blick. »Was fehlt Ihnen denn?«

»Äh ...« Sie wusste nicht weiter. Das alles war eine furchtbare Idee, die jeden Augenblick auffliegen musste. Lizzy überkam eine leichte Panik. Sie hatte ihm doch gesagt, dass sie nicht simulieren konnte!

Schon stand Noel schnaufend auf und fixierte den anderen Mann. »Sagen Sie es uns«, forderte er und trat bis auf wenige Schritte an den Arzt heran. »Was könnte sie haben, damit sie für mindestens drei Wochen ans Bett gefesselt ist, das Ganze aber nicht zu exotisch, damit es nicht zu viel Aufsehen erregt.«

Das Stirnrunzeln des Arztes glättete sich und sein Blick wurde leer. Nach kurzem Überlegen erwiderte er: »Pfeiffersches Drüsenfieber.«

»Das wird die Leitung der Uni glauben?«

Der Arzt nickte abrupt. »Ja, es ist eine ansteckende Infektionskrankheit, die man zum Schutz seiner Mitmenschen allein auskurieren sollte, und das dauert.«

»Prima, dann machen Sie doch alles fertig, was wir für die Freistellung brauchen. Wir möchten dann gern wieder gehen.«

»Natürlich«, antwortete der Arzt knapp und verließ wieder den Behandlungsraum.

Lizzy, die dem Gespräch mit offenem Mund gelauscht hatte, fand ihre Sprache wieder: »Wie machst du *das*?«

Noel ging nicht auf ihre Fassungslosigkeit ein und trat zur Tür. »Nicht hier«, sagte er lediglich kurz angebunden, »später.«

Im Vorraum der Praxis stand der Arzt am Tresen seiner Arzthelferin. Zwei Minuten später waren Lizzy und Noel wieder in der Gasse in der Nähe der Praxis. Lizzy konnte immer noch nicht fassen, wie schnell und leicht das alles gegangen war.

»Ich bringe dich zurück zur Wohnung und das hier«, Noel wedelte mit dem Attest, »gleich zur Uni. Dann haben wir Ruhe.«

Lizzy ließ sich von ihm zurückbringen, doch bevor er wieder verschwinden konnte, stellte sie ihn zur Rede. »Jetzt ist später. Wie hast du das angestellt?«

Noel seufzte. »Ich habe sie manipuliert.«

»Du hast sie manipuliert ...«, wiederholte sie langsam.

»Der menschliche Geist ist leicht zu beeinflussen und in die gewisse Richtung zu lenken«, erwiderte er achselzuckend.

Lizzy überlegte kurz. »Hast du das mit mir auch schon mal gemacht?«

Er antwortete nicht und sah sie auch nicht an. »Noel?«, fragte sie fordernd und fragte sich, was sie alles glauben konnte und was Noel ihr womöglich nur vorgegaukelt hatte.

»Zweimal. Bevor du dich jetzt jedoch aufregst, lass dir gesagt sein: Es hat nicht funktioniert.«

»Wie das?«

»Keine Ahnung, ist mir bisher nicht untergekommen. Vielleicht bist du zu intelligent dazu oder besonders willensstark.«

»Wann?«

»Wann, was?«

»Wann hast du versucht, meine Gedanken zu manipulieren?«

»Nachdem Tavia und ich Amaia gerettet haben. Du solltest vergessen, was geschehen ist. Zwar bist du eingeschlafen, aber die Erinnerung blieb.«

Und als du am nächsten Tag zu mir kamst, um mich auszuquetschen, wollte ich dich davon abbringen. Es hat nicht die geringste Wirkung gezeigt.« Er sprach aufrichtig.

Sie hatte während seiner Erklärung trotzig die Arme verschränkt. »Wahrscheinlich sollte ich jetzt sauer auf dich sein.«

Noel schmunzelte. »Oder wir überspringen diesen Teil, indem du dir in Erinnerung rufst, was ich seitdem alles für dich getan habe und wie sehr du mich dafür schätzt, dass ich jetzt zur Uni für dich aufbreche. Und sobald ich zurück bin, ruhen wir uns aus.«

Verdammt, Lizzy konnte ihm wirklich nicht lange böse sein, wenn er es so sagte und sie dabei mit funkelnden Augen ansah. Vielleicht manipulierte er sie gerade? »Hast du es seitdem wieder versucht?«

»Nein und das habe ich auch nicht vor. Bei Freunden mache ich so was nicht, nur bei Fremden.«

Sie ließ ihn noch zappeln, bevor sie sagte: »Na schön, dann verzeihe ich dir.«

Mit zufriedenem Grinsen löste Noel sich wortlos in Luft auf. Lizzy ging in die Küche. Sie brauchte definitiv noch eine Tasse Cappuccino.

Noel landete in der gewohnten Damentoilette. Das war einfacher, als sich einen neuen Punkt auf dem Unigelände zu suchen. Bevor er sich aus der Kabine wagte, atmete er tief ein. Ein beißender, süßer Geruch stieg ihm in die Nase, doch war er zu schwach, um frisch zu sein. Es musste die alte Fährte des Aswangs sein, der sie angegriffen hatte. Noel war allein. So früh schienen noch nicht so viele Studenten hier zu sein.

Eilig schlüpfte er auf den Gang und machte sich auf den Weg zum Sekretariat, in das Lizzy ihn vor ein paar Tagen bei ihrem ersten Rundgang geführt hatte. Die Frau dort konnte hoffentlich alles Nötige veranlassen. Noel wollte nur wieder zurück ins Bett.

Das viele Teleportieren zehrte an seinen ohnehin geschwächten Kräften und Nerven. Auf seinem Weg hielt er die Augen offen und vertraute auf seinen Geruchssinn. Es war kein Aswang in der Nähe und er kam unbehelligt zum Sekretariat. Dort klopfte er an und wurde prompt hereingebeten.

»Guten Morgen. Was kann ich für Sie tun?«, fragte die Frau hinter dem Tresen freundlich.

Noel erwiderte die Begrüßung und schob ihr die Bescheinigung hin. »Ich wollte die Krankmeldung einer Freundin vorbeibringen.«

Die Sekretärin nahm das Blatt Papier entgegen und studierte es. »Und das kurz vor den Prüfungen«, seufzte sie.

Er verzog das Gesicht. »Lizzy fühlt sich schrecklich deswegen. Der Arzt sagte, da sei nichts zu machen, solange sie ansteckend ist.«

Die Frau nickte verständnisvoll. »Sie soll es nicht so

schwernehmen. Sobald sie gesund ist, holt sie die Prüfungen nach.«

»Genau das habe ich ihr auch gesagt.« Noel verspürte einen gewissen Triumph bei den Worten der Sekretärin. Lizzys Welt würde nicht zusammenbrechen, auch wenn sie das zu glauben schien. »Wären Sie bitte so freundlich, ihre Professoren zu informieren?«

»Das ist nicht meine Aufgabe ...«

Noel unterdrückte den Protest mit ein wenig magischer Überzeugungskraft. »Sie täten mir einen großen Gefallen«, säuselte er.

Es erzielte die gewünschte Wirkung, die Sekretärin erhob sich und lächelte eifrig. »Natürlich, ich werde mich gleich darum kümmern.«

Er wartete, bis sie um ihn herumgegangen war und aus dem Zimmer schlüpfte. Kaum war er allein, konzentrierte er sich auf seine Küche. Es war höchste Zeit, sich noch etwas auszuruhen.

Lizzy war noch immer müde. Sie konnte sich kaum vorstellen, wie es Noel erst gehen musste. War es anstrengend, sich durch die Gegend zu teleportieren? Sie hatte nie gefragt, hatte sich nicht getraut. Unruhig tigerte sie durch die Küche und ersehnte Noels Rückkehr. Direkt vor ihrer Nase flimmerte die Luft und sie blieb abrupt stehen. Noel erschien und fast wäre sie in ihn hineingelaufen, hätte sie es nicht gerade noch geschafft, sich zu bremsen.

Überrascht weiteten sich seine Augen, noch während er im Begriff war, sich zu materialisieren, und trat eilig einen Schritt von ihr zurück. »Das war knapp«, murmelte er.

»In der Tat«, bestätigte Lizzy, als sie ihren Schreck überwunden hatte. Gewiss konnte Noel es heute noch viel weniger als ohnehin schon gebrauchen, dass ihre Berührung ihm wehtat.

Aufmerksam sah sie ihn an. Er wirkte erschöpfter als noch beim Frühstück. Sein Haar war zerzaust und er hatte dunkle Schatten unter den Augen. »Es ist alles geklärt. Die Sekretärin informiert deine Professoren und du bist offiziell entschuldigt.«

Lizzy fiel ein Stein vom Herzen. Sie hatte trotz Noels bewiesener Überzeugungskraft nicht so recht glauben wollen, dass die Täuschung funktionieren konnte. »Ich weiß gar nicht, wie ich dir danken soll.«

Noel winkte ab. »Schon gut, solange du mich für den restlichen Tag entschuldigst. Ich bin am Ende.«

»Klar, ich bin auch müde«, sagte Lizzy und ging mit ihm zusammen in den Flur. Vor ihrer Zimmertür zögerte sie.

Noel hatte die Klinke schon heruntergedrückt und ging gerade in sein Schlafzimmer, als er es bemerkte. »Hast du etwas?«

»Nein ... Vielleicht. Es ist schwer in Worte zu fassen«, erwiderte sie ausweichend.

»Versuch es«, sagte Noel überraschend aufmunternd.

»Wie soll ich sagen ...? Es ist so viel passiert. Der Überfall, deine Verletzung und ich kann nicht mehr zur Uni. Ich bin immer noch total müde, doch mir schwirrt der Kopf.« Lizzy hielt inne und biss sich nachdenklich auf die Unterlippe. »Ich will dir nicht auf die Nerven gehen, nur wie sagt man so schön? Zusammen ist man weniger allein.«

Noel überlegte eine Weile und musterte sie abschätzend. »Ich muss wirklich schlafen und kann mich nicht mit dir unterhalten.« Sie ließ bereits den Kopf hängen, obwohl er noch etwas zu sagen hatte. »Aus naheliegenden Gründen sollten wir nicht das Bett teilen. Wenn du möchtest, kannst du es dir in meinem Kissen bequem machen.«

Ihre Miene hellte sich schlagartig auf. »Wir müssen gar nicht reden. Ich werde dich nicht stören, versprochen. Ich sollte selbst schlafen.«

»Okay.« Noel drückte die Tür weiter auf und machte eine einladende Geste.

Ein wenig schüchtern ging Lizzy an ihm vorbei und steuerte das riesige Kissen in der Ecke an. Sie lümmelte sich hinein und machte es sich bequem. Noel zog sich Jeans und Hemd aus und ließ sich nur noch mit Boxershorts bekleidet auf die Bettkante sinken. Lizzy zwang sich, ihn nicht zu begaffen und schaute stur in sein Gesicht. »Schlaf gut«, sagte sie leise.

Ihr fiel ein, dass Herr Hopps natürlich in ihrem Bett lag. Da sie sich nicht an Noel kuscheln konnte, hätte sie den Hasen gern zum Trost bei sich gehabt. Noel bemerkte ihre veränderte Stimmung. »Was stimmt nicht?«

Sehnsüchtig schaute sie zur Tür. Je länger sie saß, desto schwerer wurden ihre Beine. Inzwischen hatte das Adrenalin nachgelassen und die Erschöpfung war dabei, auch sie zu übermannen. »Es ist nicht wichtig.« Ihr Bedürfnis nach einem zerrupften Plüschtier war ihr vor einem gut aussehenden Mann wie Noel peinlich. Selbst wenn sie sich allmählich besser verstanden und aneinander gewöhnt hatten.

»Doch, ist es, sonst würdest du nicht so gucken.«

Lizzy schluckte. Sie konnte es ihm nicht sagen. Noel folgte stirnrunzelnd ihrem Blick und seufzte, bevor er sich noch mal hochstemmte. »Ich glaube, ich weiß es.« Mit schlurfenden Schritten ging er aus seinem Zimmer und verschwand hinter ihrer Tür. Er kam gleich zurück und hatte tatsächlich Herrn Hopps in der Hand. Vorsichtig reichte er Lizzy den Hasen, sobald er vor ihr stand. Schüchtern nahm sie ihn entgegen und schmiegte sich an ihn. Dann sah sie verlegen zu ihm auf. »Woher wusstest du …?« Sie konnte die Frage nicht beenden.

»Du kannst besser schlafen, wenn er bei dir ist. Hast du selbst gesagt.« Noel sagte es völlig wertfrei, als wäre es nicht peinlich für eine Erwachsene, wenn sie noch an ihrem Schnuffelhasen hing, daher erlaubte Lizzy sich etwas mehr Gelassenheit und entspannte sich.

»Danke«, sagte sie aufrichtig. »Jetzt will ich dich nicht weiter vom Schlafen abhalten.«

Noel kroch unter seine Decke und lächelte sie müde an. »Ruh dich auch aus.« Wenige Augenblicke später war er schon eingeschlafen. Dieses Mal machte sich Lizzy darüber keine Sorgen. Stattdessen schmuste sie mit Herrn Hopps und schloss die Augen. Auch sie schlief umgehend ein. Erst nachmittags sollten beide wieder erwachen.

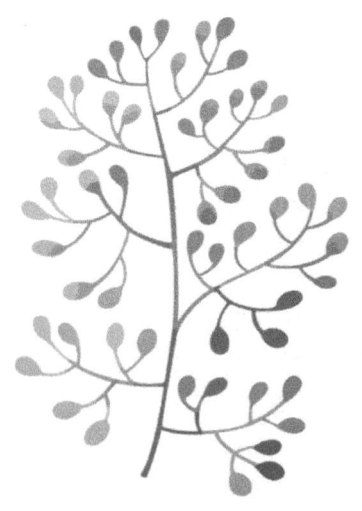

Kapitel 14

Nicht mehr lange und die Decke fiele ihr auf den Kopf! Ganz sicher! Lizzy fühlte sich eingesperrt wie ein Tier im Zirkus und konnte kaum noch still sitzenbleiben. Unruhig lief sie durch den Flur. Dabei war es erst Mittwoch. Bisher waren es gerade mal zwei Tage. Trotzdem stand sie kurz vorm Lagerkoller.

Noel hatte ein paar gute Bücher, lernen müsste sie auch – schließlich waren ihre Prüfungen nur aufgeschoben –, aber sie konnte sich auf nichts konzentrieren. Noel schlief noch. Obwohl er nicht die halbe Nacht arbeitete, entpuppte er sich als Langschläfer. Wobei das auch immer noch Nachwirkungen seiner Verletzung sein konnten. Er hatte nichts gesagt, aber Lizzy entging nicht, wie er gelegentlich zusammenzuckte oder das Gesicht verzog und das, obwohl sie ihn nicht berührt hatte. Sie hatte ein schlechtes Gewissen, weil er ihretwegen noch mehr Schmerzen erleiden musste.

Aus Mangel an Alternativen machte Lizzy es sich vorm Fernseher bequem. Dort hielt sie es kaum eine halbe Stunde aus und schaltete den Kasten wieder ab. Stattdessen gab sie sich der hypnotischen Wirkung von Noels Aquarium hin. Das sanfte Dahingleiten der bunten Fische beruhigte sie ein wenig und besänftigte ihr aufgewühltes Gemüt.

Es läutete und Lizzy schreckte hoch. Sie sah sich verwirrt

nach dem Geräusch um. Da ertönte es schon wieder. Es war die Türklingel. Lizzy hatte sie bisher erst einmal gehört und fragte sich, wer das wohl sein konnte. Als sie an ihrem ersten Tag zum Einkaufen draußen gewesen war, hatte sie das Fehlen eines Namenschildes bemerkt.

Sowohl an der Klingel als auch am Briefkasten war nur die Nummer der Wohnung vermerkt. Noel hatte auf spontane Besucher offensichtlich keine Lust.

Auf Zehenspitzen schlich sie zum Fenster. Von dort konnte sie auf die Straße blicken. Unten parkte neben anderen Autos ein großes gelbes Postauto. Vielleicht bekam Noel ein Paket? Trotzdem wusste sie nicht, ob sie die Tür öffnen durfte. Der Schreck ihrer letzten Begegnung mit einem Aswang saß ihr noch tief in den Knochen. Lizzy schlüpfte in den Flur.

Das Klingeln musste ihn doch inzwischen geweckt haben ... Fehlanzeige – kein Noel in Sicht. Da es schon wieder klingelte, beschloss Lizzy, ihn zu wecken. Vielleicht war es wichtig.

»Noel, bist du schon wach?«, rief sie und klopfte an seiner Schlafzimmertür. Lizzy wartete und lauschte, wobei sie keine Lebenszeichen von innen ausmachen konnte. Sie versuchte es erneut, dieses Mal lauter: »Noel!«

Als immer noch nichts zu hören war, seufzte Lizzy und drückte die Türklinke hinunter. »Ich komme jetzt rein und hoffe, du hast etwas an«, sagte sie scherzhaft.

Durch die Schlitze der Jalousie drang genug Tageslicht herein und sie vermied es, die Deckenbeleuchtung anzuknipsen. Noel lag bäuchlings in seinem zerwühlten Bett und hatte sie offenbar noch nicht bemerkt.

Er schlief unruhig und murmelte vor sich hin. Lizzy trat näher an ihn heran und nutzte die seltene Gelegenheit, ihn eingehend betrachten zu können. Selbst seine langen Wimpern schimmerten an den Spitzen silbern. Lizzy erinnerte sich an den Grund ihres Eindringens und sagte: »Du musst aufwachen. Da ist jemand an der Tür.«

Er wurde immer noch nicht wach. Ihn an der Schulter zu rütteln kam nicht infrage, das wäre viel zu brutal. Behutsam pustete sie ihm ins Gesicht. Erst tat sich nichts, doch dann flatterten Noels Augenlider und er wedelte mit der Hand, wie um eine lästige Fliege zu verscheuchen. Auf einen Schlag wurde ihr eiskalt. Ihr Körper kribbelte und wurde steif. Lizzy geriet in Panik und schrie. Jetzt wurde auch ihr Inneres ganz kalt. Sie atmete Eis! Sie spürte, wie ihre Beine unter ihr nachgaben, und sah schwarze Schatten vor ihren Augen tanzen.

Durch den Schrei fuhr Noel aus dem Schlaf hoch. Er hatte irgendetwas Seltsames geträumt und bekam es nicht mehr zu fassen. Hastig schüttelte er den Rest seiner Benommenheit ab und suchte Lizzy. Sie rutschte gerade an der Wand zu seiner Linken zu Boden. Ihr Gesicht war vor Schreck erstarrt und ihre Haut unnatürlich blass. Eiskristalle glitzerten in der Luft und Noel befürchtete das Schlimmste.

»Verdammt!« Er schlug die Bettdecke beiseite und stürzte ihr entgegen.

Jetzt begann sie wie verrückt zu zittern. Ihre Lippen bebten und sie brachte nur unverständliche Laute hervor. Ein Glück! Er hatte sie nicht völlig eingefroren.

»Es tut mir so leid!«, stieß Noel verzweifelt hervor und überlegte, was er jetzt tun sollte.

Nur nebenbei bemerkte er, dass es an der Tür klingelte. Jetzt hatte er andere Sorgen. Er hob Lizzy auf seine Arme und stürmte mit ihr ins Badezimmer. Er war so schnell, das Versprechen hatte gar keine Zeit, aktiv zu werden. Zusammen mit ihr stieg er in die Dusche und drehte das warme Wasser auf. Schnell regelte er die Temperatur etwas zurück, um sie nicht auch noch zu verbrühen oder ihren Kreislauf zur Totalaufgabe zu bringen, weil er es mit dem Auftauen übertrieb. Vorsichtig setzte er Lizzy ab und hielt sie aufrecht. So lief das Wasser über ihren kompletten Körper und konnte sein Werk verrichten.

Noel war in Panik. Bei Gaia, er durfte sie nicht aus Versehen verletzt haben! Ganz langsam ließ das Schütteln von Lizzys Körper nach und ihre schreckgeweiteten Augen beruhigten sich ebenfalls. Er rief die Kraft des Feuers zu sich und ließ es ihn selbst von innen erhitzen. Fest schloss er sie in seine Arme, um sie auch mit seinem Körper wieder zu erwärmen.

In seinem Unterbewusstsein rührte sich das Versprechen und erinnerte ihn zunächst mit einem leichten Pochen an seinen Schwur. Energisch wies Noel es von sich. Er wollte sie nun wirklich nicht verführen, sondern retten – das Unheil, das er angerichtet hatte, wieder in Ordnung bringen.

»Das wollte ich nicht. Bitte verzeih mir«, flüsterte Noel an ihrem Ohr.

Die steife Spannung wich allmählich aus ihrem Körper und sie sank erschöpft gegen Noels nackte Brust. Zuckend rührten sich auch ihre Arme und legten sich um seine Hüfte. »Du bist so warm«, nuschelte Lizzy kaum verständlich und schmiegte sich fester an ihn.

Das Wasser rauschte auf sie nieder und hüllte beide in eine angenehme Dampfwolke. Dass Noel ebenfalls klatschnass wurde, störte ihn nicht im Geringsten. Das Leben kehrte endgültig in Lizzy zurück und sie hörte auf zu zittern.

»So warm«, hauchte sie noch einmal benommen. Dieses Mal schon deutlicher. Ihre Hände fuhren über seinen Rücken. Lizzys Finger waren nicht mehr kalt, sondern angenehm auf seiner Haut.

Noel wollte sie beschützen und nichts anderes, beschwor er sich und es gelang ihm ein weiteres Mal, den Schmerz in den Hintergrund zu drängen. Dennoch war er sich ihres dünnen Nachthemdes, das sie lediglich trug, nur zu bewusst. Und verdammt noch mal, das Ding war kurz. Eilig versuchte er an etwas anderes als die glatte, nasse Seide unter seinen Fingern zu denken, die sich so leicht hätte wegschieben lassen.

Lizzy zuckte zurück, wobei sie ihren Griff jedoch nicht vollständig löste. Sie schien ihn nicht loslassen zu wollen, bis er sie von selbst von sich stieß. Mit großen Augen sah sie zu ihm auf. »Was ist passiert?«

Noel überlegte, wie er es ihr erklären konnte. Das Wasser rann über ihr Gesicht, bildete Tropfen in ihren langen

Wimpern und perlte von ihren leicht geöffneten Lippen. Ihre Wangen waren wieder gesund gerötet. Zum Teufel mit der Erklärung! Dafür war später auch noch Zeit. Einem Impuls folgend beugte er sich vor und überwand die letzte Distanz zwischen ihnen.

Augenblicklich ergab sich Lizzy seinen fordernden Lippen und hieß ihn seufzend willkommen. Noel drängte sie an die Wand. Seine Hände wanderten über das Hemd bis zu ihren nackten Schenkeln. Er wollte sie inzwischen so sehr, dass es schmerzte – und zwar nicht in seinem Kopf.

Stürmisch hob er sie hoch und Lizzy umschlang seine Hüfte mit ihren Beinen. Sie griff ihm fest ins Haar und presste sich an ihn. Sie wollte das hier ebenso sehr wie Noel selbst.

Doch das Versprechen ließ sich nicht länger austricksen. So quälend wie noch nie zuvor fuhr es dazwischen. Er stöhnte auf vor Schmerz, nicht vor Verlangen, und unterbrach den Kuss. Er musste Abstand zwischen sie beide bringen. Jetzt!

»Hör auf!«, flehte Noel keuchend und schob Lizzy von sich.

Ihr Blick wandelte sich von Verwirrung zu Entsetzen, als sie begriff, was geschah und wie es dazu gekommen war. Eilig ließ sie ihn los und landete auf ihren wackeligen Füßen. Das Versprechen war unnachgiebig durch diesen Regelverstoß und dabei, Noel in die Knie zu zwingen.

Wacker hielt er stand und taumelte aus der Dusche. Er musste schleunigst weg von dieser verbotenen Frucht. Im Flur stieß er gegen die Kommode und irgendetwas fiel klirrend zu Boden.

Noel kümmerte sich nicht darum und versuchte verzweifelt, in sein Schlafzimmer zu gelangen. Er erreichte die rettende Tür, verschwand dahinter und schloss ab. Dann sank er erschöpft zu Boden und der Schmerz gewann die Oberhand.

Lizzy blieb schwer atmend in der Dusche zurück. Ihre Beine waren wackelig und sie ließ sich zu Boden gleiten. Das Wasser prasselte – von den Geschehnissen gänzlich unbeeindruckt – weiterhin auf sie herab. An die Wand gelehnt wollte sie begreifen, was gerade geschehen war.

Es hatte geklingelt. Lizzy wusste nicht, ob sie aufmachen durfte, und wollte Noel fragen. Er schlief noch und sie hatte ihn wecken wollen. Es war eisig kalt geworden, danach war alles verschwommen. Dann wurde es wieder warm und erst spät hatte sie begriffen, dass Noel sie in den Armen hielt. Es ging so schnell, dass ihr der Kopf schwirrte. Er hatte dem Verlangen nachgegeben und sich regelrecht auf sie gestürzt. In freudiger Erwartung, dass sich ihre eigenen Begierden erfüllten, hatte Lizzy ihn an sich gezogen. Es war herrlich. Bis *es* schon wieder passiert war.

So schlimm hatte Noel noch nie ausgesehen, wenn der Schmerz ihn traf. Lizzy bekam Gewissensbisse. Sie hätte ihn von sich weisen sollen, damit es nicht so weit kam. Es hatte sich zu gut angefühlt.

Sie rappelte sich auf, drehte das Wasser ab und trat aus der Dusche. Sie wusste, sie sollte Noel in Ruhe lassen, bis er sich beruhigt hatte.

Sie konnte es nicht.

Es musste doch etwas geben, was sie gegen sein Leiden tun konnte. Wenn er ihr verriet, woran es lag, konnten sie zusammen womöglich eine Lösung finden. Denn sie *wollte*, dass Noel sie berühren konnte, mehr als je zuvor.

Wahrscheinlich verschanzte er sich in seinem Zimmer. Lizzy griff sich ein Handtuch und folgte den nassen Spuren. Sie sollte recht behalten. Die Tür war geschlossen, also klopfte sie sacht an. »Noel? Geht es wieder?«

Die Antwort ließ eine Weile auf sich warten und Lizzy begann sich Sorgen zu machen, ob überhaupt noch eine käme.

»Bitte geh weg«, jammerte er keuchend. Die Attacke war wohl noch nicht vorüber, denn er fügte hinzu: »Und bei Gaia, zieh dir etwas an, einen Kartoffelsack oder vielleicht ein Spongebob-Kostüm.«

»Ich werde nicht geh...«

»Verschwinde!«

Lizzy nahm ihren Mut zusammen und blieb, wo sie war. Noel benahm sich wie ein verletztes Tier, das in die Enge getrieben worden war. Sie nahm es nicht persönlich, dass er um sich biss. Mittlerweile verstand sie, dass er dabei keine böse Absicht hegte, sondern litt und sich nicht anders zu helfen wusste.

Noels Stimme kam von unten, er lehnte vermutlich an der Tür. Lizzy kniete sich auf den Boden. Sie wollte mit ihm auf gleicher Höhe sprechen.

»Wir müssen dafür doch eine Lösung finden können«, beharrte sie.

Selbst durch die Tür hörte sie Noels angespanntes Luftausstoßen. »Du kannst nichts dagegen tun und ich auch nicht.«

»Jemand anderes könnte es?«

Er blieb still. Es war bestimmt schon eine Minute vergangen, als er wieder sprach. »Ja«, antwortete er schließlich.

»Wer?«

Wieder zögerte Noel. »Amaia, bloß schläft sie noch.«

Lizzy stutzte. Was hatte ihre Freundin damit zu tun? »Wenn Amaia wach wäre, könnte sie dafür sorgen, dass du mich berühren kannst, ohne dabei Schmerzen zu haben?«, versicherte sie sich.

»Ja, nur sie selbst kann mich wieder entbinden.« Seine Worte klangen abgehackt.

Wie lange sollte diese Attacke denn noch dauern? Ob ihre Nähe es verschlimmerte? »Wovon entbinden?«

»Dem Versprechen.«

»Was hast du ihr versprochen?«, fragte Lizzy sanft.

»Die Finger von dir zu lassen.«

»Warum denn das?«

»Am ersten Abend in der Bar wollte ich, dass sie mir versprechen, niemandem zu erzählen, mich in der Stadt gesehen zu haben. Tavia tat es ohne Widerrede. Amaia forderte im Gegenzug auch ein Versprechen von mir.«

»Und wenn du dem zuwiderhandelst, bekommst du diese Schmerzen«, stellte sie fest.

»Ja, wir sind äußerst sparsam mit den Versprechungen, die wir machen, weil wir uns verpflichtend daran binden.

Es ist nicht so wie bei euch, dass einen nur die eigene Moral davon abhält, es zu brechen. Falls das Gewissen einen überhaupt daran hindern möchte und es einem nicht ohnehin schon gleichgültig ist.«

Lizzy kam eine Idee. Bevor sie diese Noel vorschlagen wollte, musste sie wissen, weshalb ihre Freundin das getan hatte. »Warum hat Amaia darauf beharrt?«

»Sie befürchtete, ich könnte dir das Herz brechen«, schnaubte er.

»So schnell verschenke ich es nicht. Das hätte sie meine Sorge sein lassen sollen.«

»Sag ihr das, wenn du sie das nächste Mal siehst.«

Lizzy erinnerte sich an besagten Abend. Sie hatten ausgemacht, dass sie als Erste ihr Glück bei dem neuen Barkeeper versuchen durfte. Dieser hatte sich als Noel entpuppt und Tavia und Amaia waren ganz komisch gewesen und gemeinsam mit ihm verschwunden. Als sie zurückkamen, riet Amaia ihr, ebenfalls die Finger von ihm zu lassen. Wie hatte sie sich ausgedrückt?

Er spielt nur mit dir und hat es noch nie mit einer ernst gemeint, hatte sie gesagt.

Er sei dazu gar nicht in der Lage. Tavia war auch der Meinung gewesen, Noel sei nichts für Lizzy.

»Hat dieses Versprechen damit zu tun, dass Amaia meinte, du würdest nur mit mir spielen, weil du es erst gar nicht ernst mit mir meinen könntest?«

»Möglich«, antwortete er zögernd. »Du musst verstehen, unsere Art ist sehr ... leidenschaftlich. Dabei jedoch nur in den seltensten Fällen monogam.«

»Du willst sagen: triebgesteuert.«

Noel seufzte. »Wenn du es denn unbedingt negativ ausdrücken möchtest … Dann ja, meinetwegen triebgesteuert. Wir leben im Moment, sind vergnügungssüchtig und genießen, was uns geboten wird, wenn wir es können.«

Lizzy hätte diese Einstellung wohl verurteilen sollen, wenn man bedachte, wer sie die ersten Jahre ihres Lebens erzogen hatte. Im Grunde genommen hatte sie es mit den Männern in ihrem Leben ganz ähnlich gehalten und hatte sich dabei nicht reinreden lassen wollen.

»Könntest du mir auch ein Versprechen geben?«, fragte sie schließlich.

Noel stutzte. »Bisher bin ich nicht in die Verlegenheit gekommen, mich von einem Menschen dazu bringen zu lassen.«

»Würde diese Magie, oder was immer es ist, trotzdem funktionieren?«

»Ich weiß es nicht. Man müsste es ausprobieren.«

»Und wenn es einem Versprechen widerspräche, das du bereits gegeben hast, welches würde da gewinnen – sich durchsetzen?«

»Auch das habe ich noch nie versucht«, erwiderte Noel.

»Dann versprich mir, dass du mich berühren kannst, wenn ich es möchte.« Lizzy dachte über die Formulierung nach. Da solch ein Zwang für ihn dahinterstand, war jedes Wort von großer Bedeutung. In dieser Version ging es nur um ihre Meinung. Wenn Noel nicht wollte, aber sie schon, musste er es dann tun? »Warte, das ist zu schwammig«, stellte Lizzy eilig fest. »Wie wäre das: Versprich mir, mich berühren zu können, wenn wir es beide möchten, ganz egal, was du sonst versprochen hast?«

Sie ließ ihm die nötige Zeit, um über ihren Vorschlag nachzudenken.

Noel räusperte sich und begann stockend: »Lizzy, ich verspreche dir, dich berühren zu können, sollten wir beide dies wollen, unabhängig davon, was ich Amaia versprochen habe.«

Kurz hatte sie gezweifelt, ob er darauf einginge. Dass er es getan hatte, machte Lizzy das Herz leichter. Sie biss sich zögernd auf die Unterlippe. Es fühlte sich komisch an, das zu sagen. Es half nichts und musste sein. »Noel, ich möchte, dass du mich berührst.«

»Kannst du das noch einmal sagen?«, bat er erstaunt.

»Bitte berühre mich«, forderte sie eindringlicher. Lizzy hörte, wie er aufstand, und erhob sich ebenfalls vom Boden.

Das Schloss knackte und vorsichtig spähte Noel durch den Türspalt. »Noch einmal«, verlangte er.

»Berühre mich.«

Mit Erstaunen im Blick öffnete er die Tür ganz. Er trug lediglich enge schwarze Boxershorts, die nicht viel der Fantasie überließen. Der feuchte Stoff klebte an seinem muskulösen Körper und Lizzy spürte die Wärme in sich aufsteigen. Langsam streckte er die Hand nach ihr aus. Mit den Fingerspitzen strich er kaum merklich über ihren Handrücken. Schon etwas forscher ließ er seine Finger über ihren Arm gleiten, zur Schulter und bis zum Hals. Wohlige Schauer fuhren ihr über die Haut. Sie hatte sich nach Noels Berührung gesehnt.

»Und?«, fragte Lizzy gespannt.

»Der Schmerz ist weg. Als du mich gebeten hast, dich zu berühren, ist er verschwunden«, antwortete er fasziniert.

Noel umfasste ihr Gesicht. Mit dem Daumen strich er über ihre Lippen und sie erschauderte. »Möchtest du, dass ich dich küsse?« Seine tiefe Stimme war rauer als gewohnt und brachte in ihr eine Saite zum Klingen, die sie bislang nicht kannte.

»Ja.«

Behutsam umfasste Noel ihren Nacken und senkte seine Lippen auf ihren Mund. Er küsste sie zunächst zärtlich, als wolle er sich nun mehr Zeit lassen. Oder sich langsam vorantasten, um festzustellen, wie zuverlässig dieses neue Versprechen war. Er umschlang ihre Taille und zog Lizzy gierig an sich. Seine Zunge öffnete ihre Lippen und von der anfänglichen Zurückhaltung war nicht mehr viel zu spüren.

Bereitwillig ließ sie sich von ihm in sein Schlafzimmer ziehen. Das Handtuch fiel herunter und blieb unbeachtet im Flur liegen. Mit dem Fuß stieß Noel die Tür zu und lehnte sie gegen das Holz. Seine weichen, warmen Lippen brachten sie fast um den Verstand. Er war ein wirklich guter Küsser. Noel strich mit den Lippen ihre Wange entlang und er knabberte spielerisch an ihrem Ohrläppchen.

»Möchtest du, dass ich deinen Hals küsse?«, fragte er flüsternd.

»Ja«, brachte Lizzy seufzend hervor.

Es hatte etwas Aufregendes an sich, dass er sie um Erlaubnis bitten musste. Sie vergrub ihre Hände in seinen feuchten Haaren und bog sich ihm willig entgegen. Noels Küsse hinterließen eine heiße Spur auf ihrer Haut. Er zog den dünnen Träger ihres Nachthemds beiseite und Küsse folgten seinen Fingern.

Mit der Hand fuhr er ihren Körper entlang, mit einem schnellen Griff in ihre Kniekehle zog er sie fast von den Füßen und sorgte so dafür, dass Lizzy sich noch enger an ihn schmiegte. Überrascht keuchte sie auf und war froh über die Tür in ihrem Rücken, die sie stützte.

Noels Lippen erreichten ihr Dekolleté und Lizzy verging fast vor Wonne. Durch den dünnen Stoff seiner Shorts konnte sie spüren, wie sehr er sie wollte und es ging ihr nicht anders. Ob im Stehen an der Tür, in seinem Bett oder sogar auf dem Fußboden, es war ihr gleich. Alles in ihrem Körper schrie nach ihm und wollte sich mit ihm vereinen.

Noel lockerte den Griff und löste die Verbindung, die seine Lippen mit ihrer Haut eingegangen waren. Lizzy öffnete die Augen und wollte schon protestieren. Sie verschluckte sich an den Worten auf ihren Lippen, als sie seinen eindringlichen Blick bemerkte. Innerlich machte sie sich darauf gefasst, ihn sofort von sich zu stoßen, sollte ihr Versprechen gegen das von Amaia verlieren und Noel sich erneut quälen.

»Hast du wieder Schmerzen?«, fragte sie.

»Ein wenig«, gestand er mit beherrschter Stimme.

Lizzy bemerkte den angespannten Klang – ein wenig schien ihr untertrieben. Sie zog ihre Hände, die sie in seinem Nacken verschlungen hatte, vorsichtig zurück, wobei sie das sehnsüchtige Seufzen unterdrückte. »Es ist wohl doch nicht so leicht, wie ich mir das vorgestellt hatte.«

Noch machte Noel keine Anstalten, sich von ihr zurückzuziehen. »Es ist erträglich und bislang nur ein vergleichsweise schwaches Pochen. Doch ich weiß nicht, wie weit wir es herausfordern können, bevor es sich in den Vordergrund drängt. Für heute verkrafte ich keine weitere Migräne.« In seinem Blick lag tiefes Bedauern.

Ihr ging es ebenso, doch noch weniger als aufhören wollte sie, dass Noel ihretwegen litt. »Vermutlich sollten wir das Glück für einen Tag nicht zu sehr überstrapazieren.«

Er ließ ihr Bein los, doch die Hand an ihrer Taille blieb, wo sie war. Flüchtig küsste er sie noch einmal auf die Lippen. »Es tut mir leid, dass ich das hier so grob unterbrechen muss«, sagte er aufrichtig.

Lizzy wollte sich nicht schon wieder vollständig von ihm fernhalten müssen. »Vielleicht können wir dich gegen meine Berührung etwas desensibilisieren, bis Amaia wieder aufwacht und ich ihr den Kopf waschen kann.«

Noel schmunzelte und hielt sie auch weiterhin fest. »Was schwebt dir da vor?«

»Das hier: Haut auf Haut. Nur ohne Berührung prekärer Stellen.«

»Du meinst kuscheln?«

»Ja, wahrscheinlich meine ich das.« Sie hatte bislang nicht viel davon gehalten, aber im Moment wollte sie nicht, dass er von ihrer Seite wich. Selbst wenn es in nächster Zeit nicht zu tiefergehenden Experimenten zwischen ihnen kam.

»Versuchen wir es«, erwiderte Noel, während er einen Schritt zurücktrat. »Sofa oder Bett?«, fragte er mit hochgezogenen Augenbrauen.

»Bett!«, antwortete Lizzy prompt. »Das heißt, wenn du das verantworten kannst.«

»Ich denke, das geht. Zur Not schiebe ich dich auf die andere Seite oder verstecke mich darunter.«

Lizzy war zufrieden. Sie zog an dem nassen Nachthemd, das auf ihrer Haut klebte, und verzog das Gesicht. »Ich ziehe mir etwas anderes an. Ich will deine Matratze nicht ruinieren. Außerdem wird mir wieder kalt in dem feuchten Ding.«

Noel ging zu seinem Kleiderschrank und wühlte darin herum. Ob er nach einem Kartoffelsack für sie suchte oder vielleicht nach Spongebob? Schließlich hielt er ihr ein langärmliges weißes Hemd hin. »Nimm das«, forderte er.

Lizzy war verblüfft von dieser Geste. Dies war eine Stufe der Vertrautheit, die es bisher zwischen ihnen nicht gegeben hatte, auch wenn sie gerade noch übereinander hergefallen waren.

»Ich kann mir doch auch schnell etwas von mir holen«, sagte sie unsicher.

»Ich will nicht, dass du jetzt gehst.«

»Es dauert nur eine Minute. Ich wäre nur eine Tür weiter.«

»Egal. Das ist mir zu weit«, beharrte Noel.

Lizzy ging zu ihm und nahm sein Hemd entgegen. Er sah zufrieden aus. Er drehte sich um und suchte nach trockener Wäsche für sich selbst. Er drehte sich nicht wieder um. Offenbar wollte er nicht spannen, solange sie sich umzog. Sie wandte sich ebenfalls ab. Wahrscheinlich hatte er recht und sie sollten sich das für später aufheben.

Lizzy entledigte sich ihres Nachthemdes und schlüpfte in Noels Hemd. Die Ärmel waren zu lang und sie musste sie ein paar Mal umkrempeln, damit es passte. Obwohl es frisch gewaschen war, konnte sie es sich nicht verkneifen, an dem Stoff zu schnuppern. Ganz schwach konnte sie

Noels Geruch darin wahrnehmen. Es fühlte sich gut an, seine Kleidung zu tragen.

Über sich selbst erstaunt, hielt Lizzy inne. Sie benahm sich wie ein schwärmender Teenie. Selbst als sie einer gewesen war, hatte sie von diesem Verknalltes-Mädchen-Verhalten ihrer Mitschülerinnen nichts gehalten.

Eilig knöpfte sie das Hemd zu. Dabei beschloss sie, die oberen drei Knöpfe aufzulassen. Sie drehte sich wieder zu Noel um und bemerkte, wie er sie beobachtete. Er trug jetzt andere Shorts und ebenfalls ein Hemd, doch hatte er seines nicht zugeknöpft. Seine flache Brust und der straffe Bauch lugten verheißungsvoll zwischen dem Stoff hervor. Lizzy beschwor sich. Es ging hier ums Kuscheln und sonst nichts.

Noel schlug die Bettdecke zur Seite und sah sie erwartungsvoll an. »Sollen wir?« Sie nickte und ging zu ihm.

Kapitel 15

Lizzy kroch unter die Bettdecke und Noel wusste nicht so recht, was er jetzt mit ihr anfangen sollte. Natürlich wollte er sie nach wie vor berühren. Umso mehr, da es ihm wenigstens halbwegs möglich war. Wie er das anstellen sollte, ohne dass es zwischen ihnen wieder zu heiß wurde, wusste er nicht. Bisher war er einer Frau niemals auf diese Weise nahe gewesen. Auch hatte er bisher keine von ihnen mit in sein eigenes Bett genommen.

Demnach beging Noel gerade diverse erste Male. Wobei er sich nicht sicher war, ob er wollte, dass Lizzy davon erfuhr. Sie schob seinen Arm beiseite und schmiegte sich an ihn. Amaias Versprechen verhielt sich jetzt wieder ruhig und der Schmerz war komplett abgeflaut. Ihren Kopf hatte sie auf seine Brust gebettet, mit der Hand umfasste sie seine Hüfte. Er wusste nicht wohin mit seinen Händen. Das schien auch Lizzy nicht zu entgehen.

»Ich habe das zwar noch nie gemacht, aber ich glaube, du solltest dabei nicht so steif daliegen«, sagte sie vorsichtig.

Zögerlich nahm Noel sie in die Arme. »So besser?«, fragte er unsicher.

»Ja, das fühlt sich gut an. Was macht dein Kopf?«

»Der Schmerz ist wieder weg.«

»Sag mir, wenn sich daran etwas ändert.«

»Okay.«

Eine Weile lagen sie schweigend da und Noel fragte sich ernsthaft, ob er alles richtig machte. Er bekam den Eindruck, dass diese Situation auch für Lizzy ungewohnt war. Erst recht nach dem, was sie gesagt hatte. Sollte das heißen, sie war noch unberührt, oder war es auf das reine Kuscheln bezogen gewesen?

»Wirst du mir jetzt erklären, was da vorhin passiert ist?«, fragte sie schließlich.

Noel versteifte sich, als Lizzy seinen Angriff auf sie zur Sprache brachte. Denn nichts anderes war es gewesen. »Ich bedauere aufrichtig, was ich getan habe«, setzte er an.

»Ich bin es nicht mehr gewohnt, dass jemand in meiner Nähe ist, wenn ich schlafe. Ich habe etwas Komisches geträumt und im Halbschlaf um mich geschlagen, als du an meiner Seite aufgetaucht bist.«

Lizzy begann, mit ihren Fingerspitzen über seinen Bauch zu streichen. Er sah ihr dabei zu. Es kitzelte auf angenehme Weise. Sie hatte ihren Blick nach unten gerichtet.

»Wie lange bist du schon allein?«, fragte sie flüsternd.

»Ein paar Jahre«, erwiderte er ausweichend. »Ich bin sozusagen von zu Hause ausgerissen.«

»Weshalb? Waren deine Eltern nicht gut zu dir?«

»Das ist es nicht, meine Mutter liebt mich.«

Lizzy zuckte bei seiner Antwort kaum merklich zusammen und er fragte sich, weshalb dem so war.

»Ich bin vor der Verantwortung geflohen. Für das, was meine Mutter in mir sieht, fühle ich mich noch nicht bereit. Dazu bin ich zu jung.«

»Wie alt bist du eigentlich?«, fragte Lizzy.

»Ich erreiche demnächst meine Mündigkeit.«

Sie sah überrascht zu ihm auf. »Du willst mir jetzt nicht erzählen, du bist erst siebzehn?«

Noel lachte. »Das habe ich nicht gesagt. Wir berechnen das anders als ihr.«

»Wie alt bist du?«, fragte sie lauernd.

»Ist das so wichtig?«

»Ja.«

Noel seufzte. »Noch neunundneunzig, aber ich habe dieses Jahr noch Geburtstag.«

Lizzys Augen weiteten sich überrascht und sie richtete sich ruckartig auf. »Ich bin bei einem alten Knacker im Bett gelandet!«

Noel war sich nicht sicher, ob das ihr Ernst war oder ein Witz. Unfreiwillig stieg ihm die Röte ins Gesicht. »Das ist wirklich nicht alt.«

»Bist du Benjamin Button? Oder leidest du schon unter Demenz, dass du das so leichthin behaupten kannst?«

Es verschlug ihm die Sprache. Obwohl er sich jetzt sicher war, dass Lizzy ihn lediglich aufzog, wusste er nicht, was er dazu sagen sollte.

Sie grinste ihn frech an und pikste ihm mit dem Finger in die Brust. »Ich muss gestehen, für dein Alter hast du dich wirklich gut gehalten. Also werde ich großzügig darüber hinwegsehen.«

Jetzt wurde es Noel zu bunt. »Komm her, du!«, knurrte er spielerisch, schnappte sich Lizzy und zog sie wieder an sich. Diese quietschte und kicherte. Ihr schien das zu gefallen.

»Das mag dir jetzt alt vorkommen, aber glaub mir, für

einen Diwata bin ich noch schrecklich jung«, verteidigte Noel sich schnaubend, sobald Lizzy sich wieder beruhigt hatte.

»Was ist ein Diwata?« Die nächste Frage schoss nur so aus ihr heraus.

Noel stöhnte und schlug sich die freie Hand vor die Stirn. Lizzy hatte ihn vollkommen aus dem Konzept gebracht und das Wort war ihm entwischt.

»Sag es mir«, bat sie eindringlich.

Er reagierte nicht und überlegte, was er jetzt tun sollte.

»Ich weiß doch sowieso schon viel zu viel. Da kannst du mir auch sagen, was ihr seid. Mehr als dein Alter wird es mich nicht mehr überraschen können«, stichelte sie.

Als er immer noch nicht antwortete, wollte Lizzy sich aus seiner Umarmung winden. »Wenn du es mir nicht verrätst ... Google wird es tun.«

Er hielt sie fest, denn obwohl er nun in Erklärungsnöten war, wollte er immer noch nicht, dass sie von seiner Seite wich. »Bleib. Ich werde es dir erzählen.«

Lizzy stellte ihre Befreiungsversuche ein und sah ihn gespannt an. »In den westlichen Ländern kennt man uns eher unter einem anderen Namen. Diwata nennen wir uns selbst und auch in den östlichen Ländern sind wir darunter bekannt.«

»Wie nennt man euch im Westen?«, wisperte Lizzy.

»Nymphen.«

Ihr Gesicht hellte sich auf. Zweifellos konnte sie damit etwas anfangen. Doch dann runzelte sie die Stirn und musterte ihn. »Ich dachte, das wären alles nur Frauen?«, fragte sie vorsichtig.

»Ein weit verbreiteter Irrglaube, weil es so wenige Encanto gibt. Einer kommt auf über hundert Diwata.« Als er Lizzys verständnislosen Blick bemerkte, holte Noel weiter aus. »Diwata ist die Bezeichung meines Volkes und unserer Frauen. Encanto nennen wir die Männer.«

»Das muss zu schrecklichen Eifersuchtsdramen in eurem Volk führen«, vermutete sie.

»Nicht direkt. Es ist eher einer der Gründe, warum es kaum einer von uns mit der Monogamie hält. Es funktioniert nur für die wenigsten.«

Lizzy senkte den Blick und sah wieder ihren Fingern zu, die dieses Mal Kreise auf seinem Bauch malten. »Heißt das, du hast über hundert Freundinnen?«

Noel lachte. War sie eifersüchtig? »Nein, habe ich nicht«, beruhigte er sie glucksend. »Ich könnte zwar, wenn ich wollte, aber ich will nicht. Ich habe mich seit fast zwanzig Jahren mit keiner Diwata vereint.«

»Das heißt, du bist nicht liiert und ich muss keine Angst davor haben, dass mir eine Horde Furien die Augen auskratzen wird?«

Sacht nickte er. »Für den Moment gehöre ich ganz dir.«

»Für den Moment«, wiederholte sie nachdenklich.

»Das ist alles, was ich dir geben kann.« Es war die Wahrheit. Aktuell hatte Noel zwar keinerlei Interesse an einer anderen Frau und nur Augen für Lizzy – was schon seltsam genug war –, doch wusste er, wie schnell sich das auch wieder ändern konnte. Obwohl es ihm schwerfiel, sich das im Augenblick vorzustellen. So war nun mal seine Natur.

»Gut, das reicht mir«, antwortete Lizzy und sah wieder zu ihm auf. Ihr Blick war ernst. Sie meinte, was sie sagte.

Ungewöhnlich für eine menschliche Frau. Ihre grauen Augen fesselten Noel und es fiel ihm fast schwer, ihrem Blick standzuhalten.

»Na los, frag schon«, sagte er beinahe verlegen, »jetzt ist es ohnehin egal, was ich dir erzähle.«

Lizzy strahlte ihn an. »Ist das dein Ernst? Ich darf dir wirklich Fragen stellen und du wirst mich nicht wütend rausschmeißen oder selbst die Flucht ergreifen?«

»Solange du mich nicht über meine geheime Vorliebe für die Seidenmalerei ausfragst, werde ich antworten.«

»Seidenmalerei? Das macht doch seit den frühen Neunzigern niemand mehr. Du bist also wirklich so alt, wie du behauptest, wenn du solch verschrobene Hobbys hast.«

»Ein weiteres meiner Hobbys besteht darin, frechen Mädchen eine Lektion zu erteilen.« Noel lächelte verschlagen.

»Wie sähe so eine Lektion denn aus?« Sie schien nicht im Geringsten beeindruckt und grinste noch immer.

»Mach nur weiter so und du wirst es erfahren.«

Schlagartig wurde Lizzy ernst. »War es schlimm?«, fragte sie aufrichtig.

»Was meinst du?« Noel war verdutzt über den Wandel in ihrer Stimme.

»Die Dinosaurier. Hast du sehr an ihnen gehangen? War es schlimm für dich, als sie ausstarben?«

Er seufzte schwer. »Allmählich werden die Witze auf Kosten meines Alters langweilig, meinst du nicht?«

»Ein paar gute fallen mir bestimmt noch ein.« Gerade wollte Lizzy noch etwas hinzufügen, da schnappte er nach ihrer Taille und begann, sie zu kitzeln. »Na warte!«

Sie kicherte und strampelte, doch Noel blieb unbarmherzig. Schwer atmend lag er schließlich über ihr, drückte mit beiden Händen ihre Handgelenke in die weiche Matratze und ergötzte sich an ihrem Anblick. Lizzys Wangen waren gerötet, das rote Haar wild zerzaust und ihre Brust hob sich in schnellen Atemzügen, wobei sich die Knopfleiste seines Hemdes, das sie trug, gefährlich spannte.

Herausfordernd funkelte sie zu ihm hoch. Pochend meldete sich der Schmerz und er konnte nicht verhindern, das Gesicht zu verziehen.

Sofort wurde ihr Blick weich. »Lass nicht los.« Es zeigte Wirkung und der Schmerz zog sich wieder zurück.

Noel beugte sich vor und küsste ihren Hals. »Warum nicht?«, raunte er zwischen zwei Küssen. Ihr Erschaudern, ausgelöst durch seine Stimme, war fast zu viel für ihn.

»Ich möchte dich spüren«, war Lizzys leise Antwort. Ihre Worte gaben seinem Willen, sich zu beherrschen, den Rest.

Neckisch küsste Noel sie auf die Lippen. Doch dann gewannen sowohl das Versprechen als auch die Vernunft wieder die Oberhand und er rollte mit bedauerndem Seufzen von ihr herunter. Nur um sie sogleich wieder in seine Arme zu ziehen. »Wo waren wir stehen geblieben?«, nahm er das vorherige Gespräch wieder auf.

»Du warst gerade dabei, mir zu erzählen, wie toll es ist, die großen Dichter der Renaissance persönlich gekannt zu haben.«

Noel verdrehte die Augen und konnte das Lächeln, das sich auf seine Lippen stahl, dabei nicht gänzlich unterdrücken. Schon oft hatte er sich mit Frauen in einem Bett amüsiert, doch noch nie auf diese Weise. Es gefiel ihm mit jeder Minute besser. »Eigentlich ist es ja ganz schmeichelhaft, dass dir mehr daran liegt, mich zu ärgern, anstatt mich auszuquetschen.«

»Von Anfang an hat es mich mehr interessiert, *wer* du bist und nicht, *was* du bist.«

»Ist das wieder ein Scherz?«, fragte er skeptisch.

Lizzy schüttelte sacht den Kopf. »Selbstverständlich bin ich neugierig und möchte es gern wissen, aber das ist für mich nicht das Wichtigste.«

Er war seltsam berührt, so etwas hatte bislang noch niemand zu ihm gesagt. »Dann frag und ich werde dir antworten.«

Lizzy schien zu überlegen, was sie am dringendsten erfahren wollte. »Wenn fast hundert noch nicht ausreicht, um als mündig zu gelten, wie alt werdet ihr dann?«

»Prinzipiell könnte man sagen, Diwata sind unsterblich.«

»Tatsächlich?«

»Na ja, wir werden weder krank noch sterben wir an Altersschwäche. Das heißt jedoch nicht, dass wir nicht eines gewaltsamen Todes sterben können.«

»Passiert das denn öfter?«

»Bis die Aswang es vermehrt auf uns abgesehen hatten, starben wir nur, wenn unsere Verbindung zur Erde zerstört wurde.«

Lizzy kuschelte sich noch fester an ihn. »Ist es das, was mit Amaia fast passiert ist?«

»Ja, wenn Tavia und ich nicht eingegriffen hätten, wäre Amaias Seelenbaum verbrannt, wodurch sie gestorben wäre. Ganz gleich, wo sie sich zu diesem Zeitpunkt auch befunden hätte.«

»Wie kommt diese Verbindung zustande?«

Er musste wohl etwas ausholen. »Wir sind die Kinder Gaias, der Mutter unseres Planeten und allem Leben auf ihm. Als die Menschen immer mehr die Herrschaft über diese Welt für sich beanspruchten und begannen, die anderen Lebewesen zurückzudrängen, entschied Gaia, dass es nötig wäre, ihre Schöpfung davor zu bewahren. Damit sie sich nicht selbst zerstörte.

Sie gebar die Ersten meiner Art aus einem gewaltigen Baum. Manche Erzählungen behaupten, es sei Yggdrasil, der Weltenbaum, gewesen. Vermutlich soll diese Annahme die Geschichte nur interessanter machen.

Durch die Verbindung, die sie zwischen den Diwata und der Natur schloss, stattete Gaia uns mit Kräften aus, die kein anderes Wesen besaß. Im Gegenzug verwob sie unsere Lebenskraft mit der Natur, sodass es immer unser höchstes Anliegen wäre, diese zu schützen, und damit wir aufgrund unserer Fähigkeiten nicht dem Hochmut anheimfielen.

Unsere körperliche Entwicklung endet, wenn wir den potentiellen Höhepunkt unserer Kräfte erreichen. Das geschieht üblicherweise zwischen unserem zwanzigsten und fünfundzwanzigsten Lebensjahr. Bis zu diesem Zeitpunkt unterscheiden wir uns kaum von einem Menschen und es gibt nur geringe Unterschiede zwischen unseren Arten. Doch sobald unsere Entwicklung beendet ist, begehen wir das Verbindungsritual.

Dadurch erhalten wir die Kräfte der Natur und verbinden unser Leben im Gegenzug mit einem Teil der Erde.

Diesen zu schützen und ihm gedeihen zu helfen, ist von da an unsere Aufgabe.«

Lizzy hatte seiner Erzählung mit großen Augen gelauscht. Jetzt runzelte sie nachdenklich die Stirn. »Ihr werdet wirklich aus Bäumen geboren?«, fragte sie zweifelnd. Es musste schwierig für sie sein, sich das vorzustellen.

»Die Diwata gehen ihre Verbindung mit alten Bäumen ein. Es bedarf des Baumes, der Magie der Diwata und eines Encanto. Es ist nicht unbedingt nötig, dass die beiden sich auch körperlich vereinen, aber durchaus üblich. Leider gelingt das Ritual nicht immer.

Außerdem ist es kräftezehrend, wie man mir sagte, und nur an wenigen Tagen im Jahr möglich. Weshalb wir nicht sonderlich zahlreich sind und uns nur langsam vermehren.«

»Das dürfte die aus Verhütungsunfällen entstandene Anzahl der Kinder gering halten«, bemerkte sie mit einem Unterton, der ihn aufhorchen ließ.

Zwar wunderte Noel sich darüber, doch er kehrte zu seiner Erklärung zurück, ohne nachzuhaken. »Zu so etwas kommt es bei uns nicht, unsere Körper sind unfruchtbar. Wir vermehren uns ausschließlich über die Seelenbäume der Diwata.«

»Demnach gibt es bei euch nur Wunschkinder – eine schöne Vorstellung.«

Ihm wollte nicht aufgehen, warum ihr so an diesem Thema gelegen war. »Könnte man so sagen.«

Lizzys Ausdruck entspannte sich und die kleinen Fältchen zwischen ihren Augenbrauen glätteten sich. »Bist du auch mit einem Baum verbunden?«

»Nein, Encanto gehen ihre Verbindung mit einem Teil des Meeres ein.«

»Wo liegt dein Teil?«, fragte sie neugierig.

»Im Pazifik, du warst bereits ein paar Mal dort.«

In seinen Armen verspannte sich Lizzy. Sie musste wohl an den Angriff des Aswangs in der Uni denken.

»Diese Verbindung ist eine Symbiose. Unser Hauptaugenmerk gilt dem Schutz dieses Ortes. Im Gegenzug beziehen wir von dort unsere Kraft.«

»Sind wir deshalb dort gelandet, nachdem man mir aufgelauert hatte?«

»Ja, dort bin ich am stärksten und gleichzeitig kann ich neue Kraft schöpfen, die ich durch die Verletzung dringend nötig hatte.« Noel rechnete mit weiteren Fragen. Lizzy war still geworden. Zu gern hätte er gewusst, was sie beschäftigte. Er wollte nicht zu neugierig sein und sie danach fragen.

Unsicher wand sie sich in seinen Armen. »Seitdem haben wir deine Wohnung nicht mehr verlassen.«

»Möchtest du raus?«

»Nicht jetzt, nicht heute.«

»Aber ...?«

Lizzy seufzte ergeben und sagte, was sie wollte. »Könnten wir am Freitag etwas unternehmen?«

Noel stutzte. Für Freitag hatte er bereits andere Verpflichtungen, von denen sie nichts ahnte. »Was schwebt dir vor?«

»Es ist ganz egal, was. Wir können Eis essen, ins Kino gehen oder in den Zoo. Von mir aus wäre auch ein Ausflug ins Legoland in Ordnung – nur irgendetwas, das diesen Tag von anderen unterscheidet, ihn bedeutsamer macht.«

»Was ist am Freitag?«

»Mein Geburtstag.«

Noel machte ein überraschtes Gesicht.

Von seinem Schweigen verunsichert, fuhr Lizzy hastig fort. »Es ist kindisch, nach achtzehn noch eine große Sache daraus zu machen, das weiß ich. Trotzdem würde es mir viel bedeuten.«

»Wie alt wirst du?«

»Zweiundzwanzig.«

Er musste nicht lange darüber nachdenken. »Was hältst du davon, wenn ich dich auf ein rauschendes Fest mitnehme?«

Verdutzt sah Lizzy zu ihm auf. Offensichtlich hatte sie nicht damit gerechnet, nachdem sie sich auch mit einem Eis am Stiel zufriedengegeben hätte und wenn man bedachte, wie streng Noel sie hier verborgen hielt. »Ein Fest? Was feiern wir denn?«

»Litha. Die Sommersonnenwende ist für die Diwata der wichtigste Tag im Jahr. Wir feiern drei Tage lang. Ich war mir nicht sicher, ob ich dieses Jahr daran teilnehmen sollte. Jedoch kann ich mich streng genommen auch nicht darum drücken.«

»Wegen mir musst du dieser Feier nicht fernbleiben, wenn sie so wichtig ist«, setzte sie an.

»Du wärest keineswegs der Grund, vielmehr meine Ausrede.«

Lizzy überlegte. »Nur meinetwegen müssen wir dort nicht hin, wenn du nicht willst.«

»Mach dir darüber keine Gedanken. Ich sollte wirklich an der Feier teilnehmen, auch wenn ich keine Lust auf die

Diskussionen mit meiner Mutter habe. Ich glaube, wenn du mich begleitest, könnte ich dem Fest auch etwas abgewinnen.« Noel lächelte ihr aufmunternd zu.

»Meinst du das ernst oder versuchst du lediglich, mich rumzukriegen?«, fragte Lizzy skeptisch.

Aus seinem Lächeln wurde ein diebisches Grinsen. »Wie dir aufgefallen sein dürfte, habe ich dich schon längst ins Bett gekriegt.« Schlagartig wurde er wieder ernst. »Ich würde dich wirklich gern mitnehmen. Wir haben schon lange keinen Menschen mehr an unseren Feierlichkeiten teilnehmen lassen. Das dürfte interessant werden. Außerdem will ich dich nicht allein hier zurücklassen.«

»Wäre ich überhaupt willkommen? Ich will dir keinen Ärger machen.«

»Du wärst mein Gast und dagegen kann niemand etwas einwenden. Selbstverständlich wird es Getuschel geben – im tiefsten Innern sind wir alle Waschweiber –, aber daran musst du dich wirklich nicht stören.«

»Wenn das so ist, würde ich mich geehrt fühlen, wenn du mich mitnimmst. Mit ein bisschen Tratsch komme ich schon zurecht.« Lizzy entspannte sich wieder. Offenbar gefiel ihr Noels Vorschlag, wie er ihren Geburtstag begehen wollte.

»Die Sommersonnenwende ist einer der vier Tage im Jahr, an denen uns das Vereinigungsritual möglich ist, und gleichzeitig der Tag, an dem wir es am meisten begehen.«

»Das heißt, ich werde nicht das einzige Geburtstagskind sein?«

»Fast mein halbes Volk wurde in der Nacht der Sommersonnenwende geboren«, erklärte er weiter.

»Wie praktisch. Das erspart einem das Ausrichten unzähliger einzelner Feiern, wenn es ohnehin schon ein Fest für alle gibt«, sagte sie schelmisch.

»So kann man es auch sehen. Wir feiern jedes der Sonnenfeste, somit verbringt niemand seinen Geburtstag allein.«

»Das heißt, dass es für euch nichts Besonderes ist.«

»Nicht unbedingt. Selbstverständlich zählen wir die Jahre und manche davon sind von größerer Bedeutung als andere. Für die Familie und den Freundeskreis ist es auch nicht unwichtig, bloß weil sie nicht noch einmal extra feiern«, erklärte er.

»Wie kommt es, dass ihr Familie habt, wenn Diwata aus Bäumen geboren werden? Wenn du von deiner Mutter sprichst, meinst du damit einen Baum oder eine Person?«

Noel lachte leise, als er sich das bildlich vorstellte. »Ich meine die Diwata, aus deren Baum ich geboren wurde. Schließlich hat sie mich zur Welt gebracht. Zwar nicht mit ihrem eigenen Körper, aber mithilfe ihrer Magie und ihres Baumes. Sie hat mich liebevoll aufgezogen und war immer für mich da.«

»Und dein Vater?«

»Nur wenige pflegen eine engere Beziehung zu dem Encanto, der am Vereinigungsritual teilgenommen hat.«

»Warum nicht?«, fragte Lizzy weiter.

»Wir bezeichnen sie nicht als unsere Väter. Das ist auch gut so. Andernfalls hätten die ältesten unter ihnen schon Dutzende, wenn nicht gar Hunderte Kinder, um die sie sich kümmern müssten.«

»Findest du das nicht schade?«

»Eigentlich nicht. Ich kenne es nicht anders.«

»Hat deine Mutter noch andere Kinder? Hast du Geschwister?«

»Nein, ich bin ihr einziges Kind. Vor etwa zwei Jahrzehnten hatte sie es noch einmal versucht. Das Ritual war nicht erfolgreich. Es funktioniert, wie gesagt, nicht immer. Wir wissen nicht, warum nicht. Manchmal wünsche ich mir Geschwister. Dann wäre ich nicht der Einzige, dem ihre ungeteilte Aufmerksamkeit zukäme.«

Und so ging die Fragerei eine ganze Weile weiter. Noel zählte weder die Stunden noch wurde er es müde, Lizzys Fragen zu beantworten. Dabei hatte sie davon unzählige und mit jeder, die er beantwortete, schienen ihr drei neue einzufallen. Irgendwann schliefen sie, von den Ereignissen des Tages erschöpft, ein. So wie sie schon den ganzen Tag verbracht hatten – Seite an Seite.

Es fühlte sich richtig an.

Kapitel 16

Am Donnerstagmorgen hatte Noel sie mitten in einem Wald abgesetzt. Lizzy war sich nicht sicher, wo genau sie waren, doch er hatte ihr versichert, es wäre nicht allzu weit von der Stadt entfernt. Ihr Absatz versank gerade im weichen Boden, als sie neugierig darauf wartete, was als Nächstes passieren würde. Sie war schrecklich nervös und hoffte, dass es wirklich eine gute Idee war, an diesem Fest teilzunehmen. Ein Eindringling bei einer Veranstaltung, die sie nichts anging, wollte sie auf keinen Fall sein.

Noel sah sich konzentriert um, dann ergriff er ihre Hand. In seiner anderen hielt er eine kleine Reisetasche. Lizzy wusste nicht, was sich darin befand. »Komm mit. Es ist nicht weit.«

Widerspruchslos folgte sie ihm und ließ sich durch die eng stehenden Bäume führen. Das Wetter war herrlich. Allmählich hielt der Sommer Einzug und es war schon jetzt angenehm warm, obwohl es noch so früh war. Die Luft roch nach unzähligen Pflanzen und war vom Gezwitscher der Vögel erfüllt. Lizzy war gern im Wald. Hier genoss sie die Ruhe und den Frieden, den man in der Stadt nur allzu oft vermisste.

Ihrer Adoptivfamilie hatte Lizzy gesagt, sie würde mit Freunden übers Wochenende zum Campen fahren und deshalb voraussichtlich keinen Handyempfang haben. Weswegen sie nicht in der Lage sein würde, ihre Geburtstagsglückwünsche entgegenzunehmen.

Noel hatte recht, nach wenigen Minuten erreichten sie eine kleine Lichtung und blieben stehen. Neugierig sah sie sich um und konnte außer ihnen selbst niemanden entdecken. »Sind wir zu früh?«, fragte sie vorsichtig.

Er bedachte sie mit einem Lächeln, als hätte sie etwas Lustiges gesagt. »Wir sind noch nicht ganz am Ziel«, erklärte er. »Hier befindet sich der einzige Zugang in der Nähe, durch den ich dich mitnehmen kann.«

Erst jetzt entdeckte sie die roten Pilzkappen im Moos, vor denen sie standen. Sie bildeten einen perfekten Kreis und leuchteten in der Sonne. Es waren Fliegenpilze. Noel ließ die Tasche und Lizzys Hand los. Dann ging er in die Hocke, drückte seine Hand auf den Boden in der Mitte des Kreises und murmelte ein paar leise Worte, die sie nicht verstand. Sobald er seine Hand wegzog, begann die Luft zu flimmern und Lizzy bemerkte ein schwaches Sirren.

Trichterförmig erschien ein anderes Bild und die Bäume am Ende der Lichtung waren dahinter nicht mehr zu sehen. Stattdessen sah Lizzy eine dunkle Höhle, die von einem unnatürlichen Leuchten dominiert wurde. War dies wirklich eine Art Portal, das sich aus den Pilzen gebildet hatte?

Noel richtete sich auf und suchte ihren Blick. »Bevor wir gehen, muss ich dir noch ein paar Dinge erklären.«

Lizzy nickte und wartete gespannt.

»Unter keinerlei Umständen darfst du dort drüben etwas von dem Essen oder den Getränken anrühren.

Sie bekommen Menschen nicht. Du kannst davon ausgehen, dass der eine oder andere dir etwas anbieten wird. Lehne es ab! Du wirst damit niemanden kränken, auch wenn sie vielleicht so tun werden.« Noel deutete auf die Tasche hinter sich. »Ich habe dir genug zu essen eingepackt. Es sollte solange reichen. Wenn nicht, sag mir Bescheid.«

»Ich werde weder etwas essen noch trinken«, versicherte Lizzy ihm, dass sie verstanden hatte.

»Gut, verinnerliche das. Es ist das Wichtigste von allem – es ist für dich lebenswichtig.« Noels Stimme färbte ein Ernst, wie sie ihn bislang nur selten gehört hatte.

»Ich werde es nicht vergessen. Was musst du mir noch sagen?«

»Ich habe dich bereits vor dem Tratsch gewarnt«, begann er unbehaglich. »Dein Besuch dürfte nicht wenig Aufsehen erregen. Zum Teil wird es dir gelten, zu einem großen Teil mir selbst. Mach dir nichts daraus, egal, was du vielleicht hören wirst. Ich habe mich entschieden, dich mitzunehmen, und dazu stehe ich auch. Du bist mein Gast. Der Rest ist egal.«

»Was könnte mir denn zu Ohren kommen?« Allmählich war ihr die ganze Idee nicht mehr recht geheuer.

»Wie du weißt, lasse ich mich selten zu Hause blicken«, setzte er an und sprach nicht weiter.

Also half sie ihm auf die Sprünge. »Weil deine Mutter etwas mit dir vorhat, wofür du dich nicht bereit fühlst.«

»Genau.« Nervös fuhr Noel sich mit der Hand übers Gesicht, bevor er fortfuhr: »Meine Mutter ist über tausend Jahre alt. Sie ist die älteste Tochter einer der ersten Diwata, die Gaia geschaffen hat ... und seit einigen Jahrhunderten ist sie unser Oberhaupt. Sie möchte, dass ich eines Tages ihre Nachfolge antrete.«

Lizzy schwirrte der Kopf von all diesen Jahreszahlen, die sie sich beim besten Willen nicht für nur eine Lebensspanne vorstellen konnte. »Moment«, bat sie, »im Klartext heißt das: Ein Nymphenprinz ist dabei, mich auf den wichtigsten Ball des Jahres in eine fremde Welt mitzunehmen, auf dem ich weder essen noch trinken darf, weil ich sonst sterbe. Außerdem soll ich mich nicht daran stören, dass die elfische Boulevardpresse durch meinen unangekündigten Besuch völlig ausflippen und wochenlang darüber berichten wird. Nicht zu vergessen, dass ich für die Audienz bei einer Königin nun wirklich nicht passend gekleidet bin.«

Noel hatte ihr mit wachsendem Unbehagen zugehört, als fürchtete er, sie könnte es sich anders überlegen. »Man nennt mich nicht Prinz oder meine Mutter Königin«, begann er ungewohnt kleinlaut.

»Wir gehören dem Kreis der Sang'gre an. Das umfasst die Blutlinien der ältesten Diwata und ihrer ersten drei Nachkommen, die in der Regel mächtiger sind als die nachfolgenden. Außerdem würdest du nicht sterben, sobald du etwas isst, es bekäme dir nur sehr, sehr schlecht. Dem Trubel kann ich nicht widersprechen, der Meinung zu deinem Erscheinungsbild schon. Du siehst fabelhaft aus. Willst du mich jetzt immer noch begleiten oder lieber darauf verzichten?« Mit hoffnungsvollem Blick harrte Noel ihrer Antwort.

Nachdem es anfangs so schwierig zwischen ihnen gewesen war, hätte Lizzy nie geglaubt, er könnte sie jemals so ansehen. Ihr Herz flatterte ungewohnt und das tiefe

Vertrauen in ihn, das sich in den letzten Tagen immer wieder unbewusst bemerkbar gemacht hatte, verstärkte sich zusehends.

Lizzy konnte sich nicht erklären, woher diese Verbundenheit kam. Ein wenig fürchtete sie sich davor. Sollte Amaia recht behalten und sie wirklich ihr Herz an Noel verlieren, obwohl sie inzwischen wusste, warum dies mehr als leichtsinnig war? Es spielte keine Rolle. Ihr Entschluss stand längst fest.

»Okay, ich komme mit. Nur ... lass mich da drüben nicht allein, ja?«

Noel strahlte bei ihren Worten und verbeugte sich feierlich, was Lizzy verwundert nach Luft schnappen ließ. »Ich werde nicht von deiner Seite weichen und falls doch, dann nur, wenn Tavia stattdessen bei dir sein wird. Ich verspreche es.«

Sie war sprachlos. Jetzt hatte er ihr schon das zweite Versprechen von sich aus gegeben. »Danke«, sagte sie, sobald sie sich gefasst hatte. »Weiß Tavia, dass ich komme?«

»Noch nicht. Ich dachte mir, wir überraschen sie. Dann wird ihre Freude umso größer sein, dich zu sehen.«

»Klingt nach einem Plan.« Lizzy grinste zufrieden. Eine innere Unruhe ergriff von ihr Besitz. Sie wollte dieses Portal durchschreiten, Noels Welt kennenlernen und Tavia und Amaia sehen. »Sollen wir?«, fragte sie aufgeregt.

»Eines noch«, setzte er an. »Ach, vergiss es. Ich sollte dich wirklich nicht darum bitten.« So schnell, wie ihm der Einfall gekommen war, so schnell ließ er davon ab.

»Worum bitten?«

»Es steht mir nicht zu«, blockte Noel ab.

»Nun sag es schon. Ich werde dann entscheiden, ob es dir zusteht oder nicht.«

Er trat von einem Fuß auf den anderen und betrachtete konzentriert seine Schuhe, als er hastig ausstieß: »Ich wäre dir wirklich dankbar, wenn du dich auf dem Fest von keinem anderen verführen lassen würdest.«

Lizzy prustete. Jedoch bemühte sie sich um ein gelassenes Gesicht, als sie bemerkte, wie ernst es ihm war. »Hältst du es denn für wahrscheinlich? Glaubst du, dass ein anderer Encanto versuchen wird, mit mir zu flirten?«

»Nicht nur die«, schnaubte Noel. »Es wird ein recht ungezwungenes Fest werden, je weiter der Abend voranschreitet.«

»Sollte ich solchen Avancen nachgeben ... Wen würde das mehr stören, dich oder deinen Ruf?« Lizzy musste unweigerlich an den angekündigten Klatsch denken und seine Antwort war ihr wichtig.

»Definitiv mich«, gab Noel prompt zurück, ohne vorher darüber nachzudenken, und sorgte mit seinen Worten für ein zufriedenes Lächeln auf ihrem Gesicht.

»Gut, dann steht es dir durchaus zu, mich darum zu bitten, und ich werde mir deinen Wunsch zu Herzen nehmen.«

Er wirkte erleichtert, hob die Reisetasche vom Boden und streckte ihr seine andere Hand entgegen. »Dann lass uns gehen und deinen Geburtstag feiern.«

Hand in Hand stiegen sie in den Pilzkreis und schritten durch das Portal, bevor Lizzy Zeit hatte, noch einmal tief Luft zu holen und sich Mut zu machen. Ihre Haut kribbelte überall. Es war zwar nicht schmerzhaft, doch kam das Gefühl einem leichten Stromschlag gleich. Lizzy hatte die Augen fest zugekniffen. Erst als das Kribbeln aufhörte, riskierte sie einen Blick. Sie standen jetzt in dem Gewölbe, das sie bereits durch das Portal gesehen hatte. Langsam drehte sie sich um die eigene Achse und ließ ihre neue Umgebung auf sich wirken. In der Wand hinter ihr sah sie jetzt einen Bildausschnitt vom Wald, in dem sie gerade noch gestanden hatten.

Ringsherum entdeckte Lizzy weitere Portale, die in tropische Wälder, Wüsten, einen nordischen Nadelwald oder sogar in gänzlich vereiste Regionen führten.

»Das ist unglaublich«, hauchte sie begeistert. »Von all diesen Orten kommt man hierher und umgekehrt?«

»Ja, von dieser Seite ist es nur ein einziger Schritt hindurch und du bist da. Von der anderen Seite sind die Zugänge zu unserem Schutz verschlossen und müssen erst geöffnet werden.«

Noel ging zurück zu dem Durchgang, durch den sie gekommen waren, und legte seine Hand auf die Blätter der Kletterpflanze, die mit ihren Ranken das Portal umschloss. Er schloss konzentriert die Augen und murmelte ein paar Worte.

»Was hast du gemacht?«, fragte sie neugierig, sobald er wieder zu ihr kam.

»Das Portal geschlossen. Wir wollen doch nicht, dass sich ein paar Wanderer hierherverirren.« In seiner Stimme war ein angespannter Unterton, der seine arglosen Worte Lügen strafte.

»Wanderer ... oder vielleicht auch noch etwas anderes«, mutmaßte Lizzy.

»Vielleicht etwas anderes«, bestätigte er. »Du musst keine Angst haben. Die Aswang können nicht hierher. Wir halten die Portale fest verschlossen und nutzen sie nur sehr selten. Die meiste Zeit überqueren wir die Grenze mittels Teleportation.«

Sie besah sich düster das Portal hinter ihr und hoffte, Noel hatte recht und ihnen konnte hierher niemand folgen.

»Komm, ich bringe dich zu Tavia.« Noel riss sie aus ihren dunklen Gedanken und zauberte mit seinen Worten ein Lächeln auf ihr Gesicht.

Dankbar ergriff Lizzy seine ihr entgegengestreckte Hand und folgte ihm durch die Höhle. In ihrer Mitte hielt Lizzy abrupt inne. Da war es wieder – schlimmer als je zuvor. Unzählige Stimmen rauschten durch ihre Ohren. Es war kein Vergleich zu dem zaghaften Flüstern, das sie sonst gelegentlich hörte. Stattdessen fegte ein rasender Sturm durch ihren Kopf, der sie ihrer anderen Sinne zu berauben drohte.

Vollkommen überwältigt ging sie in die Knie und presste ihre Hände an die Schläfen. Nur am Rande bemerkte sie, wie Noel sich vor sie kniete und panisch auf sie einredete. Lizzy versuchte, durch den Nebel und das Rauschen in ihrem Kopf zu hören, was er sagte. Als sie sich auf ihn konzentrierte, wichen die Stimmen zumindest ein wenig in den Hintergrund.

»Was ist mit dir? Was hast du?« Seine Stimme überschlug sich.

»Du wirst mich für verrückt halten«, presste sie hervor.

Dass sie ihm antwortete, schien ihn zumindest ein bisschen zu beruhigen. »Sag es mir. Wir erklären andere weit weniger oft für geisteskrank als die Menschen. Vielleicht kann ich dir helfen.«

Lizzy fasste all ihren Mut zusammen und erzählte zum ersten Mal jemandem von den Stimmen. »Gelegentlich höre ich ein Flüstern in meinem Kopf. Es kommt ganz plötzlich und ist dann wieder weg. Aber jetzt ist es viel schlimmer.«

Unsicher sah sie zu Noel auf. Hoffentlich zählten fremde Stimmen im Kopf nicht zu dem, was für ihn geistesgestört bedeutete. Mit einem seltsamen Blick musterte er sie. Nur zögerlich kam er noch näher zu ihr, umfasste ihre Hände und zog sie von ihrem Kopf. Er sah ernst auf sie herab. Offenbar waren Stimmen im Kopf auch in dieser Welt nicht normal.

Er kam noch näher, bis seine Stirn an ihrer lehnte. Noel wollte sie doch jetzt nicht küssen? Nein, wollte er nicht. Ganz ruhig begann er zu sprechen: »Stell dir vor, wie du die Stimmen zurückdrängst. Jede einzelne, Stück für Stück. Beanspruche dein Bewusstsein ganz für dich allein.«

Lizzy versuchte sich das vorzustellen, und es schien tatsächlich zu funktionieren. Seine Ruhe übertrug sich auf sie und die Stimmen rückten weiter in den Hintergrund.

Auch Noel schien die Veränderung in ihr wahrzunehmen. »Gut so. Jetzt stell dir eine Schachtel vor, in die du all diese Stimmen steckst. Egal wie laut und drängend sie sind und wie sehr sie sich winden. Sie gehören in die Schachtel, nicht in deinen Kopf. Wenn alle Stimmen weggesperrt sind, lass die Schachtel verschwinden. Du könntest sie zum Beispiel im Meer versenken.«

Die Situation war bizarr. Lizzy befolgte gedanklich jedes

seiner Worte und es half tatsächlich. Inzwischen war von den Stimmen kaum noch etwas zu hören. Zu guter Letzt versenkte sie besagte Schachtel. Das Rauschen in ihrem Kopf war so weit verschwunden, das es nur noch an das leise Piepen erinnerte, das man nach einem Clubbesuch hatte und das aus dem Bewusstsein verschwand, sobald man etwas anderes hörte.

Verwundert öffnete sie die Augen. Noel hatte sich die ganze Zeit über nicht gerührt und saß ihr immer noch gegenüber.

Wie lange mochte es wohl gedauert haben, bis sie aus den Tiefen ihres Verstandes wieder aufgetaucht war?

»Besser?«

Lizzy schlug die Augen nieder. Sie konnte die Intensität dieser silbernen Sterne, die sie so leicht durchschauten als sei sie aus Papier, nicht länger ertragen – wollte nicht sehen, wie sie sich verdüsterten, wenn Noel erkannte, was mit ihr nicht stimmte.

Sie schluckte den Kloß in ihrer Kehle hinunter und bemühte sich um einen lockeren Ton. »Ja, es hat geholfen. Ganz offensichtlich hast du öfter mit Verrückten zu tun.«

»Du bist nicht verrückt.«

»Wie würdest du das sonst nennen?«, fragte sie müde.

Insgeheim wunderte sie sich, warum Noel sie noch nicht von sich gestoßen hatte, sondern weiterhin hielt.

»In welchen Situationen ist das Flüstern bisher gekommen?«

»Ganz unterschiedlich. Manchmal mehrfach am Tag, manchmal tagelang gar nicht.« Sie wollte nicht über dieses Thema sprechen.

Das schien Noel ebenfalls zu merken, trotzdem hakte er weiter nach. »Passiert es, wenn du allein bist?«

Lizzy dachte darüber nach, rief sich die Situationen ins Gedächtnis, in denen es geschehen war. »Nein«, stellte sie verblüfft fest.

»Wie lange hast du das schon? Seitdem du klein warst?«

Verwundert schüttelte sie den Kopf. »Nein, erst seit einer Weile.«

»Seitdem du Amaia und Tavia kennst.« Dieses Mal war es keine Frage, sondern eine Schlussfolgerung.

Angestrengt dachte Lizzy nach und kam zu demselben Schluss. Es hatte erst angefangen, als sie zum Studieren in die Stadt gezogen war.

»Es passiert nur, wenn eine von ihnen in der Nähe ist oder du bei mir bist.«

»Ja«, bestätigte sie erstaunt.

»Ich sagte doch, du bist nicht verrückt.«

»Was soll ich sonst sein?«, fragte Lizzy skeptisch.

»Gelegentlich höre ich ebenfalls Stimmen«, gestand Noel.

Sie japste nach Luft und zuckte zurück. War das sein Ernst oder wollte er sie verspotten?

Noel überging ihre Reaktion. »Auch ich bin nicht verrückt, genauso wenig wie du selbst. Es ist Telepathie. Was glaubst du denn, wie ich mit Tavia gesprochen habe, um sie nach Amaia zu fragen, obwohl ich mit dir zusammen in meiner Küche saß?«

Lizzy entspannte sich ein wenig. Es stimmte, auch damals hatte sie das Flüstern in ihrem Kopf gehört.

»Du scheinst eine gewisse Affinität dafür zu besitzen.

Deshalb bemerkst du es, wenn ein Diwata in der Nähe ist und sich gerade in seinen Gedanken mit einem anderen unterhält.«

»Warum war es dann dieses Mal so schlimm?«, fragte sie unbehaglich.

»Weil du hier nicht bloß drei Diwata um dich hast, die nur gelegentlich mit einem anderen ihre Gedanken tauschen, sondern Tausende.«

»Dann bin ich wirklich nicht verrückt?« Hoffnung keimte in ihr auf. Seit Monaten hatte sie immer wieder an ihrem Verstand gezweifelt.

»Nein, dein Gehirn scheint auf einer ähnlichen Frequenz zu funken wie unsere, wenn man so will.«

Durch Noels Bestätigung fiel auch die letzte Anspannung von ihr ab. Vor Erleichterung hätte sie fast zu weinen begonnen, konnte den Impuls jedoch unterdrücken. »Danke«, hauchte sie mit bebenden Lippen.

Noel stand auf und zog sie dabei mit sich hoch. Wortlos strich er mit dem Daumen über ihre Wange. Verdammt, eine Träne war ihrem Auge doch entkommen. »Sollte es dich noch einmal zu überwältigen drohen, dann denk an meine Worte.«

Statt zu antworten, nickte Lizzy lediglich. Sie traute sich nicht zu sprechen, da sie befürchtete, es könnten sich weitere Tränen ihren Weg bahnen. Aufgewühlt, aber erleichtert setzten sie ihren Weg durch das Gewölbe fort.

Fast hatten sie den Ausgang erreicht, als sie einen dunklen Haarschopf entdeckte, der um die Ecke lugte und sie beobachtete. Schon gab derjenige seine Deckung auf und schlenderte ihnen entgegen.

Sein Gang hatte etwas Erhabenes, das ihr nicht unbedingt gefiel. Dabei war der Rest von dem jungen Mann durchaus ansehnlich. Gewissermaßen war er ein dunkles Ebenbild von Noel mit den dunkelbraunen Haaren und Augen in derselben Farbe, deren Blick Lizzy nur kurz musterte und dann auf Noel verweilte. Der Mann trug lediglich eine locker und sehr tief sitzende Hose aus einem hellen Stoff, der im schwachen Licht der Höhle glänzte. Hätte er sie beide nicht angesehen, als wären sie ungebetene Gäste, hätte Lizzy den Fremden durchaus attraktiv gefunden.

»Der verlorene Sohn kehrt zurück. Nur deshalb all die Aufregung«, sagte er spöttisch. »Willkommen daheim, Noel.«

»Terryn«, erwiderte Noel statt einer Begrüßung. »Was verschafft uns die zweifelhafte Ehre, von dir persönlich empfangen zu werden?«

»Ich empfange euch nicht, ich sehe nach dem Rechten. In der letzten Woche sind schon wieder zwei verschwunden«, erklärte Terryn nicht sonderlich freundlich.

Noel stöhnte genervt. »Fällt es dir sehr schwer, dich für deine Umwelt verständlich auszudrücken?«

Terryn verschränkte die Arme vor der Brust und reckte trotzig das Kinn vor. Der Blick, mit dem er Lizzy nun maß, war abwertend. Sie kam sich vor, als wäre sie ein Streuner, den der ungeliebte Stiefbruder aufgelesen und mit nach Hause gebracht hatte und der gerade sein Geschäft auf dem teuren Teppich im Salon des Herrenhauses verrichtete. Noel hielt auch weiterhin ihre Hand, wofür sie ihm unbeschreiblich dankbar war.

»Würdest du wenigstens gelegentlich hier auftauchen,

könnte ich mir die ermüdenden Erklärungen sparen, denn du wüsstest längst, was vor sich geht.

Aber nein, statt unter deinesgleichen zu leben, bevorzugst du die Gesellschaft deiner menschlichen Dirnen. Jetzt bringst du sogar schon eine von ihnen mit hierher und riskierst es nur dafür, eines der Portale zu öffnen.«

Lizzy wartete darauf, dass Noel wütend wurde. Auch sie selbst wurde allmählich zornig. Vielleicht war sie kein unsterbliches Überwesen, das dank seiner göttlichen Schöpferin unter anderem mit übernatürlicher Schönheit samt Waschbrettbauch ausgestattet worden war, trotzdem verdiente sie ein respektvolles Verhalten.

Noel wurde nicht wütend. Er lächelte lediglich herablassend, wodurch er in ihren Augen gefährlicher wirkte, als wenn er aus der Haut gefahren wäre. »Zunächst einmal bist auch du nicht alt genug, um eigene Erinnerungen an die Renaissance zu haben. Also sei so gut und tu nicht so, indem du dich des damaligen Vokabulars bedienst.«

Lizzy konnte sich ein amüsiertes Prusten nicht verkneifen, hatte sie selbst Noel doch unterstellt, aus dieser Epoche zu stammen. Schnell schlug sie sich die Hand vor den Mund, doch es war zu spät, um es zu vertuschen.

Noel schenkte ihr ein breites Grinsen, bevor er fortfuhr. »Als Nächstes möchte ich dir raten, meine Begleiterin nicht noch einmal zu beleidigen. Sie ist unser hochgeschätzter Gast und wird mit uns gemeinsam Litha feiern.

Und zu guter Letzt werden wir uns jetzt von dir verabschieden. Es war wie immer kein Vergnügen, dich getroffen zu haben.«

Ohne Terryn noch eines weiteren Wortes oder Blickes zu

würdigen, marschierte Noel an ihm vorbei und zog Lizzy mit sich.

»Na, das fängt ja gut an«, seufzte Noel, sobald sie außer Hörweite waren.

»Wer ist *das* denn?«, fragte Lizzy aufgebracht.

»Ein Vollidiot. Das sieht man doch«, schnaubte er entrüstet.

Lizzy wollte etwas erwidern und verschluckte sich an den Worten, als sie entdeckte, was vor ihnen lag. Es erinnerte entfernt an einen Mangrovenwald. Noel blieb stehen und gab ihr die Gelegenheit, alles in sich aufzunehmen.

Gigantische Bäume, deren Kronen sich im Himmel fast verloren, umsäumten den Platz, der auf die Höhle mit den Portalen folgte. Lange Wurzeln rankten durch die Luft und bildeten hölzerne Bögen, bevor sie schließlich im Boden verschwanden. In den tieferen Ästen entdeckte Lizzy Konstruktionen, die Hängematten ähnelten. Nur waren sie größer und sahen schon von Weitem bequemer aus als die Modelle, die sie bislang kannte. Bunte Girlanden und Laternen schwangen sich von einem Ast zum nächsten. Ein warmes Licht schien vom Himmel. Jedoch konnte Lizzy dessen Quelle nicht ausmachen. Nirgends waren die Sonne oder irgendwelche Lampen zu entdecken. Das Licht schien einfach da zu sein.

Vor ihnen hatte sich eine kleine Versammlung gebildet, die teils neugierig, teils verängstigt die Hälse reckte. Als die Ersten Noel entdeckten, schienen sich die versammelten Diwata wieder zu entspannen. Das Flüstern entfloh seiner Verbannung und abermals war es kurz davor, Lizzy zu überwältigen. Sie kämpfte es entschieden zurück und schob den Stimmen in ihrem Kopf einen Riegel vor. Sie wollte gar nicht wissen, was gerade in all diesen Köpfen vor sich ging.

Hinter ihnen trat Terryn aus der Höhle und verkündete: »Falscher Alarm.«

Ein beruhigtes Raunen ging durch die Menge und die ersten gingen wieder ihren Geschäften nach. Terryn tauchte in einem Pulk Frauen unter und schon hatte Lizzy ihn aus den Augen verloren. Es herrschte ein reges Treiben. Unzählige Diwata eilten über den Platz, trugen Speisen, Dekorationen oder große Kissen durch die Gegend, richteten Sitzgelegenheiten her oder schichteten Zweige auf den Haufen in der Platzmitte.

Lizzy war ganz gefesselt von dem Anblick. Die wenigen Männer, die sie entdeckte, waren wie Terryn gekleidet. Die Frauen trugen bunte Kleider, die aufreizend kurz waren. Keiner von ihnen trug Schuhe. Jetzt verstand sie, warum Noel sie gebeten hatte, sich von niemandem verführen zu lassen. Die ganze nackte Haut sorgte dafür, dass auch ihr warm wurde. Die Versuchung, sich unters Volk zu mischen, wurde immer größer. Unweigerlich musste sie an die Rumwerbung denken, bei der alle Beteiligten in knapper Bademode über eine tropische Insel tollten und feierten. Die Szenerie war durchaus vergleichbar.

Noel beugte sich zu ihr. »Wollen wir weiter oder möchtest du noch zuschauen?«

Lizzy schloss geräuschvoll ihren offen stehenden Mund und erwachte aus ihrer Verzückung. »Lass uns zu Tavia gehen.«

Noel führte sie am Rand des Platzes vorbei und sie kam

aus dem Staunen nicht mehr heraus. Noels Zuhause war unglaublich bunt und wunderschön. Die ihnen entgegenkommenden Diwata verneigten sich, sobald sie ihn erkannten, und musterten Lizzy mit unverhohlener Neugier. Als sie den Platz umrundet hatten und zwischen dem Wurzelgeflecht der Bäume untertauchten, wurde es schlagartig ruhiger.

Vereinzelt entdeckte Lizzy Räume, die sich durch die ineinandergeschlungenen Wurzeln gebildet hatten. Durch den schmalen Durchlass, der als Eingang diente, erhaschte sie kurze Blicke auf andere Diwata oder verschiedenste Pflanzen. Vor einer dieser Spalten blieb Noel stehen. »Amaia befindet sich hier. Ich vermute, dass Tavia bei ihr sein wird.«

Unruhe erfasste Lizzy. Sie wollte nicht länger warten und endlich ihre Freundinnen wiedersehen. Andererseits fürchtete sie sich davor. Hoffentlich hatte Noel recht und es ging Amaia bereits besser. Sie ließ seine Hand los und ging ein paar unsichere Schritte in die angegebene Richtung.

Als Lizzy bemerkte, dass er ihr nicht folgte, blieb sie stehen und sah über die Schulter. »Kommst du nicht mit?«

Noel schüttelte den Kopf. »Ich möchte Tavia nicht in Verlegenheit bringen. Sie soll sich in Ruhe über deinen Besuch freuen können. Außerdem sollte ich meine Mutter begrüßen.

Als ich die letzten Male zu Hause war, um Amaia hierherzubringen oder die Medizin für dich zu holen, habe ich sie nicht besucht und befürchte jetzt, sie könnte mir das übel genommen haben.«

Lizzy wollte sich an diesem überwältigenden Ort nur

ungern von ihm trennen. »Holst du mich danach wieder ab?«, fragte sie hoffnungsvoll.

Noel lächelte sie breit an. »Natürlich, das habe ich dir doch versprochen.«

»Gut.« Lizzy ging noch einmal zu ihm und drückte einen zarten Kuss auf seine Wange. Wohl wissend, dass sie nicht so bald zu ihren Freundinnen käme, sollte sie ihn dort küssen, wo sie es am liebsten wollte.

Die Vernunft und das Versprechen, das Amaia ihm abgenommen hatte und das ihn nach wie vor band, mahnten sie zur Vorsicht.

Kapitel 17

Noel sah zu, wie Lizzy zwischen den Wurzeln verschwand. Als er sie nicht mehr sehen konnte, machte er kehrt und ging ein Stück des Weges zurück, bevor er in eine andere Richtung abbog. Dass er sich so mühelos von ihr entfernen konnte, bestätigte ihm, dass Tavia immer noch an Amaias Seite wachte.

Er hatte gehofft, sie wäre inzwischen erwacht, doch offenbar war dem nicht so. Frustriert setzte Noel seinen Weg fort. Hätte Amaia ihn entbinden können, wäre er deutlich besserer Laune gewesen. Noel wusste nicht, wie lange er sich noch beherrschen konnte, bevor er das nächste Mal über Lizzy herfiel – Schwur hin oder her. Immerhin konnten sie sich dank des Versprechens, das er Lizzy gegeben hatte, näherkommen. Wenn auch nicht so nahe, wie er es gern hätte. Eine Sehnsucht erfüllte ihn, die ihn schwindeln ließ. Das konnte nicht nur daran liegen, dass er Lizzy bislang nicht haben konnte, dass sie etwas Aufregendes und Verbotenes war.

Das Ganze ging viel tiefer und blieb Noel dabei unerklärlich. Diese Frau hatte ihn in ihren Bann gezogen wie keine vor ihr. Es störte ihn nicht, stattdessen ließ er sich bereitwillig darauf ein. Das war das Verrückteste an der ganzen Sache.

Inzwischen stand Noel vorm Audienzsaal seiner Mutter. Er holte tief Luft und zwang sich, nicht länger an Lizzy, sondern an seine Mutter zu denken, um sich bei ihr anzumelden.

»Mutter?«

Ihre Antwort kam sofort: *»Noel.«*

»Wirst du mich empfangen?«

»Selbstverständlich. Tritt ein.«

Er straffte die Schultern und trat die letzten Schritte durch das Geflecht aus Wurzeln, das sich vor ihm auftat und den großen Raum dahinter freigab. Seine Mutter Zenana stand in der Mitte des Saals. Im Gegensatz zu den anderen Diwata trug sie kein kurzes buntes Kleid, sondern ein langes, fließendes Gewand, das silbern glitzerte. Als Zeichen ihrer Position trug sie einen Kranz aus weißen Blumen im Haar.

Acasia – Zenanas Dienerin, rechte Hand und beste Freundin – war gerade dabei, die blonden Locken seiner Mutter zu einer imposanten Frisur aufzutürmen. Überrascht sah sie von ihrer Arbeit auf, als sie Noel entdeckte.

»Bitte lass uns allein«, bat Zenana.

Acasia neigte ihr Haupt und huschte durch den hinteren Ausgang hinaus. Zenana sah ihr nach. Dann wandte sie sich Noel zu und begrüßte ihn mit einem freudigen Lächeln. »Wie schön, dass du gekommen bist.« Mit anmutigen Schritten schwebte sie zu ihm und schloss ihn herzlich in die Arme.

Noel erwiderte die Umarmung. Obwohl er um einiges größer war als seine Mutter und ein unwissender Beobachter meinen konnte, sie seien im selben Alter, kam er sich in ihrer Gegenwart immer noch vor, als sei er ein kleiner Junge. Zenana unterzog ihn einer eingehenden Musterung. Ihr liebevoller Blick hatte sich in den letzten hundert Jahren nicht verändert.

Wie bei allen Diwata war auch ihr Erscheinungsbild eingefroren in der Zeit. Sie sah keinen Tag älter aus als Anfang zwanzig.

Zenana ergriff seine Hand und zog ihn mit sich zu einem Berg aus Sitzkissen. »Setz dich«, forderte sie und ließ sich ebenfalls nieder.

Erst jetzt bemerkte Noel, dass er die Reisetasche mit Lizzys Essen noch immer bei sich hatte. Dabei hatte er sie ihr geben wollen, bevor sie zu Tavia ging. Vorsichtig stellte er sie ab und setzte sich auf eines der weichen Kissen.

Zenana riskierte einen neugierigen Blick, ohne etwas dazu zu sagen. »Wie ich höre, hast du dich wieder mit Terryn gestritten?«

Noel musste schmunzeln. Er wusste nicht, wie viele unzählige Male ein Gespräch mit seiner Mutter mit dieser Frage begonnen hatte. Es wunderte ihn nicht, dass sie bereits davon gehört hatte. Nichts blieb vor ihrer aller Hüterin lange geheim. »Wenn er nicht so ein Holzkopf wäre, würde das weitaus seltener passieren.«

»Was ist geschehen?«

»Er hat meine Begleiterin übel beleidigt, um mich zu treffen. Daraufhin habe ich ihm mitgeteilt, dass ich auf seine weitere Gesellschaft keinen Wert lege und bin gegangen.«

»Wir sind wegen der Portale alle etwas in Sorge«, gab Zenana zu bedenken. Noel wollte sie fragen, was es damit auf sich hatte. Seine Mutter kam ihm zuvor: »Wer ist die Frau, die dich begleitet?«

Er musste wohl warten, bis er an die Reihe kam, um Fragen zu stellen. Erst müsste Noel ihr Rede und Antwort stehen. »Ein Mensch, ihr Name ist Lizzy. Sie ist eine Freundin von Tavia und Amaia. Es hat sich ergeben, dass sie unfreiwillig in meiner Obhut gelandet ist.«

»Warum hast du sie mitgebracht?«

»Ich wollte nicht riskieren, sie für die Dauer der Sonnenwende allein zu lassen. Hier ist es sicherer.«

»Wovor schützt du sie?«

Noel musste etwas ausholen. »Lizzy ist anders. Sie war dabei, als das mit Amaia passiert ist. Amaia starb fast in ihren Armen, ohne für sie ersichtlichen Grund, und schließlich sind Tavia und ich aufgetaucht und gleich wieder verschwunden. Als alles vorbei war, habe ich Lizzy die Ereignisse vergessen und sie einschlafen lassen. Inzwischen bin ich mir sicher, dass mir das nur gelungen ist, weil sie so aufgewühlt war.

Gleich am nächsten Tag konfrontierte sie mich damit. Ich fiel aus allen Wolken und versuchte, sie davon abzubringen, sowohl mit Worten als auch durch die Manipulation ihrer Erinnerungen. Es wollte nicht funktionieren, sie erinnerte sich immer noch daran. Schließlich war es mitten in der Nacht und ich hatte ein schlechtes Gewissen, sie allein nach Hause gehen zu lassen. Wusste ich doch, was im Dunkeln lauern konnte.

Zum Glück bin ich dieser Eingebung gefolgt. Vor Lizzys Haustür lauerten ihr zwei Aswang auf. Ich stieß beide von ihr, als schon zwei weitere aus einem Auto stiegen. Also schnappte ich sie mir und teleportierte uns kurzerhand in meine Wohnung. Da Amaia schlief und Tavia hier bei ihr war, wusste ich nicht, wo ich sie sonst lassen sollte. Ganz offensichtlich hatten sie es auf Lizzy abgesehen, auch wenn mir nach wie vor unklar ist, weshalb. Ich befürchtete, sie vorerst nicht in ihre Wohnung lassen zu können und ließ sie bei mir. Ich sollte recht behalten. In ihre Wohnung war man eingebrochen und sie war zum Teil ziemlich verwüstet, als ich am Tag darauf nachsah.

Da sie unfassbar stur ist, gelang es ihr, mich davon zu überzeugen, sie zur Universität zu bringen. Es ging ein paar Tage gut, doch dann wurde sie dort von einem weiteren Aswang verfolgt und verletzt. Lizzy schaffte es bis zu mir, jedoch der Leichenfresser ebenfalls. Ich war bereits im Begriff zu verschwinden, als mich der Aswang mit seinem Messer erwischte und sich an mich klammerte. Statt in meine Wohnung floh ich ins Meer. Ich besiegte ihn und wollte erfahren, warum sie Lizzy verfolgten. Er hat mir keine brauchbaren Antworten liefern können, bevor er starb.

Ich schöpfte etwas Kraft aus dem Meer und brachte uns zurück in die Stadt. Der weite Weg raubte mir die letzte Energie und ich fiel in Trance. Die Klinge war aus Eisen gewesen und die Wunde tief. Ich schlief über zwei Tage. Erst als ich wieder erwachte, habe ich feststellen müssen, dass Lizzys Verletzung von einem Biss herrührte. Sie hatte hohes Fieber und war am Ende ihrer Kräfte. Ich wusste nicht, was ich tun sollte und wandte mich an Tavia. Sie verschaffte mir Gegengift, das ich Lizzy umgehend einflößte. Es half tatsächlich und sie erholte sich von dem Gift. Danach haben wir uns nicht mehr vor die Tür gewagt. Sei

Tavia nicht böse, ich habe sie gebeten zu schweigen und ihr gesagt, ich werde dir selbst davon berichten.«

Zenana hatte ihm aufmerksam zugehört und ihn nicht unterbrochen. Beim letzten Teil seiner Geschichte schlug sie sich bestürzt die Hände vor den Mund und schluchzte. »Warum hast du dich nicht gemeldet? Warum hast du mir nicht erzählt, dass man dich verletzt hat – auch noch mit Eisen?«

»Das ist noch keine Woche her und ich bin kaum wieder drei Tage bei Bewusstsein. Ich bin noch immer geschwächt. Außerdem wollte ich dir keine Sorgen bereiten, so kurz vor Litha. Immerhin hast du genug zu tun.«

»Mir keine Sorgen machen?«, empörte sich seine Mutter. »Mütter sorgen sich immerzu. Erst recht, wenn ihr einziges Kind seinem Zuhause den Rücken kehrt und nicht häufiger zu Besuch kommt, als es unbedingt muss, und manchmal nicht einmal dann.«

Noel seufzte. Obwohl es noch früh war, fühlte er sich müde und abgekämpft. Immerhin hatte er seit dem Angriff auf der Unitoilette kaum das Bett verlassen. Seine Reserven waren noch lange nicht wieder gefüllt. »Bitte nicht heute, Mutter.«

Zenana faltete die Hände in ihrem Schoß und presste die Lippen zusammen. Noel wusste, wie schwer ihr das fiel, wenn sie bei diesem Thema erst einmal in Fahrt gekommen war. Erschöpft ließ er sich tiefer in das Kissen sinken und schloss die Augen.

»Wie geht es dir?«, fragte seine Mutter nach einer Weile.

»Erschöpft. Die Reise zum Portal war deutlich anstrengender, als sie hätte sein sollen.« Noel hielt die Augen geschlossen und war drauf und dran einzuschlafen. Er schreckte hoch.

Lizzy kannte außer Tavia und ihm selbst niemanden hier. Alles war ihr fremd. Versprechen hin oder her, er musste bald zu ihr zurück.

»Was hast du?«, wunderte Zenana sich.

»Ich darf Lizzy nicht so lange allein lassen. Das habe ich ihr versprochen«, erklärte Noel und wischte sich die Haare aus dem Gesicht.

»Versprochen? Du hast ihr tatsächlich ein Versprechen gegeben?«

»Nicht eins. Das ist schon das zweite.«

Seine Mutter starrte ihn ungläubig an. Noel konnte es ihr nicht verübeln. Vor zwei Wochen hätte er sich selbst auf diese Weise angesehen.

»Diese Frau muss ich kennenlernen«, sagte sie halb anerkennend, halb ungläubig.

»Sie wird die nächsten drei Tage hier sein. Es spricht nichts dagegen, wenn du das wirklich willst.«

Zenana wirkte zufrieden und winkte ihn zu sich heran. »Komm zu mir.«

Noel hievte sich aus dem Kissen, in das er halb versunken war, und stand auf. Nur um sich gleich wieder auf das Kissen zu setzen, das direkt vor Zenanas Füßen lag. Inzwischen war er schrecklich müde. So schlimm hatte er sich die Nachwirkungen der Verletzung nicht vorgestellt. Seine Mutter beugte sich zu ihm vor und umfasste mit beiden Händen sein Gesicht. Konzentriert schloss sie die Augen und er wartete, mehr oder weniger geduldig, ihre Bestandsaufnahme ab.

»Oh, mein armer Junge«, hauchte sie Augenblicke später.

Schlagartig fühlte Noel sich besser und er spürte, wie neue Kraft ihn erfüllte. Zenana sandte ihm etwas von ihrer eigenen Lebensenergie und vertrieb seine Erschöpfung. Noel legte seine Hand auf ihre und drückte seine Wange in ihre Handfläche. »Danke, Mutter«, murmelte er ergriffen. Er wusste, dass sie sich selbst schwächte, um ihn zu stärken.

Nach einer Weile zog Zenana ihre Hände zurück und Noel war von einer inneren Ruhe erfüllt – mit der es bei den nächsten Worten seiner Mutter ein jähes Ende nahm. »Aus Rücksicht auf deinen Zustand werde ich nicht darauf bestehen, dass du den Ritualen in dieser Nacht beiwohnst, wie ich es vorgesehen hatte.«

Erschrocken riss Noel die Augen auf und wich ein Stück vor ihr zurück. »Wie bitte?« Seine Stimme zitterte.

Zenana winkte ab. »Ich sagte beiwohnen, nicht daran teilnehmen.«

»Wozu?«

»Im Augenblick ist es für uns gefährlich, in die Welt hinauszugehen. Niemandem ist wohl dabei. Dennoch wissen wir, dass wir es müssen, und wenn es nur für eine Nacht ist. Keines der Paare wird heute allein gehen. Man verliert schnell den Kopf dabei und viel Kraft. Sie werden von mindestens zwei Diwata begleitet, die über sie wachen sollen und sie zur Not beschützen. Ich möchte Übergriffe vermeiden. Daher habe ich diesen Beschluss gefasst.«

Noels Kehle wurde trocken, auch wenn er dieses Mal davongekommen war. Eine Besserung ihrer Situation war nicht in Sicht. Demnach stünde er in drei Monaten erneut vor diesem Problem. Schließlich konnte er sich nicht in regelmäßigen Abständen von einem Aswang verletzen lassen, um dieser Pflicht zu entgehen. An das, was ihn in einem halben Jahr erwartete, wollte er schon gar nicht denken.

Seine Mutter sah ihn mit traurig wirkenden Augen an. »Dir ist nicht wohl dabei. Das weiß ich und bislang habe ich es respektiert, weil du noch so jung bist. Jedoch kann ich das nicht viel länger tun und das weißt du auch.«

Aufgewühlt rappelte Noel sich auf. Er konnte nicht länger still sitzen bleiben, wenn alles in ihm in Aufruhr war. Wie ein gehetztes Tier lief er auf und ab unter dem aufmerksamen Blick seiner Mutter. »Das heißt, meine Schonfrist ist mit den nächsten Monaten abgelaufen?«, warf er ihr erregt entgegen.

Zenana erhob sich ebenfalls. »So ist es.«

»Dann werde ich also bald nicht länger dein Sohn sein, sondern nur noch der Zuchtbulle meines Volkes«, stellte Noel bitter fest.

»Du wirst immer mein Sohn sein, auch in tausend Jahren noch«, erwiderte seine Mutter geduldig.

Ihre Ruhe machte ihn nur noch wütender. Am liebsten hätte er wie ein störrisches kleines Kind – denn genau das schien Zenana in seiner Weigerung in ihm zu sehen – die Sitzkissen durch die Gegend geschmissen. »Wir Encanto sind doch bloß Samenspender. Huren unseres eigenen Volkes, nichts weiter«, sagte er giftig.

Bedächtig neigte Zenana ihr Haupt. »Damit hast du nicht unrecht.«

Abrupt hielt Noel in seinem nervösen Marsch inne und wurde blass. »Du leugnest es nicht einmal?«

»Deine Worte sind sehr hart gewählt. Aber im Grunde genommen ist es die Wahrheit.«

»Wie kannst du das dann von mir verlangen?«

»Weil wir sonst aussterben werden. Unsere Reihen lichten sich zusehends. Das dürfen wir nicht zulassen. Immerhin sind wir die Bewahrer einer ganzen Welt.«

»Ich will das alles nicht«, presste er hervor.

»Ich weiß«, seufzte Zenana bedauernd. »Jedoch hege ich die Hoffnung, dass du deine Einstellung mit zunehmender Reife ändern wirst.«

»Das wage ich zu bezweifeln.«

»Das sagst du jetzt. Willst du behaupten, dass es dir nicht gefällt, etwas Besonderes zu sein und das in gleich mehrfacher Hinsicht? Dass es dir nicht schmeichelt, von den jungen Diwata umschwärmt und begehrt zu werden?«

Noel schüttelte den Kopf. »Es ist mir lästig.«

»Sag das nicht so leichtfertig«, mahnte seine Mutter.

»Es ist die Wahrheit. Warum glaubst du denn, halte ich mich schon so lange von meinesgleichen fern und beschränke den Kontakt auf ein Minimum?«

»Das frage ich mich seit Jahren.«

»Und ich *sage* es dir seit Jahren!«

Zenana erwiderte nichts darauf. Betroffen sah sie ihn an. Ihre Augen glitzerten verdächtig und Noel bekam ein schlechtes Gewissen, weil er sie angeschrien hatte.

»Es tut mir leid, Mutter«, sagte er stockend. »Ich bin dir dankbar und ich möchte mich nicht mit dir streiten. So möchte ich auch nicht leben. Kannst du das denn nicht verstehen?«

Zenanas Schultern sanken herab. In diesem Moment sah

man ihr das wahre Alter an. »Ich verstehe es, nur deshalb darf ich es trotzdem nicht zulassen.«

Für heute gab Noel auf. Es hatte keinen Sinn. Zenana liebte ihn über alles – das schon. Doch ihre Pflicht ihrem Volk gegenüber war ihr heilig. Genau deshalb war sie auch ihre Hüterin geworden und das seit Jahrhunderten mit großem Erfolg.

»Sicher hast du noch viel zu tun. Ich möchte dich nicht länger davon abhalten.« Langsam ging er zurück, küsste seine Mutter zum Abschied auf die Wange und griff nach dem Gurt der Tasche.

»Wir sehen uns heute Abend«, sagte Noel, bevor er sich von ihr abwandte.

»Bis zum Abend, mein Sohn«, sagte sie zu seinem Rücken.

Gemessenen Schrittes verließ er die Empfangshalle, obwohl er am liebsten davongerannt wäre. Jedoch spürte Noel, wie der Blick seiner Mutter auf ihm ruhte und sie jeden seiner Schritte beobachtete.

Kapitel 18

Vorsichtig schlüpfte Lizzy durch die Öffnung im Wurzelgeflecht und betrat den Raum, der sich dahinter verbarg.
In der Mitte lag Amaia auf einem grünen Teppich, der den
halben Boden bedeckte, die blonden Haare glatt gekämmt
und um ihren Kopf drapiert.

Tavia kniete neben ihr und umfasste mit beiden Händen
Amaias Gesicht. Beider Augen waren geschlossen, doch
Lizzy befürchtete, dass sich Amaias so bald nicht wieder
öffneten.

Bei genauerem Hinsehen fiel ihr auf, dass es sich nicht
um einen Teppich, sondern um zahlreiche kleinblättrige
Pflanzen handelte. Rings um Amaia wuchs ein Miniaturur-
wald. Kurze Bäume sprossen aus dem Boden, umgeben von
bunten Blumen und jeder Menge Farn. Lizzy wollte Tavia
nicht unterbrechen, schließlich wusste sie nicht, was ihre
Freundin mit Amaia machte. Daher wartete sie schweigend
auf eine Reaktion.

Einige Minuten später lehnte Tavia sich zurück und
lockerte ihre Schultern. Sie hatte Lizzy definitiv noch nicht
bemerkt.

»Du hast mir einiges zu erklären, meine Liebe«, sagte
diese und stemmte die Hände in die Hüften.

Mit einem schrillen Aufschrei fuhr Tavia in die Höhe

und starrte sie aus weit aufgerissenen Augen ungläubig an. »Lizzy? Was machst *du* denn hier?«

»Mir wurde eine unglaubliche Party zu meinem Geburtstag versprochen«, erwiderte sie mit breitem Grinsen.

Tavia eilte ihr entgegen und schloss sie fest in die Arme. »Wie in aller Welt bist du hierhergekommen?«

»Noel hat mich mitgenommen.«

»Noel? Der Barkeeper?«

»Genau. Der Noel, der mit dir zusammen in meiner Wohnung aufgetaucht ist, um Amaia zu retten, der mich schon zum zweiten Mal davor bewahrt hat, von Aswang gefressen zu werden, und bei dem ich seit fast zwei Wochen wohne.«

Tavia starrte sie nur an und suchte nach den richtigen Worten. »Warum weißt du noch von Amaia? Was wollen Aswang von dir und wieso *wohnt* ihr zusammen?«

»Lange Geschichte«, winkte Lizzy ab. »Sag mir, wie es Amaia geht, und danach kann ich sie dir erzählen.«

Tavia brauchte kurz, um sich zu sammeln. Lizzy hielt es nicht länger aus und ging zu Amaia. Vorsichtig kniete sie sich an ihre Seite. Sie befürchtete, die Pflanzen am Boden zu zerdrücken. Die kleinen Dinger erwiesen sich als robust und trotzdem unfassbar weich an ihren nackten Knien.

Neben ihr ging Tavia in die Hocke. »Allmählich geht es ihr besser und das Schlimmste liegt hinter ihr«, erklärte sie. »Anfangs sah es nicht gut aus. Durch unseren Einsatz haben wir Amaia retten können.«

»Wann wacht sie wieder auf?«, fragte Lizzy besorgt.

»Wahrscheinlich in ein paar Tagen, spätestens in einer Woche.«

Sie atmete erleichtert auf. »Was hat es mit diesem Urwald hier auf sich?«

»Was weißt du bereits über uns?«, fragte Tavia zurück.

»Das Wichtigste über die Diwata sollte Noel mir erzählt haben. Amaias Seelenbaum ist fast verbrannt. Deshalb geht es ihr so schlecht.«

»Richtig. Dies sind alles Pflanzen, die in ihrem Schutzgebiet wachsen, von ihnen kann sie am leichtesten frische Kräfte beziehen. Darum haben wir sie zu ihr gebracht. Die Pflanzen beschleunigen ihre Regeneration.«

»Das ist gut. Ich vermisse euch beide.« Zärtlich strich Lizzy über Amaias Wange, doch eine Reaktion blieb aus. Im Stillen hatte Lizzy gehofft, Amaia würde sie bemerken.

»Ich habe dich auch vermisst«, erwiderte Tavia und lächelte schief. »Jetzt erklär mir, wie Noel auf die Idee gekommen ist, dich mitzubringen.«

»Verrate mir zunächst etwas.«

»Was möchtest du wissen?«

Nervös kaute Lizzy auf ihrer Unterlippe. »Ist es sehr aufwendig, einen Diwata von einem gegebenen Versprechen zu entbinden?«

»Warum fragst du mich das?«

»Du weißt genau wieso, Tavia.« Lizzy funkelte ihre Freundin herausfordernd an. Ihre Antwort bekäme sie.

Tavia seufzte. »Nein, es ist nicht aufwendig. Man muss dem Diwata, der einem etwas versprochen hat, nur sagen, dass man nicht länger auf die Einhaltung des Versprechens besteht. Das ist schon alles.«

Lizzy entspannte sich. Das klang wirklich leichter als befürchtet.

»Eines solltest du noch wissen«, fügte Tavia hinzu und ließ Lizzy aufgrund ihres Tonfalls aufhorchen. »Amaia hat das nicht getan, um dir zu schaden. Sie wollte dich beschützen.«

»Mir schadet sie auch nicht direkt, aber Noel ... Sieh mich nicht so tadelnd an. Ich bin nicht in ihn verliebt. Trotzdem hat er mir zweimal das Leben gerettet und mich bei sich aufgenommen, obwohl ihm das zunächst gar nicht passte. Wegen mir wurde er schwer verletzt und ich konnte ihn noch nicht mal anfassen, um ihm irgendwie zu helfen, ohne es noch viel schlimmer zu machen. Ich mag ihn und vertraue ihm und dieses Versprechen hat uns das Leben gewaltig erschwert.«

Tavias vorwurfsvoller Blick wandelte sich in Bedauern. »Es tut mir leid, wenn es so ist. Doch leider bin ich nicht in der Lage, etwas daran zu ändern. Das kann nur Amaia.«

»Ich weiß«, seufzte Lizzy.

»Lass uns zu mir gehen zum Reden, da haben wir es bequemer«, sagte Tavia aufmunternd. »Ich sage nur schnell Bescheid, dass ich Amaia allein lasse. Du kannst hier warten.« Schon stand Tavia auf und wollte gehen.

»Ist gu... nein, warte! Das geht nicht, du musst hierbleiben!«, rief Lizzy, als ihr schlagartig die Konsequenzen bewusst wurden.

Verwundert runzelte Tavia die Stirn. »Warum denn?«

»Du darfst mich nicht allein lassen«, beharrte sie.

»Ich bin in ein paar Minuten zurück, du musst keine Angst haben.«

»Du verstehst nicht. Noel hat mir versprochen, nicht von meiner Seite zu weichen, solange wir hier sind. Und falls doch, dann nur, wenn ich mich stattdessen in deiner Obhut befinde. Er wollte uns nicht stören und stattdessen mit seiner Mutter reden. Noel ist nicht in der Nähe. Du darfst mich jetzt nicht allein lassen. Damit sorgst du dafür, dass er sein Versprechen bricht.«

»Er hat es dir versprochen? *So etwas?*«

»Ja, das waren seine Worte. Samt feierlicher Verbeugung, Trommelwirbel und dreifachem Tusch. Also bleiben wir entweder gemeinsam hier oder du nimmst mich mit, wenn du dich abmeldest.«

»Gut, dann komm lieber mit«, sagte Tavia noch immer verblüfft.

Zusammen verließen sie Amaias ungewöhnliches Krankenzimmer und gingen tiefer in den Wald hinein. Lizzys Blick wanderte fasziniert umher. Sie konnte sich an dieser Welt nicht sattsehen. Ihr fiel etwas ein. »Hey, wie alt bist du wirklich?«

»Vierundachtzig«, antwortete Tavia zögernd.

»Und Amaia?«

»Achtundsiebzig.«

»Na toll«, stöhnte Lizzy. »Meine beiden besten Freundinnen sind zwei alte Schachteln.«

»Ich bin nicht alt«, empörte sich Tavia.

»Wir sollten das positiv sehen. So kannst du beim nächsten Kinobesuch den Seniorenrabatt geltend machen.« Lizzy grinste ihre Freundin frech an und sah ihr schadenfroh dabei zu, wie sie die Fassung verlor.

Ganz offensichtlich hatten Diwata ein Problem damit, alt genannt zu werden, wenn man bedachte, dass Noel genauso reagiert hatte.

»Ich bin weder eine alte Schachtel noch eine Seniorin. Ich bin heiß, das weißt du ganz genau«, sagte Tavia eingeschnappt.

»Jaa, ich weiß. Noch nicht einmal mündig, damit gehst du quasi noch als Teenager durch. Im Umkehrschluss müsste das bedeuten, dass ich in gewisser Hinsicht älter bin als du. Immerhin bin ich schon lange volljährig.«

»Das hättest du wohl gern«, gab Tavia pikiert zurück.

Lizzy kam aus dem Lachen nicht mehr heraus. Diwata mit ihrem Alter aufzuziehen, entwickelte sich zu ihrer neuesten Lieblingsbeschäftigung.

Erschrocken zuckte Lizzy zusammen, als zwei muskulöse Arme sie von hinten umschlangen. Die Schrecksekunde war schnell vergangen, da Noels vertrauter Geruch in ihre Nase stieg und sich das Gefühl von Verbundenheit in ihr ausbreitete.

Ihr lag eine spitze Bemerkung auf der Zunge, die sie schnell wieder herunterschluckte. Noel vergrub seinen Kopf an ihrer Schulter, sein Brustkorb drückte sich an ihren Rücken, seine Hände zitterten auf ihrer Haut.

Tavia war noch ein paar Schritte weitergegangen, bevor sie es bemerkt und sich umgedreht hatte. Mit weit aufgesperrtem Mund starrte sie ihn an.

Lizzy wurde der Blick ihrer Freundin unangenehm und sie zweifelte daran, dass Noel, der offensichtlich aufgewühlt war, in Tavias Gegenwart auch nur ein Wort von sich gäbe oder sich überhaupt rührte.

Sie räusperte sich. »Warum gehst du dich nicht abmelden und ich komme dann später nach?«

Tavia schloss geräuschvoll ihren Mund. »Okay.« Sie

stammelte und ging schnell davon. Lizzy streckte die Hand aus und fuhr Noel beruhigend durchs Haar.

»Alles in Ordnung bei dir?«, flüsterte sie sanft, sobald Tavia außer Hörweite war.

»Ja«, brummte es an ihrer Schulter.

»Bist du dir sicher?«

»Nein.«

»Möchtest du es mir erzählen?«

»Nein.«

»Okay, vielleicht später«, erwiderte Lizzy locker und tätschelte weiterhin Noels Kopf. Zu viele Nonnen und Pflegeeltern hatten versucht, gegen ihren Willen in sie zu dringen. Sie würde nicht in deren Fußstapfen treten.

»Doch«, änderte Noel seine Meinung.

»Was hat dich so aufgebracht?«, fragte sie nach kurzem Zögern.

Allmählich verlangsamten sich seine hektischen Atemzüge. »Ich habe mich wieder mit meiner Mutter gestritten und sie sogar angeschrien.«

»Hat es denn nicht noch etwas Zeit, bis du ihre Nachfolge antrittst? So wenigstens ein bis zwei Jahrhunderte? Müsst ihr darüber jetzt schon streiten?«

»Es geht nicht nur um die Nachfolge«, erklärte Noel ausweichend.

»Worum noch?«

»Darüber möchte ich nicht sprechen. Fakt ist, die nachsichtige Haltung meiner Mutter zu diesem Thema endet in Kürze mit meiner Mündigkeit. Das Schlimmste ist, dass sie meinen Widerwillen als meine Mutter versteht, es als unsere Hüterin jedoch nicht akzeptieren kann.«

»Was bedeutet das für dich?«

»Ich werde mein bisheriges Leben und meine Freiheit aufgeben müssen«, schnaubte Noel.

»Dann kannst du nicht mehr unter Menschen leben?«, mutmaßte Lizzy.

»Eher nicht.«

»Wie kann ich dich dann sehen?«, fragte sie erschrocken. »Oh ... das werde ich dann nicht mehr können«, beantwortete sie ihre Frage selbst.

Noels Schweigen bestätigte ihre Vermutung. In Lizzy zerbrach etwas. Seine Nähe, so kurz sie auch erst währte, war ihr kostbar geworden. Seitdem sie wusste, was es war, das zwischen ihnen stand, hatte sie sich mehr und mehr hinausgewagt und genoss jede Minute, in der Noel bei ihr war. Es fiel ihr schwer, ein solch abruptes Ende zu akzeptieren, bevor es überhaupt erst angefangen hatte.

»Denk für heute nicht mehr daran.« Noel hob den Kopf und küsste ihren Hals. »Ich werde es auch nicht tun«, wisperte er zwischen zwei Küssen.

Lizzy schmolz in seinen Armen wie Schnee in der Frühlingssonne. »Was ist mit morgen?«

Er hatte ihr Ohr erreicht und heiße Schauer jagten über ihren Rücken. »Morgen erst recht nicht, da hast du Geburtstag.«

»Und am Tag danach?«

Noel seufzte. »Lass uns gar nicht daran denken.«

»Wird es dann nicht umso schmerzhafter?«

»Vielleicht, aber jeder glückliche und unbeschwerte Tag davor wird umso kostbarer.«

Lizzy ließ sich gegen ihn sinken und genoss das Gefühl

seiner Lippen und knabbernden Zähne auf ihrer Haut. Der Griff in seinem Haar wurde fester. Leise stöhnend schloss sie die Augen. Sie wollte mit ihm allein sein, wollte, dass er von Amaias Versprechen befreit war und sie tun und lassen konnten, was sie wollten.

Mit einem letzten Kuss löste Noel sich von ihr. Sie wollte protestieren. »Tavia kommt zurück«, erklärte er. »Wirst du bei ihr bleiben?«

Lizzy drehte sich in seinen Armen, um ihn ansehen zu können. »Tavia wollte mich mit zu sich nehmen, damit wir uns ein bisschen unterhalten können.«

Noels Augen funkelten vor Verlangen und sorgten dafür, dass sie sich gleich wieder auf ihn stürzen wollte. »Das passt mir ganz gut. Ich muss vor der Feier noch etwas erledigen«, räumte er ein und zog sich den Gurt der Tasche von der Schulter, um sie vorsichtig neben Lizzy abzustellen. »Die lasse ich in deiner Obhut. Ich will nicht, dass du wegen mir hungern musst, weil ich dein Essen spazieren trage.«

»Heute Abend werden wir uns sehen?«, wollte Lizzy sich versichern.

»Solange du mir einen Tanz schenkst.«

»Wir werden sehen. Wenn du mich nett fragst, könnte ich es mir überlegen«, neckte sie ihn.

Noel verzog das Gesicht zu einem ergebenen Schmunzeln. »Bis nachher«, sagte er und drückte ihr einen kurzen Kuss auf die Lippen.

»Ich freue mich darauf«, murmelte Lizzy, sobald er sie freigab.

Schon eilte Noel davon und sie konnte nicht anders, als ihm sehnsüchtig hinterherzustarren. Warum nur fühlte sie sich in der Nähe eines Mannes vollständig, den sie niemals ganz haben konnte?

»Wow!«, ließ Tavia sich hinter ihr vernehmen. »Dafür, dass du mir gerade erzählt hast, dass ihr euch nicht berühren konntet, sah das für mich nach ziemlich vielen Berührungen aus – nach ziemlich vielen, *ziemlich heißen* Berührungen.«

Bedauernd stellte Lizzy das Schmachten ein und drehte sich lächelnd zu ihrer Freundin um. »Du weißt doch, ich bin erfinderisch. Als er mir verraten hat, wo das eigentliche Problem liegt, ist mir etwas eingefallen, womit sich Amaias Versprechen umgehen oder eher abmildern lässt.«

»Wie das?«, fragte Tavia erstaunt.

»Noel hat mir versprochen, mich anfassen zu können, sollten wir beide dies wünschen. Es funktioniert ganz gut, setzt Amaias Versprechen jedoch nicht komplett außer Kraft. Ich weiß, du willst es hören, also: Weiter als küssen und fummeln sind wir bisher nicht gekommen. Sobald es zu heiß wird, macht das ursprüngliche Versprechen Probleme«, erklärte Lizzy missmutig.

»Klingt so, als hättest du mir einiges zu erzählen.« Tavia ergriff Lizzys Arm und zog sie mit sich. »Komm, gehen wir zu mir und dann will ich alles hören.«

Gehorsam folgte Lizzy ihrer Freundin und musste über Tavias Eifer in sich hineinlächeln.

Kapitel 19

Noels Besorgung war keine charmante Ausrede, um den beiden Frauen noch etwas Privatsphäre zu gönnen. Ihm war etwas eingefallen, was er Lizzy zum Geburtstag schenken konnte. Fragte sich nur, ob er das in der kurzen Zeit, die ihm blieb, auch beschaffen konnte. Mit schnellen Schritten ging er tiefer in den Wald hinein.

»Noel!« Apryls fröhliches Kreischen war unverkennbar und brachte ihn zum Lächeln. Hatte sie ihn also doch schon gefunden.

Er drehte sich um und entdeckte das rauschende Energiebündel, das auf ihn zuhielt und ihm soeben in die Arme sprang. Durch einen Ausfallschritt gelang es Noel gerade so, sein Gleichgewicht zu halten und mit der kleinen Diwata im Arm nicht zu Boden zu stürzen.

»Ich freue mich auch, dich zu sehen«, entgegnete er lachend, sobald er sicher stand.

»Ich habe dich vermisst«, teilte sie ihm vorwurfsvoll mit. Apryls dünne Arme hielten ihn in einer festen Umarmung und pressten die Luft aus seiner Lunge. Der Druck auf seiner halb verheilten Wunde schmerzte und Noel sog scharf die Luft ein.

Sofort rückte sie von ihm ab und musterte ihn besorgt. »Was hast du?«

»Ich bin etwas angeschlagen, daher wäre es außerordentlich rücksichtsvoll von dir, wenn du mich schonen könntest.«

»Was ist passiert?«

»Ich wurde vor ein paar Tagen verletzt«, sagte er ausweichend.

Apryls riesige violette Augen verdüsterten sich. »War es ein Aswang?«

»Woher weißt du das?«, fragte Noel erstaunt. Hatte Tavia doch etwas verraten?

»Jede Verletzung, die uns dieser Tage beigebracht wird, verursachen die Aswang«, grollte Apryl.

»Warum bist du nicht gleich nach Hause gekommen? Warum jetzt erst?«

»Weil ich nicht das eigentliche Ziel des Aswangs war. Ich stand ihm nur im Weg.«

Apryl schnaufte frustriert. »Jetzt lass dir doch nicht alles einzeln aus der Nase ziehen! Erzähl mir, was passiert ist.«

»Die Aswang sind hinter einer Freundin her ...«

»Der Mensch, den du mitgebracht hast?«, unterbrach sie ihn.

»Genau«, bestätigte er. »Jedoch habe ich keine Ahnung, weshalb. Als einer sie jagte, wollte ich mit ihr zusammen fliehen. Bevor ich ganz verschwunden war, hat er mich mit dem Messer erwischt.«

Bestürzt wurden Apryls Augen noch größer. »Er hat mit einem Messer auf dich eingestochen? Fehlt nur noch, dass es aus Eisen war.«

»Leider war es das tatsächlich«, räumte Noel unglücklich ein. »Er wusste offenbar, mit wem er es zu tun hatte.

Ich fiel kurz darauf in Trance und hätte gar nicht hierherkommen können, wie du siehst.«

»Wie geht es dir und wie schlimm ist es?«, fiepte Apryl mit hoher, aufgebrachter Stimme.

»Es geht mir schon besser als noch vorhin. Zenana hat mir etwas von ihrer Kraft überlassen und damit die Erschöpfung vertrieben.«

Mit skeptischem Blick musterte sie ihn, als wollte sie Noels Worte auf ihren Wahrheitsgehalt hin abwägen. Seufzend zog er mit einer Hand sein Hemd hoch und ließ Apryl die rote Wulst der frischen und noch geschwollenen Narbe sehen. »Siehst du, es verheilt schon wieder«, kommentierte er geduldig.

Vorsichtig beugte Apryl sich vor und begutachtete die Wunde. »Du hast großes Glück gehabt. Das hätte schnell schlimmer ausgehen können«, stellte sie ungewohnt ernst fest. »Und dabei war diese Klinge nicht einmal für dich bestimmt.« Ihr Tonfall wurde bitter und sie spie die letzten Worte regelrecht aus.

Noel ließ sein Hemd sinken und schaute verwundert auf Apryl herab, die er um gut zwei Haupteslängen überragte. »Was genau verärgert dich daran?«, fragte er lauernd.

»Du hast dich fast umbringen lassen und das für einen Menschen. *Das* verärgert mich«, schnaubte sie verächtlich.

Sämtliche Nachsicht schwand aus Noels Stimme. »Fang mir nicht wie dein Bruder an, sonst ist dieses Gespräch ganz schnell beendet. Selbst wenn ich das bedauern müsste.«

»Schon gut«, lenkte Apryl ein. »Du wirst schon deine Gründe haben.«

»Die habe ich in der T...«

»Lass uns lieber über etwas Schönes reden«, unterbrach sie ihn aufgeregt. »Was ist in der Tasche, die du dabeihattest? Was hast du mir dieses Mal mitgebracht?«

Noel seufzte. »Durch die Aufregung in den letzten Tagen bin ich leider nicht dazu gekommen, etwas zu besorgen. Ich hoffe, du kannst mir verzeihen, dass ich ohne Mitbringsel für dich aufkreuze.«

Mürrisch zog Apryl die Augenbrauen zusammen und legte die Stirn in Falten. »In Anbetracht der Umstände werde ich darüber noch einmal hinwegsehen«, erklärte sie großmütig. »Warum schleppst du dann so viel Gepäck mit dir herum?«

»Lizzy wird während Litha mit mir zusammen hierbleiben«, erklärte Noel. »In der Tasche sind Wasser und Essen für sie.«

»Du hast also nicht vor, ihr von unserem Essen zu geben.«

»Auf gar keinen Fall!«

Apryl wirkte erleichtert. »Ich dachte schon, sie bedeutet dir etwas und du willst sie hierbehalten.«

»Gerade weil es so ist, werde ich ihr nichts geben. Ich will sie nicht in unserer Welt einsperren. Das wäre für sie eine Katastrophe. Lizzy hat es nach dem Angriff auf uns schon kaum drei Tage am Stück in der Wohnung ausgehalten.«

Apryl quittierte seine Bemerkung mit einem unbestimmten Brummen. »Du wirst nicht an den Ritualen teilnehmen, oder?«, wechselte sie abermals das Thema.

»Nein und ich bin aufgrund meiner Verletzung ebenfalls von der Wache befreit«, erwiderte Noel ruhig.

»Nimmst du denn teil?«

Missmutig verzog Apryl das Gesicht. »Nur als Wache. Terryn wird zum ersten Mal daran teilnehmen. Seitdem er sich in Askese befindet, ist er unausstehlich.«

»Noch unausstehlicher als sonst? Das geht?«, gab er spöttisch zurück.

»Du machst dir keine Vorstellung«, erwiderte sie genervt. »Er hat sich vorgenommen, wenigstens drei Rituale erfolgreich durchzustehen.«

»Gleich drei beim ersten Mal? Da hat er sich ja viel vorgenommen.«

Apryl grinste verschlagen. »Ich hoffe, es werden maximal zwei. Dann hält er seine große Klappe.«

»Solltest du nicht netter über deinen kleinen Bruder sprechen, ihn in seinem Vorhaben unterstützen und dich über seinen Einsatz für unser Volk freuen?«

»Ich wusste nicht, dass man sich in der Menschenwelt mit *Schwarmdenken* infizieren kann«, spottete Apryl stattdessen.

Er verzog das Gesicht. »Wenn es so wäre, befände ich mich ebenfalls in Askese, meinst du nicht?«

Apryl zuckte nur mit der Schulter. »Noch musst du ja nicht.«

»Nein, aber ich könnte, wenn ich wollte.«

»Was du nicht tust.«

»Richtig.«

»Wie wird es beim nächsten Mal sein? Hat Zenana ihre Meinung geändert?«

»Nein«, antwortete Noel kurz angebunden.

Abwehrend hob Apryl die Hände. »Ich sehe schon: falsches Thema.«

Neugierig sah sie an ihm vorbei und kundschaftete seinen weiteren Weg aus. »Wo willst du hin?«

»Ich brauche ein Geschenk.«

»Für mich?« Ihre Stimme quietschte vor Aufregung.

Noel schüttelte den Kopf und schwor sich, beim nächsten Besuch etwas Leckeres für sie mitzubringen. »Nein, du hattest schon an Ostara Geburtstag.«

»Verstehe.« Apryl zog einen Schmollmund.

»Möchtest du mich begleiten?«, fragte er, in der Hoffnung, ihre Laune wieder zu verbessern.

»Nein, keine Zeit. Ich muss mich für heute Abend umziehen.« Kaum hatte sie das gesagt, flitzte sie auch schon davon.

Nach ein paar Schritten hielt sie noch einmal inne und drehte sich halb zu ihm um. »Und wehe, du tanzt nicht mit mir!«

»Keine Sorge, das werde ich.«

Zufrieden nickte sie und stürmte davon. Noel ging lächelnd seines Weges. Er hatte nicht mehr viel Zeit und musste sich sputen.

Offenen Mundes hatte Tavia Lizzys Geschichte gelauscht. »Es fällt mir regelrecht schwer zu glauben, was in nicht mal zwei Wochen alles mit dir geschehen ist.«

»Das Gefühl kenne ich«, bestätigte Lizzy düster.

»Warum hatte Noel mir denn nicht gesagt, dass du diejenige bist, die vom Aswang gebissen wurde?«, fragte Tavia aufgebracht. »Dann hätte ich mich noch viel mehr beeilt, um das Gegengift zu beschaffen.«

»Wahrscheinlich, weil ich auch nicht wollte, dass er dich von dem ersten Angriff wissen lässt«, mutmaßte Lizzy. »Außerdem hätte ich es dir erzählt, wenn du mal an dein Telefon gehen würdest. Ich hatte schreckliche Angst, als Noel umgefallen ist. Aber bei dir war wieder nur die Mailbox dran und ich musste zusehen, wie ich zurechtkomme.«

Unglücklich verzog Tavia das Gesicht. »Ich habe hier keinen Empfang.«

»Das erklärt einiges. Also sei nicht überrascht, wenn dein Handy explodiert, sobald es wieder Empfang hat. Es haben sich ein paar Nachrichten angesammelt.«

»Zeig mir deinen Hals«, wechselte Tavia das Thema.

Gehorsam schob Lizzy ihre Haare über die Schulter und gab den Blick auf die fast verheilte Narbe frei.

»Man sieht ja fast nichts mehr«, stellte Tavia fest.

»Das hat Noel auch überrascht. Was auch immer du ihm gegeben hast, hat ganz wunderbar funktioniert.«

»Ich bin wirklich erleichtert, dass du glimpflich davongekommen bist. Wäre dir etwas zugestoßen, wäre ich meinen Lebtag nicht mehr froh geworden«, sagte die Diwata ernst.

»Da das bei dir wirklich lange dauern kann, sollte ich also gut auf mich aufpassen«, stellte Lizzy fröhlich fest.

»Wehe, wenn nicht!«, drohte Tavia gespielt. »Lass uns zu erfreulicheren Dingen kommen: Du wirst wirklich drei

Tage hierbleiben und Noel darf nicht von deiner Seite weichen?«

»Das waren seine Worte. Er sagt, er fühlt sich für mich verantwortlich, weil ihr nicht da wart. Mittlerweile scheint er darüber nicht mehr ganz so unglücklich zu sein wie zu Beginn.«

Tavia grinste wissend. »Ich bin mir sicher, du tust dein Möglichstes, um ihn glücklich zu machen. Sonst hätte er kaum den Aufwand betrieben, dich herzubringen.«

»So ist das zwischen uns nicht«, protestierte Lizzy halbherzig.

Argwöhnisch zog ihre Freundin die Augenbrauen hoch. »Natürlich wäre es auch nicht so, wenn Amaia nicht wäre, schon klar.«

Lizzy wand sich unbehaglich. »Gut, du hast mich erwischt. Sobald Amaia wach ist, werde ich ihr den Hals umdrehen. Erstens, weil sie mir solche Sorgen bereitet hat und zweitens, weil sie auf dieses dämliche Versprechen gekommen ist.«

»Lass etwas von ihr übrig, sie bedeutet mir viel«, seufzte Tavia verstehend.

»Na schön, weil du es bist.«

Aufgeregt klatschte Tavia in die Hände und stand auf. Die Stoffbahnen, auf denen sie saßen, schwankten dadurch gefährlich und Lizzy bekam ein flaues Gefühl in der Magengegend. »Jetzt wollen wir sehen, was du für die Feier anziehst.«

»Kann ich nicht so bleiben?«, fragte sie unsicher und musterte ihr schwarzes Kleid, von dem sie ausgegangen war, dass es ihr gut stand.

Tavia schüttelte entschieden den Kopf. »Schwarz ist viel zu trist. Die Schuhe solltest du auch ausziehen.«

»Warum das?«

»Niemand trägt hier Schuhe.« Das war Lizzy auch schon aufgefallen. »Meine ersten Gehversuche auf diesen Dingern sahen wirklich lächerlich aus«, sinnierte Tavia nun. »Unter Menschen wäre es seltsam gewesen, barfuß zu laufen.«

Lizzy grinste spöttisch. »Wenn meine Oma anfängt, über ihre Jugend zu schwärmen, bekomme ich wenigstens Tee und Kekse gereicht, damit es erträglicher wird.«

»Und wenn deine Oma immer noch auf Pumps durch die Gegend stolzieren kann, komme ich vorbei zum Zuschauen und bringe dir Kekse für das Schauspiel mit«, gab Tavia zurück.

Lizzy sah Tavia neugierig dabei zu, wie sie in den Tüchern und Beuteln wühlte, die über ihrer Hängemattenkonstruktion in den dünneren Ästen baumelten. Die Behausungen der Diwata, wenn man sie denn so nennen wollte, erinnerten eher an Vogelnester. In Tavias Fall an den Zufluchtsort einer Elster. Überall hatte sie ihren Schmuck in den Ästen aufgehängt.

Unter ihnen waren nur wenige andere ... Zimmer? Nein, das passte nicht ... Lizzy beschloss, bei dem Begriff *Nest* zu bleiben. Jedoch erstreckten sich über ihnen unendlich viele weitere, bis sich die Baumkrone samt bunten Diwatanestern allmählich im Himmel verlor.

Über eine Treppe, die um den gewaltigen Stamm wuchs und ein Teil von ihm zu sein schien, waren sie hierhergekommen. Ein Umstand, der Lizzy gefreut hatte. Bis ganz nach oben laufen zu müssen, wäre bestimmt anstrengend geworden.

Inzwischen hatte Tavia ein veilchenblaues Kleid hervorgesucht und hielt es ihr hin. »Versuch das mal.«

»Ich glaube nicht, dass mir die Farbe steht. Das beißt sich doch mit meinen Haaren.«

»Es muss nicht in der Farbe bleiben. In dem Schnitt auch nicht, wenn es dir nicht gefällt«, gab Tavia ungeduldig zurück.

»Warum soll ich es dann überhaupt erst anziehen?«, fragte Lizzy immer noch skeptisch.

»Mach einfach. Das siehst du dann schon.«

»Und wo?« Sie sah sich suchend um und konnte nichts entdecken, was als Sichtschutz taugte. »Vermutlich hast du keine Umkleidekabine in deinem Baum versteckt?«

»Das ist nicht *mein* Baum. Diese hier gehören uns allen und doch niemandem«, stellte Tavia klar.

»Gut, dann eben nicht *dein* Baum. Das beantwortet meine Frage nicht.«

»Zieh dich um und fertig.«

»Hier?! Wo mich jeder sieht?«, erwiderte Lizzy.

Tavia seufzte. »Kaum bin ich zwei Wochen zu Hause, vergesse ich, wie prüde doch die Menschheit ist.« Als Lizzy sich immer noch skeptisch nach allen Seiten umsah, fuhr Tavia fort: »Nun mach schon, das ist hier für niemanden etwas Besonderes.«

»Na, vielen Dank auch«, gab sie pikiert zurück. »Ich könnte mir vorstellen, für den einen oder anderen wäre der Anblick meiner nackten Haut ein wenig spektakulär.«

Tavia grinste diebisch. »Für Noel zum Beispiel?«

Lizzy wurde knallrot. »Jetzt gib das verdammte Ding schon her«, wechselte sie wenig geschickt das Thema.

Das Kleid wechselte seinen Besitzer und Lizzy inspizierte es skeptisch. »Ich glaube wirklich nicht, dass es mir stehen wird.«

Genervt rollte Tavia mit den Augen. »Zieh es jetzt an oder ich werde Noel suchen gehen, damit wir ihn nach seiner Meinung fragen und eine kleine Modenschau veranstalten können.«

»Auf gar keinen Fall!« Eilig zog Lizzy sich die Pumps von den Füßen und schälte sich aus ihrem eigenen Kleid. Wobei sie versuchte, so wenig von sich zu entblößen wie sie konnte. Hastig zog sie Tavias Kleid über und stand mit wackeligen Füßen auf. »Und?«

Tavia musterte sie kritisch. »Du hast recht. Die Farbe steht dir nicht.«

»Prima, lieber eine späte Erkenntnis als gar keine«, grollte Lizzy.

»Das macht nichts. Wir ändern es gleich«, erwiderte Tavia geduldig.

»Wie denn ändern?«

»Warte.« Tavia zog ein weiteres Kleid hervor – dieses Mal ein dunkelblaues – und zog es sich über den Kopf. Schon geriet der Stoff in Bewegung. Der Saum zog sich zusammen und wanderte höher, sodass er nun weit über ihrem Knie endete. Das dunkle Blau blich aus und wechselte zu strahlendem Gelb.

Mit offenem Mund schaute Lizzy zu. »Wie hast du das gemacht?«, krächzte sie ungläubig.

Tavia grinste siegesgewiss. »Das ist kein normaler Stoff.

Es sind lebende Pflanzenfasern, die sich dem Wunsch ihres Trägers anpassen und verändern.«

»Das heißt, du musst dir nur vorstellen, wie dein Kleid aussehen soll und schon tut es das?«

»Genau so ist es. Wie hättest du deines denn gern?«

Neben Schwarz stand Lizzy Rot ebenfalls ziemlich gut. Das wäre Tavia hoffentlich bunt genug. Lizzy dachte an den kräftigen Farbton ihrer Haare und überlegte, dass sie anstatt Trägern lieber eine breite Raffung über der Schulter haben wollte. Gerade wollte sie Tavia ihren Wunsch mitteilen, als ihre Haut zu kribbeln und zu kitzeln begann.

Halb erschrocken, halb erstaunt sah sie zu, wie sich die Farbe ihres eigenen Kleides veränderte und der Stoff sich in die Form zog, die sie sich überlegt hatte. »Ach, ich kann das selbst?«

Tavia musterte sie überrascht. »Das hätte ich jetzt auch nicht gedacht«, gab sie zu.

»Hätte das nicht klappen dürfen?« Nun wurde aus Lizzys Überraschung Unsicherheit.

»Jein, ich habe noch nie einem Menschen eines meiner Kleider gegeben. Offenbar funktioniert es bei euch auch.« Tavia zuckte mit der Schulter. Damit war das Thema für sie erledigt. »Du siehst sehr hübsch aus.«

»Danke«, erwiderte Lizzy leicht unbehaglich. Ihr war dieses Kleid noch nicht ganz geheuer.

»Weißt du, was? Ich schenke es dir zum Geburtstag«, sagte Tavia fröhlich.

»Ist das dein Ernst? Danke schön!«

»Klar, dank mir hast du jetzt immer etwas zum Anziehen und ich habe noch genug Kleider.«

»Stellt sich die Frage: warum? Immerhin kannst du jedes ändern, wie du möchtest.«

»Manche gefallen mir, wie sie sind und gelegentlich sollte man sie schon reinigen. Ich kann doch nicht immer in demselben Fummel rumlaufen. Außerdem sind sie nicht alle aus diesem besonderen Stoff.«

»Auch wieder wahr«, räumte Lizzy ein.

»So wirst du dich ganz wunderbar unters Volk mischen können.«

Lizzy wand sich unsicher. »Ich bin mir gar nicht so sicher, überhaupt erwünscht zu sein.«

»Wie kommst du darauf?« Tavia war ehrlich überrascht.

»Meine Begrüßung verlief nicht sonderlich freundlich.«

»Wessen Begrüßung denn?«

»Als Noel mich durch das Portal gebracht hatte, kam gleich darauf ein anderer Encanto um die Ecke. Er schien nicht begeistert über Noels Verhalten zu sein, weil dieser für seine *menschliche Dirne* ein Risiko eingegangen sei und das Portal geöffnet habe. Sein Name war …«

»Terryn.«

»Genau.«

Tavia seufzte. »Das hat er wirklich zu dir gesagt?«

»Ja, diese Bezeichnung habe ich zitiert«, sagte Lizzy beleidigt. »Noel war sehr verärgert darüber.«

»Nimm es nicht zu persönlich. Die beiden können sich nicht leiden und haben sich die letzten dreißig Jahre durchweg gestritten, sobald sie sich gesehen haben. Terryn kann deinem Volk nicht viel abgewinnen und war, soweit ich weiß, noch nie lange unter Menschen, wenn er nicht musste. Eigentlich ist er wirklich in Ordnung.«

»Wenn man nicht gerade ein Mensch ist.«

»Das werde ich wohl einräumen müssen. Am besten gehst du ihm aus dem Weg. Noel wird ihm diese ungehobelte Bemerkung garantiert zurückzahlen. Wenn er sagt, die Sonne geht im Osten auf, würde Terryn steif und fest behaupten, sie ginge im Westen auf. Manchmal bekommt man den Eindruck, sie sind bloß gegenteiliger Meinung, um dem anderen bloß nicht zustimmen zu müssen.«

»Tatsächlich? Was haben die beiden für ein Problem miteinander?«

»Keine Ahnung. Würde mich nicht wundern, wenn sie es selbst längst vergessen haben und sich nur aus Gewohnheit nicht leiden können.«

»Bei eurer Lebensspanne können Streitereien auf Lebenszeit ganz schön lang werden.«

»Wem sagst du das«, seufzte Tavia. »Die zwei bilden eher die Ausnahme. Für gewöhnlich verstehen wir uns untereinander.«

»Macht es das dann nicht umso ungewöhnlicher?«, fragte Lizzy neugierig.

»Ja schon. Inzwischen haben wir uns daran gewöhnt. Noel ist sowieso ein spezieller Fall.«

»Weil er ein Sang'gre ist?«

»Ach, unsere Hierarchien kennst du auch schon?«, fragte Tavia überrascht. »Noel hat dich wirklich gut informiert. Aber nein, das meine ich nicht. Terryn ist auch einer.«

»Sondern?«

»Ganz im Gegensatz zu Terryn verbringt Noel seine Zeit fast ausschließlich auf der anderen Seite. Für ein paar Jahre in unserer Jugend macht das fast jeder Diwata. Oder zwischendurch mal wieder, um nicht komplett weltfremd zu werden. Doch er verweigert sich unserem Leben hier gänzlich. Zumindest wenn er kann.«

Lizzy wurde es schwer ums Herz, als sie daran dachte, wie aufgewühlt Noel gerade nach dem Gespräch mit seiner Mutter gewesen war. Er konnte sich diesem Leben nicht sehr viel länger entziehen, sosehr er es auch zu wollen schien.

»Was hast du?«, fragte Tavia.

»Wa... Nichts ...«

»Du siehst aus, als hätte ich gerade deinen Hund überfahren.«

»Ich habe keinen Hund.«

»Dann so, als hätte ich einen deiner Blumentöpfe umgeworfen und in deiner Wohnung überall mit dessen Erde um mich geworfen.«

Lizzy konnte ein Lächeln nicht unterdrücken. Eine solche Tat hätte sie in ihrer Ordnung wirklich gestört. Doch das Lächeln schwand schnell. »Ich weiß nicht, ob ich darüber reden darf.«

»Ich sag's nicht weiter. Offensichtlich brennt es dir unter den Nägeln.«

Skeptisch musterte Lizzy ihre Freundin. »Aus sicherer Quelle wurde mir zugetragen, dass ihr alle schreckliche Klatschmäuler seid.«

Tavia grinste. »Ich sag's nicht weiter, *versprochen.*«

»Gehst du nicht etwas leichtfertig mit deinen Versprechen um?«

Tavia zuckte gelassen mit den Schultern. »Kommt immer drauf an, wem gegenüber. Also raus mit der Sprache.«

»Noels Mutter hat ihm vorhin gesagt, dass er mit Beginn seiner Mündigkeit hierher zurückkommen muss. Ich werde ihn dann nicht mehr sehen können.«

»Oh«, hauchte Tavia lediglich.

»Weißt du, wann er Geburtstag hat? Wann es so weit ist?«

»In sechs Monaten, zu Jul, der Wintersonnenwende«, erwiderte Tavia zögerlich.

»So bald schon?« Lizzys Niedergeschlagenheit wurde immer schlimmer. Sie wollte nicht, dass es dazu kam. Nur konnte sie auch nichts dagegen tun. Was sollte sie gegen den Befehl von Noels Mutter und Anführerin eines ganzen Volkes schon ausrichten?

»Lass den Kopf nicht hängen, noch ist etwas Zeit«, versuchte Tavia sie mit wackeligem Lächeln aufzumuntern.

Lizzy wollte etwas erwidern. Zuvor fuhr die Diwata ihr über den Mund. »Und wie ich sehe, wirst du gerade zum Tanz abgeholt. Du solltest diesen Abend also genießen.« Tavia zog sie in eine feste Umarmung. »Außerdem solltest du lächeln«, flüsterte sie leise an Lizzys Ohr.

Tapfer nickte sie, auch wenn ihr noch nicht zum Lächeln zumute war. Langsam wandte sie sich von Tavia ab und ging mit wackeligen Beinen zum Rand des Nests. Auf dem Boden stand Noel und sah erwartungsvoll zu ihr auf. »Bist du fertig?«, rief er, sobald er Lizzy entdeckte.

»Bin schon unterwegs«, erwiderte sie. Eilig wich sie von der Kante zurück, damit er nicht sehen konnte, wie sie rot anlief. Denn er hatte sich ebenfalls umgezogen und trug lediglich eine locker sitzende Hose, die der Terryns glich – sonst nichts. Offensichtlich war das so eine Art offizielle Tracht, wenn auch eine sehr ungewöhnliche und aufreizende.

Als Lizzy die Stoffbahnen hinter sich gelassen und die Wendeltreppe erreicht hatte, drehte sie sich noch einmal zu Tavia um. »Wir sehen uns heute Abend auch, oder?«

Ihre Freundin strahlte sie an. »Natürlich, ich kann mir deine Gesellschaft auf einer unserer Feiern doch nicht entgehen lassen.«

»Prima, dann bis nachher.«

»Wehe, du bleibst anständig!«, rief Tavia ihr hinterher, als sie schon die Stufen hinunterflitzte.

Kapitel 20

Ungeduldig wartete Noel darauf, dass Lizzy sich von ihrer Freundin vorerst verabschiedete. Er hatte sie stärker vermisst, als er gedacht hatte, und auch etwas mehr, als er sich eingestehen wollte. Lizzy eilte die Treppe hinunter und kam freudestrahlend auf ihn zu.

»Du siehst bezaubernd aus«, begrüßte er sie und meinte es auch genauso. Das Kleid in derselben Farbe wie ihre leuchtenden Haare stand ihr ausgesprochen gut. Das musste Tavias Werk sein.

Lizzy versuchte einen unbeholfenen Knicks, sobald sie ihn erreichte. »Vielen Dank.« Was ihrer Haltung an Eleganz fehlte, machte ihr sicherer Tonfall wieder wett.

»Bereit für die Feier?«

»Solange du mich warnst, sobald ich die Gepflogenheiten verletze«, erwiderte sie leichthin.

»Keine Sorge, ich werde nicht zulassen, dass du dich lächerlich machst oder jemand anderes das versucht.« Noel streckte ihr seine Hand entegehen und umgehend verschränkte sie ihre Finger mit seinen.

»Das könnte funktionieren. Zumindest bis Terryn wieder meinen Weg kreuzt«, sagte Lizzy düster.

Noel verzog das Gesicht, als er an die missratene Begrüßung des Encantos dachte. »Er wird es nicht wagen und falls doch, wenig später bereuen.« Lizzy schien noch nicht vollständig überzeugt, daher fügte er scherzhaft hinzu: »Weißt du, Terryn ist wie eine Wasserbombe.«

»Wasserbombe?«, fragte sie skeptisch und entlockte ihm damit ein diebisches Grinsen.

»Ja, er bereitet einem die größte Freude, wenn man ihn aus dem Fenster werfen kann.«

Lizzy brach in schallendes Gelächter aus und Noel war mit sich zufrieden, weil er ihre Nervosität hatte lindern können.

»Hast du das schon mal mit ihm versucht?«, fragte sie japsend.

»Bisher ist er mir noch jedes Mal entwischt, aber der Tag wird kommen«, sagte Noel siegesgewiss.

»Was habt ihr beide für ein Problem miteinander?«

»Ist das so offensichtlich oder hat Tavia getratscht?«

»Ich habe sie ausgequetscht«, gestand Lizzy.

»Man kann wohl sagen, dass er meinen Lebensstil nicht gutheißen kann und ich seinen nicht begreife.«

»Das ist alles?«

Das Ganze ging natürlich noch tiefer. Das wollte Noel heute vor ihr nicht ausbreiten. »Und seine Schwester mag mich lieber als ihn«, fügte er stattdessen selbstgefällig hinzu.

»Seine Schwester? Heißt das, du und sie …« Lizzy sprach nicht weiter.

Noel befreite sie aus ihrer Unsicherheit. »Nein, so war es nie zwischen uns und wird es auch nicht. Wir sehen vieles ähnlich. Aus unterschiedlichen Gründen zwar, aber unsere gemeinsame Ansicht der Dinge eint uns. Wir sind befreundet. Ich habe dir doch gesagt, dass ich keine Verpflichtungen gegenüber anderen Frauen habe«, fügte er versöhnlich hinzu.

»Das schon ... Irgendwie kann ich mir nicht vorstellen, dass du so etwas wie eine beste Freundin hast, die tatsächlich nur eine Freundin ist.«

»Ich bin mir nicht sicher, was du mir genau unterstellen willst. Ich bin durchaus in der Lage, mit einer Frau einfach nur befreundet zu sein, ohne dabei Hintergedanken zu haben.«

»Wie viele solcher Freundinnen hast du denn?«, fragte Lizzy herausfordernd.

Noel überlegte kurz. »Zwei ...«

»Wen noch?«

»Apryl und dich.«

Lizzy lachte. »Mich? Ich zähle nicht.«

Beleidigt sah er auf sie herab. »Und warum nicht?«

»Weil du mir gegenüber *doch* Hintergedanken hast. Zumindest will ich dir das schwer raten.«

Noel grinste. »Und wenn nicht?«

Er hatte Lizzy den Wind aus den Segeln genommen. Sie fing sich schnell wieder. »Sollte das tatsächlich so sein, fällt es dir außerordentlich schwer, mir das zu verstehen zu geben.«

»Du willst also nicht mit mir befreundet sein, sondern auch nur meinen Körper. Hab ich es doch gewusst!«, erwiderte er theatralisch.

»Nein! Also doch! Ich meine ... Ich möchte ...«, stammelte Lizzy unsicher.

»Was meinst du?«, fragte er. »Was möchtest du?«

»Beides!«, sagte sie mit fester Stimme und sicherem Blick.

»Du wirst rot«, teilte Noel ihr gönnerhaft mit.

»Dafür kann ich nichts. Das liegt an deinem Aufzug.«

»Dafür kann *ich* nichts. Das ist Tradition.«

Verdutzt sah Lizzy ihn an. »Dann habe ich wirklich richtig vermutet und das ist die angemessene Garderobe statt eines Smokings?«

»In einem Smoking würde man mich auslachen. Außerdem sähe es seltsam aus, barfuß einen zu tragen«, sinnierte er weiter.

»Ihr habt ungewöhnliche Sitten«, stellte sie fest.

»Warst du nicht diejenige, die den Begriff *triebgesteuert* in den Raum warf?«, neckte Noel sie.

»Ja, schon, ich hatte keine Ahnung, wie recht ich damit hatte. Nicht, dass du dich verstecken müsstest, aber stört es dich nicht, dich vor allen so zur Schau stellen zu müssen? So angestarrt zu werden?«, fragte Lizzy unbehaglich.

Noel zögerte, sie hatte einen wunden Punkt getroffen. »Man würde mich auch anstarren, wenn ich ein Hemd anhätte«, sagte er ausweichend. »Außerdem gefällt es mir, wenn *du* mich ansiehst«, fügte er hinzu.

»So, das gefällt dir also?«, versicherte Lizzy sich gedehnt.

»Durchaus.« Sie erreichten den Festplatz und ihr klappte der Mund auf. Was auch immer sie hatte sagen wollen, sie hatte es offenbar soeben vergessen.

Auf der Fläche zwischen den Bäumen tummelten sich Tausende Diwata. Gerade war ein Dutzend von ihnen dabei, das Freudenfeuer an verschiedenen Stellen zu schüren und zu entzünden.

Die meisten anderen hatten sich gesetzt und erwarteten den Beginn der Feierlichkeiten. Aus allen Richtungen kamen Nachzügler und suchten sich ihre Plätze. Noel musste nicht suchen. Er gehörte an die Seite seiner Mutter, die in der Mitte des Platzes stand und alles beaufsichtigte.

Auf den Kissen um sie herum saßen die üblichen Sang'gre und Noel verdrehte die Augen, als er Terryn entdeckte. Er saß neben seiner Schwester Apryl. Sobald diese ihn bemerkte, sprang sie auf und stürmte in seine Richtung.

»Lass dich nicht von ihrem Äußeren täuschen«, warnte Noel, solange er noch die Gelegenheit dazu hatte, »sie ist viel älter als ich, auch wenn sie nicht so tut.«

Lizzy betrachtete die kleine Diwata erstaunt, die sich gerade an seinen Hals warf. Dieses Mal war er darauf vorbereitet und sicherte rechtzeitig seinen Stand.

»Es ist so schön, dich zu sehen!«, quietschte Apryl aufgeregt.

Behutsam setzte Noel sie ab, obwohl Apryl ein Gesicht zog. Wahrscheinlich hatte sie darauf spekuliert, er würde sie herumwirbeln, wie er es sonst tat. Doch dazu schmerzte seine Wunde noch zu sehr.

Mit schiefem Lächeln bedachte er seine Freundin. »Du tust so, als hätten wir uns monatelang nicht gesehen. Dabei ist es nur wenige Stunden her.«

Apryl stemmte die kleinen Fäuste in die Hüften. »Davor waren es Monate!«

»Tut mir leid ...«

»Tut es nicht und das wissen wir beide«, sagte Apryl schnippisch. Dann wandte sie ihre Aufmerksamkeit Lizzy zu. »Willst du mich nicht vorstellen?«

Noel seufzte, murmelte: »Du lässt mich ja nicht«, und sprach dann laut: »Apryl, das ist Lizzy, eine Freundin aus der Menschenwelt. Lizzy, das ist Apryl, meine beste Freundin unter meinesgleichen und ein ausgemachter Quälgeist, wie du nur allzu bald feststellen wirst.«

Apryl trat ihm kräftig auf den Fuß und wischte ihm damit das spöttische Lächeln aus dem Gesicht. Lizzy, die bisher schweigend zugesehen hatte, räusperte sich. »Es freut mich, deine Bekanntschaft zu machen, Apryl.«

»Mich auch«, erwiderte diese fröhlich. Noel war sich nicht ganz sicher, ob es der Wahrheit entsprach. Er konnte nur hoffen, die beiden verstünden sich halbwegs. Alles andere brächte ihn in eine unangenehme Position.

Apryl lächelte wie immer, aber ihre Augen funkelten verdächtig. Dann war es vorbei und Noel fragte sich, ob er sich Apryls Distanz nur eingebildet hatte. Sie hakte sich bei ihm und Lizzy unter und zog beide mit sich. »Kommt, setzt euch zu uns. Es beginnt!«

Sie erreichten die kleine Gruppe und alle Augen richteten sich neugierig auf Lizzy. Apryl hüpfte zu ihrem Kissen und ließ sich nieder. Seine Mutter musterte seine Begleitung neugierig und sichtlich wohlwollend. Bevor Zenana ihre Ansprache hielt, stellte Noel Lizzy vor: »Apryl und Terryn kennst du bereits. Hier haben wir ihre Mutter Acasia, gute Freundin und rechte Hand meiner Mutter. Das ist Lizzy, mein Gast für Litha.«

Die Frau, die vor Lizzy stand, war atemberaubend schön. Sie sah kaum älter aus als sie selbst. Ihre Augen in strahlendem Saphirblau wirkten zugleich alterslos und doch so wissend, als wären sie beim Anbeginn der Zeit dabei gewesen. Mit dem langen silbernen Kleid und der blonden Haarpracht sah sie nicht nur aus wie eine Königin, sondern wie die griechische Göttin Aphrodite höchstpersönlich. Lizzy schluckte schwer. Alle Diwata waren schön. Ihrer Hüterin fiel es leicht, die anderen zu übertrumpfen, selbst wenn sie das nicht zu beabsichtigen schien.

Ob die Gesetze der Genetik auch bei den Diwata funktionierten? Falls ja, war es ihr nun ohne Frage klar, von wem Noel sein überdurchschnittlich gutes Aussehen hatte.

Die Hüterin streckte Lizzy ihre Hand entgegen und lächelte sanft. »Ich bin erfreut, dich kennenzulernen. Mein Name ist Zenana. Ich bin Noels Mutter und die amtierende Hüterin unseres Volkes. Gern heiße ich dich in unserem Kreis willkommen. Es wird uns eine Freude sein, Litha mit einem Gast zu feiern. Es ist lange her.«

Am liebsten hätte Lizzy die Hände am Kleid abgewischt. Sie befürchtete einen spontanen Schweißausbruch ... Das war jedoch nicht möglich, ohne dass es alle gesehen hätten. Sie verkniff sich den Impuls, ergriff stattdessen Zenanas ausgestreckte Hand und schüttelte sie vorsichtig. »Vielen

Dank. Ich freue mich außerordentlich, hier sein zu dürfen. Es ist wirklich wunderschön bei euch.« Mehr brachte Lizzy nicht heraus.

Zenana nickte lächelnd. »Dann lasst uns beginnen.«

Noel schob sie zu den beiden freien Kissen neben dem Platz seiner Mutter und Lizzy ließ es widerstandslos geschehen.

»Entspann dich. Alles ist gut«, raunte er in ihr Ohr und sie erlaubte sich, tief Luft zu holen.

Dennoch flüsterte sie: »Du hast gut reden. Hast du dir deine Mutter mal angesehen? Sie blendet so sehr, ich wäre fast in Ohnmacht gefallen!«

Noel lachte. »Du übertreibst.«

»Genau und der Turm in Pisa ist nicht schief«, schnaubte sie.

Er drückte Lizzy in eines der Kissen und setze sich ebenfalls. Zenana hatte sie nicht aus den Augen gelassen.

Doch jetzt riss sie ihren Blick los und wandte sich an ihr Volk: »Ich freue mich, euch alle heute zu sehen. Diejenigen, die in unserem Kreis fehlen, schmerzen mein Herz jedoch umso mehr. Kaum kann ich es ertragen, manches Gesicht, das mir seit Jahrhunderten lieb und teuer war, nie mehr wiedersehen zu können. Seit Ostara haben zwei Diwata fast ihre Verbindung zur Erde verloren. Durch gemeinschaftlichen Einsatz konnte der allerschlimmste Fall noch abgewendet werden. Amaia und Themis sind auf dem Weg der Besserung. Ich möchte denen unter euch, die den beiden in größter Not zu Hilfe eilten, noch einmal von ganzem Herzen danken.«

Zenana machte eine kurze Pause und sah sich um. Sie

hatte die ungeteilte Aufmerksamkeit aller. Niemand wagte es, ihr nicht zuzuhören oder während ihrer Ansprache mit einem anderen zu flüstern. Ernst fuhr die Hüterin fort: »Ebenfalls seit Ostara vermissen wir siebzehn unserer Schwestern. Vierzehn von ihnen sind nachweislich gestorben. Die anderen drei sind noch am Leben. Bisher sind unsere Bemühungen, sie zu finden, allesamt fehlgeschlagen. Wir machen die Aswang dafür verantwortlich, auch wenn uns ihre Beweggründe nicht bekannt sind und wir uns den Wandel in ihrem Verhalten noch nicht erklären können. Die Berichte, in denen einer Diwata von Aswang aufgelauert wurde, die jedoch entkommen konnte, häufen sich beinahe täglich.

Trotzdem möchte ich euch bitten, euch nicht von der Angst lähmen zu lassen. Die Verlockung, sich hier zu verstecken, ist groß. Wir dürfen unsere persönliche Sicherheit nicht über die unseres Planeten stellen. Ich ersuche euch, auch in diesen schweren Zeiten euren Pflichten draußen in der Welt nachzukommen und dabei auf euch zu achten. Schließt euch zusammen, verteilt die Last und passt gegenseitig auf euch auf. Gemeinsam werden wir dahinterkommen und es überstehen.

Zum Schutz der Rituale wird es in dieser Nacht überall Wächter geben. Wir werden unseren Fortbestand unter allen Umständen sichern und fiebern einer von Gaia gesegneten Nacht entgegen. Darum möchte ich nun zum Ende kommen und mit euch anstoßen. Wir wollen uns nicht im Trübsinn verlieren und gemeinsam mit Hoffnung in die Zukunft blicken.«

Acasia reichte Zenana einen Trinkpokal aus Kristall, den

sie mit einem warmen Lächeln entgegennahm. Sie hob den Pokal hoch über ihren Kopf und rief: »Lasst uns feiern und gemeinsam Litha begehen!«

Ihre Worte wurden von stürmischem Beifall begleitet und zahlreiche Diwata stampften zusätzlich mit ihren Füßen. Der Boden bebte und Lizzy applaudierte ebenfalls. Auch Noel zollte seiner Mutter den nötigen Respekt und klatschte in die Hände, obwohl er dabei alles andere als enthusiastisch wirkte.

Zenana wartete noch eine Weile, bis der Applaus größtenteils abgeflaut war, bevor sie sich an Noels andere Seite setzte. »Ihr trinkt nicht«, stellte sie fest. »Ihr solltet trinken.« Sie ergriff zwei der Pokale, die bereitstanden, und hielt sie ihnen hin. Während der Rede hatten einige Frauen Essen und Getränke gebracht. Lizzy war schon dabei, die Hand auszustrecken.

Noel hielt sie zurück. »Dir ist wohl jedes Mittel recht, Mutter«, sagte er böse.

Seine Mutter lächelte wissend. »Wenn es um dich geht, schon.«

Lizzy verstand nicht ganz, worum es ging und hielt es für besser, sich zurückzuhalten. Sie war immer noch unsicher, wie sie sich in Gegenwart der anderen verhalten sollte, und zog ihre Hand zurück.

Noel sah sich um und fluchte. »Ich habe die Tasche schon wieder vergessen. Warte kurz, bin gleich zurück«, sagte er zu ihr. Zu den Diwata sagte er: »Und ihr lasst sie in Ruhe.« Er verschwand und kam fast sofort wieder. In einer Hand hielt er die Reisetasche, mit der anderen drückte er gegen seine Stirn. »Verdammt«, brummte er.

Terryn lachte. »Hast du schon wieder ein Versprechen gebrochen? Sieht dir ähnlich.«

Noel musterte ihn finster, während er die Tasche absetzte. »Wie ich weiß, kennst du dich damit aus. Nur schade, dass im Rahmen der Askese kein Schweigegelübde notwendig ist. Was würde ich diesen Abend andernfalls genießen können.« Damit wandte er sich vom anderen Encanto ab und widmete sich Lizzys Essen.

Er zog eine weiße Styroporbox und eine Wasserflasche für sie aus der Tasche. »Ich war bei Thanh-Huy, bevor wir aufgebrochen sind«, erklärte er und präsentierte Lizzy die gebratenen Nudeln.

Er wirkte konzentriert und das Essen begann zu dampfen. Zusammen mit einem Paar Stäbchen reichte er die Box an Lizzy weiter.

Sie war warm in ihrer Hand und abermals überraschte er sie mit seinen Fähigkeiten. Die anderen hatten ihr Essen begonnen und sie testete einen Bissen. Die Nudeln hatten genau die richtige Temperatur. »Besser als jede Mikrowelle«, kommentierte Lizzy. »Dich behalte ich! Was ich künftig an Strom sparen werde.«

Noel lachte, doch dann wurde sein Ausdruck etwas wehmütig und sie erinnerte sich an Zenanas Anweisungen für ihren Sohn. Sie konnte nicht mehr lange mit ihm zusammen sein. Er beugte sich zu ihr und drückte einen Kuss auf ihre Wange. »Du sollst doch lächeln und nicht traurig sein«, flüsterte Noel.

Dann griff er nach etwas, das entfernt an eine Sternfrucht erinnerte und begann ebenfalls zu essen. Die Platten mit den Speisen der Diwata waren reich beladen mit Obst, von dem Lizzy nicht alles kannte. Es gab Kuchen, Brot, Soßen zum Tunken und jede Menge Schalen mit Nüssen.

Dieser Teil der Feier schien sich ganz dem Essen und der Gesellschaft zu widmen. Noel war sehr schweigsam, außer mit Lizzy sprach er nur wenig. Zum Nachtisch hatte er Schokolade eingepackt und sie teilte die Tafel mit ihm.

»Was ist da passiert?« Terryn zeigte auf Noels frische Narbe.

Dieser grinste süffisant. »Ach, weißt du, manche Frauen haben schräge Vorlieben.« Als ob das nicht gereicht hätte, um dem Encanto die Sprache zu verschlagen, zwinkerte er Lizzy auch noch vertraut zu.

Sie beschwor sich, nicht zu erröten und die Vorlage anzunehmen – hatte sie doch schon festgestellt, wie gern er Terryn auf den Arm nahm. »Eisen verwende ich nur, wenn er *ganz besonders* unartig war«, ergänzte Lizzy in laszivem Tonfall.

Nur kurz schaffte Noel es, ein ernstes Gesicht zu machen. Dann brach er in schallendes Gelächter aus und auch Lizzy konnte sich nicht länger beherrschen.

Obwohl die wahre Ursache dieser Narben alles andere als witzig war, waren Terryns entgeistertes Gesicht und Noels Freude zu viel. Lizzy bekam Bauchschmerzen vor Lachen und die Tränen schossen ihr in die Augen. Hilflos schnappte sie nach Luft und versuchte, wieder zu Atem zu kommen.

Sobald sie sich halbwegs beruhigt hatte, blickte sie peinlich berührt in die Runde. Terryn schaute sie ungläubig an, Apryl und Acasia ließen sich ihre Gedanken zu diesem Thema nicht ansehen und Zenana schenkte ihr ein schiefes

Lächeln. Wenigstens Noels Mutter schien einen Sinn für Humor zu besitzen.

Noels vorherige Anspannung hatte sich gelöst und er wirkte entspannter. Allmählich neigte sich das Essen dem Ende und es wurde sich mehr unterhalten und getanzt. Der Bereich um das Feuer herum füllte sich zusehends mit Tänzern.

In einer Ecke hatte sich eine Gruppe zusammengefunden, die schnelle Lieder auf Trommeln und Saiteninstrumenten spielte. Zwei Frauen sangen im Wechsel dazu. Lizzy kannte keines der Lieder und verstand die meisten nicht. Fast alle waren in fremden Sprachen, von denen sie kaum eine erkannte.

Acasia und Zenana besprachen den weiteren Verlauf der Feierlichkeiten, die Geschwister schwiegen sich an und Noel war mit seinem Kissen noch etwas näher an Lizzy herangerückt. Seine Hand fuhr träge über ihren Rücken und sie genoss seine Nähe. Er beugte sich zu ihr und knabberte spielerisch an ihrem Hals. Lizzy seufzte selig.

»Ich wünschte, wir könnten allein sein«, hauchte er an ihrem Ohr.

Bevor sie etwas erwidern konnte, kam Terryn ihr zuvor. »Muss das hier vor uns sein?«, schnaubte er mürrisch.

Noel, der gar nicht einsah, von Lizzy abzurücken, wandte sich gelangweilt an den anderen Encanto. »Ich hatte doch tatsächlich vergessen, wie prüde du bist. Man könnte fast meinen, du wärst ein von dir ach so verhasster Mensch bei deinen strengen Moralvorstellungen.«

Terryn verbiss sich eine Erwiderung und grummelte wütend, bevor er sich abwandte und den Tanzenden zusah.

Noel verdrehte die Augen, stand auf und reichte ihr die Hand. »Wollen wir tanzen?«

Zur Antwort legte Lizzy ihre Hand in seine und ließ sich aufhelfen. Noel bahnte sich problemlos seinen Weg. Die anderen Diwata rückten ein Stück zusammen, als das Paar sich ihnen näherte. Abermals erstaunte es Lizzy. Es war nach wie vor etwas seltsam.

In der Nähe des Feuers hielt Noel an, zog an ihrer Hand und ließ sie sich mit einer Drehung seines Arms um die eigene Achse wirbeln. Lachend landete sie an seiner Brust und schaute verträumt zu ihm auf. Zufrieden lächelte er sie an und begann, sich im Takt der Musik zu wiegen.

»Du siehst glücklich aus«, sagte Lizzy.

»Ich bin es«, bestätigte er. »Ich hatte es mir noch vor Kurzem gar nicht vorstellen können, an Litha fröhlich zu sein. Dank dir bin ich es.«

Lizzy freute sich wie verrückt über das indirekte Kompliment und strahlte über das ganze Gesicht. Es bedurfte keiner weiteren Worte. Ihre Körper übernahmen von da an das Reden.

Kapitel 21

Jemand tippte Lizzy auf die Schulter. Es fiel ihr schwer, den Tanz mit Noel zu unterbrechen und ihren Blick abzuwenden, bis er sagte: »Sei gegrüßt, Tavia.«

Überrascht drehte Lizzy sich zu ihrer Freundin. Diese lächelte entschuldigend, als sie sich an Noel wandte. »Darf ich Lizzy für eine Weile entführen? Ich würde sie gern meinen Schwestern vorstellen.«

»Natürlich!«, rief sie begeistert aus. »Ich würde mich wahnsinnig freuen.«

Tavia war sichtlich glücklich über ihren Eifer. »Ich bringe sie dir später wieder«, versprach sie Noel.

»Viel Spaß«, antwortete er nickend.

Aufgeregt ergriff sie Lizzys Hand und zog sie mit sich. Unbeschadet von der vollen Tanzfläche zu kommen, war schwerer als gedacht. Dicht an dicht tanzten die Diwata und bildeten eine wogende Masse.

Ihre Freundin duckte und quetschte sich vorbei, während sie Lizzy geschickt hinter sich herzog oder gelegentlich auch vorwegschob. Sie erreichten den Rand der Tanzfläche und es wurde kühler. Das Feuer und die eng umschlungenen Leiber verströmten eine nicht zu unterschätzende Hitze.

»Komm weiter«, forderte Tavia.

Lizzy riss sich von dem hypnotisierenden Anblick los und folgte ihr. Sie passierten diverse Sitzgruppen, bis Tavia stehen blieb. Auf den großen Kissen vor ihnen hatten sich ausnahmslos Frauen niedergelassen, die gemeinsam aßen und scherzten. Als man sie bemerkte, verstummten die Gespräche und Lizzy wurde abermals neugierig gemustert.

»Ich habe euch doch von meiner Freundin erzählt«, begann Tavia. »Das ist Lizzy, meine beste Freundin aus der Menschenwelt. Das hier sind meine Schwestern: Prima, Secunda, Tertia, Quartilla, Quinta, Sexta, Septima und Nova.« Sie zeigte auf die jeweils genannte und Lizzy schwirrte der Kopf.

Dann fiel ihr etwas auf. Sie hatte zwar nur das kleine Latinum, aber so viel verstand sie. »Jetzt begreife ich, warum du auf deinen Spitznamen bestehst ... Eure Mutter hat euch durchnummeriert!«

Tavia seufzte. »Wenn alles gut geht, kommt in dieser Nacht Decima auf die Welt.«

»Ich weiß nicht, was ihr habt«, erklang eine Stimme hinter ihnen und die beiden Freundinnen drehten sich gemeinsam um. Eine weitere Diwata hatte sich hinter ihnen aufgebaut. Ihre Augen wirkten alt und weise. Der Rest ihrer Erscheinung war gewohnt jung. »Im alten Rom war das ausgesprochen schick und nicht im Geringsten ungewöhnlich oder gar herabsetzend gemeint.«

»Und hier haben wir meine Mutter Daciana«, erklärte Tavia an Lizzy gewandt, zu der Diwata sagte sie: »Wir sind aber nicht im alten Rom, Mutter.«

»Man wird doch noch ein bisschen nostalgisch sein dürfen«, seufzte Tavias Mutter und hakte sich bei Lizzy unter. »Setz dich eine Weile zu uns. Ich habe schon so viel von dir gehört.«

Lizzy folgte und ließ sich in ein freies Kissen drücken.

»Trink mit uns!«, forderte eine der Schwestern und hielt ihr einen vollen Pokal hin.

An Noels Warnung erinnert, zögerte Lizzy und überlegte, wie sie höflich ablehnen konnte. Zum Glück war das gar nicht nötig, denn schon schob sich Tavia dazwischen. »Quinta, lass das! Also wirklich ...«

Quinta lächelte entschuldigend. »Man darf es doch noch versuchen.«

Tavia stritt weiter mit Quinta und Lizzy konnte kaum folgen. Eine Hand legte sich auf ihren Unterarm und sie schreckte auf. Daciana hatte sich auf ihre andere Seite gesetzt. »Erzähl mir von dir, von eurer Universität und was ihr so macht«, forderte sie fröhlich.

Und Lizzy begann zu erzählen. Zunächst noch etwas stockend und zögerlich, doch schon bald hatte sie ihre Hemmungen verloren. Tavias Familie war ausgesprochen neugierig und freundlich zugleich und sie fühlte sich in ihrer Mitte sehr wohl. Gewiss gab es unter ihnen auch mal Zankereien. Trotzdem musste es toll sein, mit so vielen Schwestern aufzuwachsen.

Nach einer ganzen Weile entschied Tavia: »Das reicht für heute. Ich bringe sie jetzt besser zurück zu Noel. Schließlich ist sie sein Gast und nicht unserer.«

Ihr Aufbruch wurde von allerlei Verabschiedungen und auch so mancher spitzen oder anzüglichen Bemerkung begleitet. Tavia zog sie kopfschüttelnd davon. Ihr Lächeln bewies, dass sie es nicht allzu streng sah.

Sie hatten den Festplatz halb umrundet, als sich ein Encanto zwischen die beiden schob. Er trug die übliche Hose und sah wirklich gut aus. Es verschlug ihr die Sprache bei all dieser nackten Haut, die ihr nun so nahe kam. »Wie wäre es mit einem Glas Wein?« Der Encanto beugte sich vor und raunte ihr ins Ohr: »Oder noch besser: einem Tanz und danach vielleicht noch mehr?«

Lizzy wich zurück. Seine direkte Art schüchterte sie ein wenig ein. Offenbar waren Diwata wirklich allesamt triebgesteuert!

Wie aus dem Nichts tauchte Noel an ihrer Seite auf. »Spar dir die Mühe. Sie ist mit mir hier.«

Lizzy rückte zu Noel und er nahm ihre Hand. Der andere Encanto zuckte nur mit den Schultern, murmelte: »Na schön«, und ging wieder seines Weges.

Tavia sah ihm kurz hinterher, dann lachte sie. »Dann ist wohl auch für mich die Zeit gekommen, mich zu verabschieden.« Sie winkte den beiden zu und tauchte in der Menge unter.

»Bis morgen!«, rief Lizzy ihr noch hinterher, aber von Tavia war schon nichts mehr zu sehen.

»Lass uns auch verschwinden«, entschied Noel und zog sie mit sich.

Er führte sie zu einem der gewaltigen Bäume. Allmählich wurden die Musik und der Gesang der Feiernden leiser. Lizzy war immer noch ganz berauscht, obwohl sie strikt bei ihrem Wasser geblieben war. »Wohin geht es jetzt?«

»Ich dachte mir, wir hätten uns nach der Aufregung des Tages etwas Ruhe verdient.« Während Noel sprach, deutete er auf die zwischen den Ästen gespannten Tücher.

»Oh«, hauchte Lizzy, als sie begriff. »Ruhe klingt nach einer fabelhaften Idee. Wie kommen wir da hoch? Auch über eine Treppe?«

»Eine meiner leichtesten Übungen.« Schon trat er einen weiteren Schritt auf sie zu und schloss Lizzy in die Arme. Ohne Vorwarnung teleportierte er sie beide nach ganz oben.

Dort angekommen gab der Boden unter ihren Füßen nach und sie klammerte sich erschrocken an Noel fest. Dieser ließ sich lachend nach hinten fallen und zog Lizzy mit sich. Panisch kreischte sie auf und wartete auf den Aufprall. Ihr Sturz währte nur kurz. Schon wurden sie federnd gebremst und der Boden schwang nach. Sie rührten sich nicht mehr und Noel lachte noch immer. Langsam öffnete sie ihre fest zusammengepressten Augen und riskierte einen Blick. Sie lagen auf blauen Stoffbahnen und hingen mitten in der Baumkrone.

Der Stoff war leicht durchsichtig. Unter sich konnte Lizzy andere Stoffbahnen und Tücher ausmachen. Ihr wurde etwas schwindelig bei dem Anblick. Sie waren mindestens dreißig Meter über dem Boden. Sie klammerte sich noch etwas fester an Noel.

Er hatte zu lachen aufgehört und tätschelte stattdessen beruhigend Lizzys Rücken. »Hast du Höhenangst?«

»Eigentlich nicht«, japste sie und sah sich weiter um. Über ihnen waren keine weiteren Nester gespannt. »War ja klar, dass mein Nymphenprinz das Penthouse bezieht.«

»Wenn es dir zu hoch ist, können wir auch woanders hingehen«, sagte er leicht verunsichert.

Ganz vorsichtig kletterte Lizzy von ihm herunter und

krabbelte zum Rand. Der Anblick raubte ihr schlichtweg den Atem. Von hier oben konnte sie den ganzen Platz überblicken. Bunt drehten sich die Diwata im Takt der Musik um das gewaltige Freudenfeuer in ihrer Mitte. Funken flogen wie ein aufgescheuchter Schwarm Glühwürmchen in den Himmel und verloschen nach und nach.

»Es ist wunderschön, aber dieser durchsichtige Stoff erscheint mir nicht vertrauenserweckend. Doch wenn du dir sicher bist, dass der Boden hält, können wir gern bleiben.«

Noel stand auf und kam zu ihr an den Rand. Die bespannte Fläche war etwas größer als zwei Doppelbetten nebeneinander. Nach wenigen Schritten – der Stoff wippte und schwankte bei jedem einzelnen – war er bei ihr und setzte sich an Lizzys Seite.

»Ist es wirklich in Ordnung, dass wir jetzt schon gegangen sind?«, fragte sie und drehte sich auf den Rücken, um Noel anzusehen. Der Feuerschein tanzte über seinen nackten Oberkörper und leuchtete in seinen Haaren. Schlagartig war es Lizzy egal, ob sie gegen irgendwelche Sitten verstoßen hatten.

»Für heute wird nicht mehr lange gefeiert«, erklärte er, »dafür morgen, nach den Ritualen, umso mehr.«

»Rituale?«

»Die Vereinigungsrituale. Ich hatte dir doch erzählt, dass wir uns nur an den Sonnenfesten fortpflanzen können. Das geschieht in dieser Nacht.«

Die nächste Frage kostete Lizzy Überwindung. »Nimmst du daran teil oder bleibst du bei mir?«

»Ich bleibe hier bei dir. Ursprünglich hatte meine Mutter vorgesehen, mich für eine der Wachen einzuteilen.

Jedoch hat sie aufgrund meiner kürzlichen Verletzung davon abgesehen.«

»Wachen? Die beiden Diwata sind dabei nicht allein, sondern haben Zuschauer?« Lizzy konnte nicht verhindern zu erröten.

»Normalerweise nicht. Es ist das erste Mal und eine Vorsichtsmaßnahme wegen der vermehrten Angriffe durch die Aswang. Außerdem vermehren wir uns nicht durch die Vereinigung unserer Körper, sondern durch das Vermischen unserer Magie.«

»Du sagtest auch, dass eine körperliche Vereinigung meistens trotzdem stattfindet.«

»Meistens, nicht zwangsläufig.«

Sie wollte ihm noch weitere Fragen stellen, kam aber nicht dazu, weil er sich zu ihr herunterbeugte und ihre Lippen mit seinen verschloss. Noels Kuss war süß und fordernd zugleich.

Lizzy war dabei, sich darin zu verlieren. Doch meldete sich ihr Unterbewusstsein warnend. Sie drehte den Kopf zur Seite und schnappte nach Luft.

Noel musterte sie verwundert. »Was hast du?«

»Wir sollten lieber wieder in die Mitte gehen. Ich traue diesem Abgrund nicht.«

Sein Stirnrunzeln glättete sich. »Du hast also Angst, vor lauter Leidenschaft über mich herzufallen und dabei über den Rand zu stürzen«, stellte er selbstzufrieden fest.

Lizzy stemmte sich auf die Ellenbogen und verdrehte die Augen. »Wenn es deinem Ego dann besser geht: genau so ist es. Ich bin kurz davor, dich zu bespringen, und fände es wenig hilfreich, wenn eine solche Aktion mit einem Sturz aus dieser Höhe endet, bei dem wir ein frühzeitiges Ende als Matsch fänden.«

»Ich würde nicht zulassen, dass du als Matsch endest«, lachte Noel.

Sie zog skeptisch die Augenbrauen hoch. »Ach nein?«

»Natürlich nicht, ich würde dich rechtzeitig retten.«

»Das ist zwar durchaus beruhigend, dennoch ziehe ich die Mitte dieser Konstruktion vor.« Lizzy drehte sich auf den Bauch und robbte vermutlich wenig elegant zurück an die Stelle, zu der Noel sie eingangs teleportiert hatte. Dort drehte sie sich wieder auf den Rücken und bestaunte den Nachthimmel. Die Sterne in dieser Welt leuchteten in allen Farben des Regenbogens und zogen sie in ihren Bann. Noel legte sich an ihre Seite. Mit im Nacken verschränkten Händen sah er ebenfalls in den Himmel.

»Ich komme mir vor wie in einem bezaubernden Traum«, hauchte Lizzy nach einer Weile. »Wie kommt es, dass du so selten zu Hause bist, obwohl es sich dabei um diesen fantastischen Ort handelt?«

Noel verzog das Gesicht. »Ist es so schwer zu glauben, dass ich von deiner Seite der Welt ähnlich begeistert bin wie du von meiner?«

»Gut, da mag etwas dran sein«, gestand sie.

Lizzy kuschelte sich an ihn und schweigend beobachteten sie die farbenfrohen Sterne. Vor Erschöpfung war sie schon fast eingeschlafen. Als laute Jubelrufe vom Boden hinaufschallten, fuhr sie überrascht hoch.

»Was ist das?«, fragte sie gähnend.

»Es ist Mitternacht. Sie verabschieden die Diwata für die Rituale«, erklärte Noel.

»Schon Mitternacht?« Sie war immer noch nicht ganz wach.

»Ja. Alles Gute zum Geburtstag.« Er zog sie an sich und küsste sie sanft. Lizzy kletterte auf seinen Schoß und schmiegte sich an ihn.

Als Noel sie freigab, rieb sie sich verstohlen die Augen, um richtig wach zu werden. »Danke, das war die beste Geburtstagsparty, die ich je hatte.«

»Wir fangen doch gerade erst an«, stellte er lächelnd fest.

»Was kommt denn noch?«, fragte sie erstaunt. Es war schon jetzt so eine grandiose Zeit in dieser Welt, da konnte sie sich beim besten Willen nicht vorstellen, wie es noch besser werden sollte.

»Jetzt kommt dein Geschenk.« Ganz offensichtlich genoss Noel ihre Überraschung. »Schließ die Augen. Ich hatte keine Zeit, es einzupacken.«

Mit wild klopfendem Herz kam Lizzy seiner Bitte nach. Sie spürte, wie er in seiner Hosentasche kramte, und hörte ein leises Klimpern, als er fand, wonach er suchte. Behutsam schob er ihr Haar über die Schulter und umfasste ihren Hals. Von seinem Körper gewärmtes Metall schmiegte sich wie ein heißer Kuss auf ihre Haut.

Noel zog seine Hände zurück. »Du darfst jetzt gucken.«

Sofort schlug Lizzy die Augen auf und fasste sich an den Hals. An einer filigranen Silberkette baumelte ein sternförmiger Kristall, der von silbernen Adern umschlossen und gehalten wurde. Die Zacken waren ungleichmäßig. So verstärkten sie den Eindruck, als sei der Anhänger gerade erst als Sternschnuppe vom Himmel gefallen. Er wog schwer in ihrer Hand und leuchtete mal silbern, mal violett oder blau, je nachdem, wie das Licht darauf fiel. Er war wie die Sterne am Himmel.

»Du schenkst mir Schmuck?«, fragte Lizzy ungläubig. Noel zog ein Gesicht. »Gefällt es dir nicht?«

»Doch, natürlich. Er ist atemberaubend. Das ist zu viel. Du kennst mich doch kaum.« Sie war unsicher. Vielleicht war es unter Noels Volk ganz normal, auch nur kurzzeitigen Geliebten prachtvollen Schmuck zu schenken und es bedeutete nicht dasselbe wie unter Menschen.

Betreten sah er an ihr vorbei in die Dunkelheit der Nacht. »Das stimmt zwar, aber … so kommt es mir nicht vor.«

Jetzt bekam Lizzy ein schlechtes Gewissen. Er hatte ihr ein wundervolles Geschenk gemacht und anstatt sich richtig darüber zu freuen, nörgelte sie nur. »Es ist wunderschön. Vielen Dank, Noel.«

Erleichtert sah er auf und lächelte fast schon schüchtern. Wieder verschwand seine Hand in der Tasche. An einem breiten schwarzen Stoffband kam ein weiterer Stern wie Lizzys Kettenanhänger zum Vorschein. »Es ist ein Paar«, setzte er an und knotete sich das Band ums rechte Handgelenk.

»Ist das so etwas wie bei Pärchen, die den Namen des jeweils anderen um den Hals tragen?« Lizzy konnte die Skepsis aus ihrer Stimme nicht komplett verbannen.

Er lächelte schief. »Nicht ganz.« Konzentriert vollendete er den Knoten, bevor er weitersprach: »Da wir beide nicht in der Lage sind, uns über unsere Gedanken zu unterhalten, so wie Tavia mich bei dem Waldbrand um Hilfe rufen konnte, müssen wir es so machen.«

»Damit kann ich mit dir sprechen?«

»Nein, aber wenn du in Gefahr bist, dich fürchtest und an mich denkst, dann werde ich es wissen und zu dir kommen. In der Uni hast du Glück gehabt, weil du mich erreicht hast, bevor der Aswang dich einfangen konnte. Für meinen Geschmack war das viel zu knapp und ich möchte nicht, dass so etwas noch einmal passiert. Ich möchte rechtzeitig da sein.«

»Wenn ich in Gefahr bin, dann wirst du zu mir kommen und mir helfen?«, versicherte Lizzy sich.

»Ja, egal wo du auch bist, ich werde es durch den Anhänger wissen und kommen.«

Sie konnte nicht glauben, was sie da hörte und ihr schnürte sich die Kehle zu. »Selbst in ein paar Monaten noch, wenn du wieder hier lebst?«

»Auch dann noch«, schwor Noel feierlich.

»Es ist dir so wichtig?«, wisperte sie.

»Ja, wenn du mich brauchst, werde ich da sein.«

Er meinte es aufrichtig, das spürte Lizzy ganz ohne Zweifel. Tränen sammelten sich in ihren Augen und hinterließen heiße Spuren auf den Wangen, als sie hinunterliefen. Krampfhaft wollte sie sich beruhigen, doch wurde es stattdessen noch schlimmer.

Jetzt hickste und schluchzte sie auch noch. Sie wollte sich abwenden und versuchen, ihre Fassung zurückzugewinnen. Noel ließ sie nicht. Mit festem Griff hielt er sie an den Schultern. Wenn sie fortwollte, müsste sie ihn schon von sich stoßen.

»Habe ich etwas Falsches gesagt?« Seine Stimme klang kratzig und rau.

Selbst durch den Tränenschleier entging ihr sein besorgter Blick nicht. Eilig schüttelte sie den Kopf, bis ihre Haare ihr fast die Sicht raubten. Anstatt sie beiseitezuwischen, ließ Lizzy sie dort und verschanzte sich dahinter.

»Es war ... perfekt«, schniefte sie.

Behutsam schob Noel die losen Strähnen hinter ihre Ohren und befreite ihr Gesicht. »Was ist es dann?«

Sie konnte es ihm nicht vorenthalten, nachdem er all das für sie getan hatte.

»Es ist das Schönste, was je ein anderer für mich getan hat.« Allmählich beruhigte sie sich wieder und ihre Stimme gewann an Festigkeit.

Schweigend beobachtete Noel sie. Vermutlich wollte er Lizzy nach diesem Ausbruch zu nichts drängen, von dem sie nicht bereit war, es freiwillig zu geben. »Dich interessiert *wirklich,* was aus mir wird«, stellte sie immer noch fassungslos fest.

»Natürlich interessiert es mich.« Er ließ ihre Schulter los und umfasste Lizzys tränenfeuchte Wange.

»Du verstehst nicht ...«

»Dann erklär es mir«, forderte Noel sanft.

Sie holte tief Luft und begann hicksend zu erzählen: »Als Neugeborenes hat man mich weggeworfen – nicht im übertragenen Sinne, sondern wortwörtlich. Ich war nur ein paar Stunden alt, als meine Mutter mich zum Sterben im Wald aussetzte, nackt und ganz allein. Mein Glück war, dass es im Sommer geschah und mich ein Jogger vollkommen unterkühlt fand. Zumindest wurde mein Alter so von den Ärzten geschätzt und in meine Geburtsurkunde eingetragen. Ich kann also nicht mit Sicherheit sagen, dass heute mein Geburtstag ist. Vielleicht war er auch schon gestern. Ich weiß es nicht und ich habe niemanden, der es mir sagen könnte.

Ich war sehr kränklich. Die ersten Jahre verbrachte ich entweder im Kranken- oder im Waisenhaus. Zwar haben es öfters Mal Pflegeeltern mit mir versucht, aber mich nie lange behalten. Immerhin wollten sie ein gesundes und lachendes Kind. Keines, das immerzu krank war. Darum haben sie mich immer wieder schnell zurückgebracht. Erst als ich sieben war, hat mich ein Paar behalten. Meine jetzigen Adoptiveltern haben durchgehalten und mich nicht wie defekte Ware zurückgegeben.

Ich bin ihnen dankbar und habe sie auch lieb und ich denke, sie mich ebenfalls. Doch ist es nicht dasselbe, wie ich mir eine Beziehung zwischen einer Mutter und ihrem Kind vorstelle … Das klingt schrecklich undankbar«, schloss Lizzy bitter.

Noel hatte ihr aufmerksam zugehört und dachte über ihre Worte nach. »Deshalb war es dir so wichtig, für heute etwas zu planen und trotz der möglichen Gefahren aus dem Haus zu kommen. Du wolltest die Bestätigung, dass es ein guter Tag ist, über den man sich freuen kann.«

»Könnte man so interpretieren«, räumte sie ein.

Er beugte sich vor und küsste Lizzys versiegende Tränen von ihren Wangen. »Es macht mich glücklich, dass du geboren wurdest«, hauchte er an ihrem Ohr.

Lizzy klammerte sich an ihn wie eine Ertrinkende. Genau so fühlte sie sich auch. Als sei sie jahrelang ein Spielball der Wellen im Meer gewesen, der endlich seinen sicheren Hafen gefunden hatte. Einen Anker, der Halt versprach, auch wenn es noch so stürmisch wurde. Sie befürchtete sich in Noel zu verlieben und dass es nichts gab, was sie davon noch abbringen konnte.

Kapitel 22

Lizzy war abwechselnd mit Tavia oder Noel durch deren Heimat gestreift und konnte es kaum erwarten, am Abend weiterzutanzen. Der gestrige Tag war schon so herrlich gewesen, sie konnte sich nicht vorstellen, wie der heutige noch bunter und fröhlicher werden sollte. Gemeinsam mit Tavia schlenderte sie über den Festplatz. Das heutige Abendessen hatte sie mit ihrer Freundin und deren Familie verbracht, um die Geburt ihrer Schwester Decima zu feiern.

Alles war gut gegangen und Daciana war unversehrt und ausgesprochen glücklich mit ihrer zehnten Tochter zurückgekehrt. Obwohl sie sehr erschöpft war, konnte sie nicht aufhören zu strahlen.

Alle Diwata, die in dieser Nacht aufgebrochen waren, schienen fast im Stehen einzuschlafen. Es musste unglaublich anstrengend sein. War eine Geburt das nicht immer? Dafür wurden sie umso mehr von ihren Familien umsorgt und gefeiert. Es war ein herrliches Miteinander.

Doch nicht bei allen hatte es ein glückliches Ende genommen. Manche waren von Aswang gestört worden – zum Glück ohne ernsthafte Verletzungen – oder das Ritual war fehlgeschlagen. Die Freundinnen hatten viel miteinander getanzt, doch nun hatte Lizzys Sehnsucht die Oberhand gewonnen und Tavia brachte sie zurück zu Noel und den anderen Sang'gre, mit denen sie auch gestern gegessen hatte. Als Lizzy sich näherte, entdeckte sie Noel, der mit Apryl tanzte. Sobald er sie bemerkte, beugte er sich zu der kleinen Diwata herunter. Nach einem kurzen Gespräch mit ihr ließ er sie stehen und eilte Lizzy strahlend entgegen. Über seine Schulter beobachte sie Apryl, die ihm finster hinterhersah. Als sie Lizzys Blick spürte, wandelte sich ihr Ausdruck und sie lächelte, als sie sich abwandte und zu ihrer Sitzgruppe zurückging.

Noel hatte die Freundinnen fast erreicht. Ebenso wie sie trug er den gemeinsamen Schmuck. Der Kristallstern funkelte an seinem Handgelenk und ein warmes Kribbeln breitete sich in ihrem Bauch aus.

Tavia hatte nicht schlecht gestaunt, als sie am Morgen den Stern an Lizzys Hals entdeckt hatte. Auch den anderen Diwata war es nicht entgangen. Hatte sie gestern schon geglaubt, die Blicke auf sich zu ziehen, so war es heute noch schlimmer. Offensichtlich war das Schenken eines solchen Schmucks etwas ähnlich Bedeutsames, wie es unter Menschen war.

»Bis später«, verabschiedete sich Tavia und drückte sie kurz.

Noel winkte ihr zum Abschied und die Diwata verneigte sich knapp. Dann zog er Lizzy an sich, drückte sie fest und küsste sie. »Ich habe dich vermisst«, wisperte er zwischen zwei Küssen und zog sie mit sich auf die Tanzfläche.

Widerstandslos ließ sie es geschehen, denn sie fühlte wie er, wenn nicht sogar noch stärker. Eng umschlungen begannen sie zu tanzen. Heute ging es noch hemmungsloser zu als gestern und es fiel gar nicht weiter auf.

Lachend löste Lizzy sich ein Stück von Noel und sah ihm tief in die Augen. »Es fühlt sich an wie in einem Traum«, seufzte sie überglücklich.

Er wirbelte sie herum und stimmte in ihr Lachen ein. »Ich hoffe doch, es ist keiner.«

Sie war so glücklich wie noch nie zuvor in ihrem Leben. Zwar wusste sie, dass es niemals von Dauer sein konnte, trotzdem fühlte Lizzy sich mit diesem Ort und dem Mann in ihren Armen so verbunden, als wäre es ihr bestimmt gewesen, hier zu landen.

Alles war perfekt. Hier gehörte sie hin.

Beim Drehen bemerkte Lizzy Apryls Blick. Das Mädchen beobachtete sie. Nicht gehässig, doch irgendwie berechnend. Das erinnerte sie an etwas, das Noel gestern gesagt hatte. »Wie kommt es, dass Apryl älter ist als du? Sie sieht kaum älter aus als vierzehn, vielleicht noch fünfzehn.«

»Wie kommst du darauf?«, fragte er stirnrunzelnd.

»Ich glaube, sie mag mich nicht«, gestand Lizzy.

Kurz überlegte er. »Sie ist anfangs oft distanziert. Das gibt sich, wenn sie dich besser kennt. Und um deine Frage zu beantworten: Sie ist über zweihundert Jahre alt.«

Ihre Augen quollen fast hervor, als sie das hörte. »Wie kann das sein?«

»Zugegebenermaßen ist es eher die Ausnahme. Manchmal kommt es vor, dass ein Diwata äußerst früh sein volles Potential entwickelt und mit diesem Entwicklungsschritt endet die körperliche Reifung. Apryl ist sehr mächtig, aber sie wird niemals den Körper einer Frau haben.«

Lizzy erinnerte sich daran. Noel hatte davon gesprochen, als er sich ihr Anfang der Woche in seinem Bett anvertraut hatte. War das wirklich erst ein paar Tage her? Es fühlte sich an wie Wochen. Dennoch war es für sie nur schwer zu begreifen. »Hat sie es dadurch irgendwie schwerer?«

Noel seufzte. »Nicht unter unseresgleichen. Wir behandeln sie ihres Alters entsprechend, nicht nach ihrem Äußeren. Unter Menschen hat sie es schwer. Dort hält sie jeder für ein Kind und es ist ihr fast unmöglich, ernst genommen zu werden.«

»Das muss hart sein.«

»Ein bisschen«, gab er zu. »Deshalb ist sie die meiste Zeit hier. Wenn ich nach Hause komme, bringe ich ihr immer etwas mit. Das hebt ihre Stimmung.«

»Das ist sehr lieb von dir.«

»Sie ist meine Freundin«, antwortete Noel schlicht. Damit war das Thema beendet und die beiden konzentrierten sich wieder auf die Musik. Das Kribbeln in Lizzys Bauch wurde immer stärker und sie sehnte sich nach dem Einbruch der Nacht. Wenn doch nur Amaias Versprechen nicht wäre ...

Atemlos verließ Lizzy die Tanzfläche. Vom vielen Drehen und Noels strahlenden Augen war ihr ganz schwindelig geworden. Sie brauchte dringend etwas zu trinken. Sie steuerte ihren Platz an und bemerkte Apryl, die in ihrem Kissen saß und sie wieder beobachtete. Als Lizzy die Sitzgruppe erreichte, stand die Diwata auf und streckte ihr eine Wasserflasche entgegen, als hätte sie ihre Gedanken gelesen.

»Du musst inzwischen ja fürchterlichen Durst haben«, bemerkte die kleine Diwata lächelnd.

Dankbar nahm Lizzy die Flasche entgegen. Inzwischen ging es äußerst ungezwungen zu. Überall, wohin sie schaute, entdeckte sie turtelnde Diwata.

Deshalb erlaubte sie es sich, nicht den Umweg über ihren Trinkpokal zu nehmen, sondern direkt aus der Flasche zu trinken. Das Wasser war kühl und süß in Lizzys ausgetrocknetem Hals. Mit großen Schlucken trank sie die Flasche fast gänzlich leer. Sie war regelrecht berauscht. Erneut setzte sie die Flasche an, um auch noch den Rest zu trinken.

Apryl sah ihr mit ihrem Engelslächeln dabei zu. Lizzy erschauderte, als sie mit aller Deutlichkeit erkannte, wie falsch es war. Das Mädchen hatte zwar das Lächeln eines Engels, aber die Augen eines Dämons.

Das Wasser schwappte an ihre Lippen und dieses Mal stutzte sie. Egal wie durstig sie war, Wasser hatte noch nie so süß und gut geschmeckt, geschweige denn sie so sehr belebt. Es hatte eher den Effekt und Geschmack von Prosecco. Lizzys Hand begann zu zittern und die Plastikflasche fiel zu Boden. Fassungslos sah sie zu, wie der Rest der klaren Flüssigkeit im weichen Boden versickerte.

»Was hast du mir gegeben?«, fragte Lizzy panisch.

»Immer nur Wasser ist doch furchtbar langweilig«, erwiderte Apryl unschuldig.

»Was war das?«, fuhr Lizzy sie an.

»Wir sind auf dem wichtigsten Fest des Jahres. Daher

wollte ich dir etwas Gutes tun und habe dir von unserem Wein gegeben.«

Wie aus dem Nichts stand Noel neben ihr. Er schien die Situation auf den ersten Blick zu erfassen, bückte sich nach der Flasche und roch an der Pfütze, die noch darin war. Fluchend schleuderte er die Flasche von sich und baute sich vor Apryl auf. »Wieso hast du das getan?« Sein Tonfall war eisig.

Lizzy war froh über sein Erscheinen und darüber, dass dieser Ton nicht ihr galt. Noel hatte gesagt, die Speisen und Getränke seiner Welt bekämen ihr schlecht. Bisher konnte sie nichts davon spüren, eher das Gegenteil war der Fall. Vielleicht war es noch nicht zu spät, den Wein hervorzuwürgen?

»Ich habe es für dich getan. Du magst sie doch«, verteidigte Apryl sich wimmernd.

»Und genau deshalb wollte ich nicht, dass das geschieht«, herrschte Noel das Mädchen an.

Peinlich berührt stellte Lizzy fest, dass sie mehr und mehr Aufmerksamkeit erregten. Zahlreiche Diwata hielten inne und reckten die Hälse, um nichts von diesem Streit zu verpassen.

»Ich wollte doch nur, dass du hierbleibst. Ich habe das für dich getan.« Tränen sammelten sich in Apryls Kulleraugen und Lizzy bekam Mitleid mit ihr. Schließlich ging es ihr gut. Wahrscheinlich war die ganze Aufregung gar nicht nötig.

»Verdammt!«, blaffte Noel zu niemand Bestimmten.

Lizzy ging zu ihm und umfasste seinen Arm fest, damit er sich ihr zuwandte. Sobald er sie ansah, verrauchte die Wut aus seinem Blick. »Ich glaube nicht, dass es mir geschadet hat. Es geht mir gut, wirklich.«

Elendig sah Noel sie an. »Es tut mir so leid.«

»Es geht mir gut. Alles okay«, beharrte sie.

Verzweifelt schüttelte er den Kopf. »Du wirst dich auch nicht schlechter fühlen.«

»Was ist es dann?« Schlagartig kehrte die Angst zurück und vertrieb die gut gemeinten Beschwichtigungen aus Lizzys Bewusstsein.

Es dauerte ein paar lange Sekunden, bevor Noel ihr antwortete. »Du kannst nicht mehr gehen«, presste er hervor.

»Was genau soll das heißen?«

»Menschen, die von unseren Speisen essen oder unseren Wein trinken, können nicht mehr zurück in ihre eigene Welt. Sie müssen bis an den Rest ihrer Tage hierbleiben.«

Lizzy ließ seinen Arm los und wich einen Schritt zurück. Verzweiflung machte sich in ihr breit. »Nein! Das kann nicht sein ...«

Noel kam ihr hinterher. Sein Kehlkopf zuckte, als er schwer schluckte. »Es ist die Wahrheit – leider. Du kannst jetzt nicht mehr nach Hause, Lizzy. Ich wollte wirklich nicht, dass es dazu kommt. Es tut mir so unfassbar leid.«

»Warum hast du mir vorher nichts davon erzählt?«, wisperte sie verzweifelt.

»Ich wollte nicht, dass du Angst bekommst.«

»Du hättest es mir sagen müssen«, beharrte Lizzy tonlos. Es fühlte sich alles so unwirklich an. Ihr Verstand weigerte sich zu begreifen, was gerade geschah. Es konnte doch nicht sein, dass sie nun hier gefangen war, dass sie nicht mehr nach Hause konnte. Nach Hause ...

Lizzy konnte es nicht akzeptieren. Ihre Füße bewegten sich ganz von allein. Sie drehte sich auf dem Absatz herum, schob die gaffenden Diwata beiseite und rannte noch schneller als auf der Flucht vor dem Aswang.

»Warte, Lizzy!«, hörte sie Noel hinter sich rufen.

Sie blieb nicht stehen. Sie musste zu den Portalen und zurück nach Hause. Hier konnte sie doch nicht bleiben. Heiße Tränen brannten in ihren Augen und ihre Lunge konnte kaum so schnell Sauerstoff in ihre Muskeln pumpen, wie es nötig war.

Trotzdem wollte Lizzy noch schneller rennen. Sie überquerte den Platz und erreichte die Höhle, in der die Portale auf sie warteten. Aus dem Augenwinkel bemerkte sie, wie Noel an ihrer Seite erschien. Er hatte sich zu ihr teleportiert. Doch Lizzy rannte weiter.

»Bitte warte doch!«, rief er unglücklich.

Sie ignorierte ihn und lief weiter. Die ersten Portale tauchten auf und Lizzy suchte nach dem, durch das sie gekommen waren. Jetzt lief Noel ihr hinterher. Lizzy war schneller. Das richtige Portal tauchte auf und sie erkannte den Wald dahinter wieder. Mit ungeminderter Geschwindigkeit hielt sie darauf zu.

»Bleib stehen! Tu das nicht, es könnte dich umbringen!«, brüllte Noel hinter ihr.

Doch Lizzys Panik hatte die Oberhand gewonnen. Sie musste nach Hause! Sie erreichte das Portal und setzte zum Sprung an. Den Luftzug spürte sie noch, aber Noel kam zu spät, um sie aufzuhalten. Schon fürchtete Lizzy, sie spränge gegen eine Wand. Jedoch gab das Portal seinen Widerstand auf und erfasste sie. Es fühlte sich an, als wäre sie in ein

Schwimmbecken voller Eiswürfel gesprungen. Es war ihr egal, solange das Portal ihr seinen Dienst nicht verweigerte.

Lizzy erreichte die andere Seite. Sie hatte zu viel Schwung und konnte sich nicht auf den Beinen halten. Weiches Moos drückte sich an ihre nackten Knie und Ellbogen, als sie unbeholfen versuchte, ihren Sturz abzufangen und sich abzurollen.

Sie überschlug sich ein paar Mal und blieb schließlich japsend auf dem Rücken liegen. Lizzy konnte an nichts anderes als die frische Luft, die den stechenden Schmerz in ihrer Lunge linderte, und den altbekannten Himmel über ihr denken. Es hatte tatsächlich funktioniert. Sie war zurück.

Sobald Lizzys Körper aufhörte zu protestieren, stemmte sie sich hoch. Erst jetzt entdeckte sie Noel, der ihr durchs Portal – von dem nichts mehr zu sehen war – gefolgt und bei dem Pilzkreis stehen geblieben war.

Er sah Lizzy schweigend an und sah aus, als sei jemand, der ihm nahestand, gestorben. Ungelenk stand sie auf und ging in seine Richtung. Ihre Panik wich einer aufkommenden Wut.

»Wie konntest du mir nur eine solche Angst einjagen?!«, rief sie ihm aufgebracht entgegen.

Es schien, als müsste Noel sich gleich übergeben. Er war schrecklich blass, seine Stimme gepresst. »Ich habe die Anzeichen gesehen und mir nicht viel dabei gedacht. Es hätten genauso gut Zufälle sein können. Ich *wollte* nicht sehen.« Er machte eine Pause, um sich zu sammeln. »Dass du jedoch problemlos das Portal durchschreiten konntest, liefert den unleugbaren Beweis.«

»Beweis wofür?«, fragte sie verständnislos.

Mit Grabesstimme sprach Noel die Worte, die alles verändern sollten: »Du bist eine Verlorene – eine Verlorene meines Volkes. Daran besteht jetzt kein Zweifel mehr. Du bist eine Diwata, Lizzy.«

Von Herzen danke ich ...

den üblichen Verdächtigen für ihre Liebe und Unterstützung. Ohne euch könnte ich nicht schreiben ...

Mein großer Dank gilt Michaela für das neue Korrektorat, die zahlreichen Tipps, das Aufdecken meiner Plötzlichen Aberitis und die einfühlsame Betreuung. Es war eine wahre Freude, mit dir zusammenzuarbeiten. Ich freue mich schon sehr auf das nächste Mal.

Und natürlich danke ich allen Lesern dieses Buches. Bitte hasst mich nicht zu sehr für den Cliffhanger ... Für die Entwicklung der Geschichte ist hier ein guter Punkt, um den ersten Band zu beenden, daher ging es nicht anders. ;)

Wer Interesse an mir und meiner Arbeit hat, findet mich auf Facebook, Instagram (Autorin Stefanie Kullick), Twitter (Regenprinzessin) oder meiner Homepage

www.stefanie-kullick.com

Sehr gern lese ich eure Meinungen zu meiner Schreiberei und freue mich über jede einzelne Meldung. Wenn euch gefallen hat, was ihr gelesen habt, dann lasst mir doch eine Rezension da. Das hilft meinen Büchern, bekannter zu werden, und mir, um mich zu verbessern. Vielen Dank!

Verlernt nie zu träumen.

* * *